広報部出身の悪役令嬢ですが、無表情な王子が「君を手放したくない」と言い出しました

宮之みやこ

JN110232

23490

角川ビーンズ文庫

CONTENTS

コーデリア（加奈）
乙女ゲーム『ラキセンの花』の
悪役令嬢である公爵令嬢。
前世は加奈として、
企業広報部に勤めていた。
アイザック
『ラキセンの花』の
ヒーローのひとり。
無表情なクールキャラで
おなじみの王子で、
コーデリアの婚約者。
乙女ゲーム
『ラキセンの花』
「真実の愛を見つける物語」がキャッチコピーの乙女ゲーム。通称『ラキ花』。主人公であるエルリーナが、王国の守護神である聖獣を従えられる聖女の力に目覚めるところから物語が始まる。聖女は次代の王の決定権を持っており、ヒーローたちは王の地位をめぐってエルリーナを取り巻いていく……というシナリオ。コーデリアはアイザックルートに登場する悪役令嬢。

エルリーナ(ひな)

『ラキセンの花』の
正ヒロイン。
前世は加奈の幼なじみの
ひなで、すべての男性から
ちやほやされていた。

ジャン

『ラキセンの花』の
ヒーローのひとり。
口は悪いが、
根は優しい剣の天才。

スフィーダ

『ラキセンの花』の
ヒーローのひとり。
新聞社を経営している。

CHARACTERS

広報部出身の悪役令嬢ですが、無表情な王子が「君を手放したくない」と言い出しました

イラスト／黒埼

プロローグ

「――コーデリア、君との婚約《こんやく》を破棄《はき》したい」

やわらかな日差しが降り注ぐ執務室《しつむ》。大きな机を前に座っているのは、コーデリアの婚約者である第一王子アイザックだ。

ラピスラズリを溶《と》かし込んだような青の髪《かみ》はさらさらで、同じ色の瞳《ひとみ》は理知的な光をたたえてきらめいている。端整《たんせい》な顔立ちは甘く、今まで何千人、いや何万人の乙女《おとめ》をときめかせてきたのやら。かく言うコーデリアも、ときめいてきたうちのひとりだったりする。

(さすがヒーロー、今日も麗《うるわ》しい……！　対して私《わたくし》は悪役令嬢《れいじょう》。とうとうこの時が来てしまったのね……)

神妙《しんみょう》な面《おも》持ちで見つめながらコーデリアは思った。

婚約破棄はもう何年も前から覚悟《かくご》してきたことであり、今さらこの流れに異論はない。

……ないが、いざその台詞《せりふ》を言われるとやっぱり辛《つら》いものがある。

(原作では闇落《やみお》ちからの魔女《まじょ》化でしたけれど、それはさすがに物騒《ぶっそう》すぎるから、ここは一発ビンタ……いえ、グーパンをお見舞《みま》いした方が踏《ふ》ん切りがつくかしら？)

などと不埒《ふらち》な考えを抱《いだ》きながら、悲しみに痛む胸を押さえていると、アイザックがクッと言葉を詰《つ》まらせた。

「そう、婚約を……破棄……」

(いえ、やっぱりやめましょう。グーは私も痛いしビンタも痛いわ。それより、せっかくだからいわゆる『ざまぁ』を狙《ねら》う方が良いのかしら。この日のために磨《みが》いてきた闇魔法、中々のものになってきたと思うのよね)

「破棄……したくない……いやしなければ……」

すっかり自分の世界に入っていたコーデリアは、その時になってやっとアイザックの様子がおかしいことに気付いた。

ん？　と思ってよく見てみると、彼は痛みでも感じているかのように顔を歪《ゆが》ませている。

(様子が変だわ。やだ、もしかして私、気づかないうちに闇魔法でも発動させちゃった!?　さすがにそれはまずいわ！)

「殿下《でんか》！　大丈夫《だいじょうぶ》ですか!?」

婚約破棄されたからといって、王子に闇魔法なんて使おうものなら処刑《しょけい》まっしぐらだ。

コーデリアはあわてて駆《か》け寄り、アイザックの両手を取った。こうすることで、体内の魔力を感じられるのだ。

(……うん、闇魔法のせいではないみたい。それなら一体どうして？)

不思議に思い、視線を上げたところで鮮《あざ》やかな青の瞳とぶつかる。その瞳は苦しげに歪められており、それでいて何か訴《うった》えかけるような強い光を放っていた。

いつも冷静沈着《ちんちゃく》で、滅多《めった》に表情を崩《くず》さない彼の様子にコーデリアは驚《おどろ》く。

「アイザック殿下……？」

「すまない、コーデリア。私が不甲斐《ふがい》ないばかりに、君にはつらい思いをさせている。本当は、婚約破棄などしたくないのに……！」

「ちょ、ちょっと待ってください殿下。意味が分からないので、詳《くわ》しく説明していただけますか⁉」

（なぜ、婚約破棄をする側が死にそうな顔をしているの⁉　普《ふ》通《つう》そこは逆じゃないの⁉）

コーデリアの言葉に、アイザックは大きなため息をついた。それから、すがるようにぎゅっとコーデリアの手を握《にぎ》る。

「……聖女殿《どの》に、婚約破棄しないと国を滅《ほろ》ぼすと脅《おど》されたんだ」

「――なんて⁉」

その時うっかり前世の言葉を使ったことに気付いたのは、後々になってからだった。

第一章 『ラキ花』の世界に転生しました

——話は遡《さかのぼ》り、まだ〝コーデリア〟が〝加奈《かな》〟だった頃《ころ》。

加奈が欲しいと思ったものは、すべて幼なじみの〝ひな〟のものだった。

初恋《はつこい》の健君《けんくん》には「おれ、ひなちゃんのことが好きだから協力してくれる？」と言われ。

学芸会では担任に「お姫様《ひめさま》役の台詞が多いって言っているから、加奈ちゃん、木の役になってカンペを見せてあげてくれる？」と言われ。

極《きわ》めつけに、就職先の会長には「ひなちゃんを広報部の社内タレントにしたいから、彼女の仕事を代わりに手伝ってくれ」と言われ。

（……いや仕事を手伝うって何なのよ手伝うって！　私たち同期なんですが⁉　要するに、面倒《めんどう》な雑務は全部私がやって、手柄《てがら》だけひなにあげるってことじゃない！）

その日の加奈は、ロケで使う大量の荷物を抱《かか》えて階段を上っていた。

夏真っ盛りの照り付けるような日差しの下、大きなため息をつく。

（確かにひなは可愛《かわい》い。女の私でも尽《つ》くしたくなるくらい美人だと思う。でも、それに巻き込まれるのはうんざりよ……）

加奈は小さい頃から、「可愛い可愛いひなちゃん……とその幼なじみ」という、お菓子《かし》のおまけみたいな扱《あつか》いをされて育った。

その上ひなは何もできなくて、なんでもかんでも加奈を頼《たよ》ってくる。そのせいでやたら面倒見《めんどうみ》がよくなってしまい、また、見るからに女の子らしくて可愛いひなと並び続けたせいか、気付けば加奈は男の子たちから女性扱いされなくなっていた。

ガリ勉のスグルくんからは「加奈さんってなんか、母親みたいですね」と言われ。

人気者のハヤトくんからは「加奈ちゃんってお母さんっぽい」と言われ。

やんちゃなアッシくんからは「お前あれだよな、うちのおかんに似てる」と言われ。

（言葉は全部違《ちが》うけど、要するに〝おかんだから恋愛《れんあい》対象外〟って意味なんだよね……！）

くぅっ、と加奈は拳《こぶし》を握った。

本当は自分だって、可愛くて守られる側の女の子になってみたかった。でも、周りの環《かん》境《きょう》がそれを許さなかったのだ。

（いいけどね！　おかげで私、何でも自分でできるし！　ひとりで生きていけるし！）

ぐすっと洟《はな》をすすって、加奈はまたよいしょと重い荷物を担《かつ》ぎなおした。

加奈とて、ずっと今の環境に甘んじていたわけではない。

早々に〝脱《だつ》・ひな〟を目指して努力してきたのだ。と言っても、できるのは勉強だけなのだが、ひなには偏差値《へんさち》的に難しい高校に入ったら、ひなも謎《なぞ》の推薦枠《すいせんわく》でまさかの合格。

大学こそは！　と国立大に入って一時の平穏《へいおん》を得たはいいものの、就職先の企業《きぎょう》でまさかの再会。しかもひなは会長のお気に入りと来た。

(私の今までの努力って、何だったんだろう……)

入社して三年、念願の広報部に入れたと喜んだのもつかの間。加奈はひたすら同期であるはずのひなのサポートをさせられ、手がけた仕事はすべてひなの名前で報告され、ようやく携《たずさ》われた華々《はなばな》しいプロジェクトは、土台を整えた途端《とたん》ひなに担当を移され……。

もはや、仕事にまったくやりがいを感じられなくなっていた。

「ねえ加奈ちゃん」

そんな加奈の気持ちなど露《つゆ》ほども知らず、いかにも女の子といった可愛い声で前を歩いていたひなが振《ふ》り向く。その拍子《ひょうし》に、ミルクティーカラーの髪がふわりとなびいた。

「この間おじいちゃんがグッティーの新作バッグを買ってくれたの。でもひな、もう同じのを持っているから、よかったらもらってくれない？」

ひなが言う〝おじいちゃん〟とは決して血の繋《つな》がった祖父のことではない。ひなを社内タレントとして抜擢《ばってき》した例の会長のことだ。会長をそんな風に呼んで首が飛ばないのはこの子ぐらいのものだろう。

「いや、いいよ。私、そんな可愛い鞄《かばん》似合わないし……」

「え～？　残念。ひなの持っているもので何か欲しいのがあったら、何でも言ってね？」

そう言って、人差し指をほっぺに当てて小首を傾《かし》げる姿はとても愛らしい。この仕草ひとつで、一体何人の男がやられてきたか。

（一応気遣《きづか》ってくれるあたり、ひな自身はすっごい嫌《いや》な子ってわけでもないんだよね……。尽くされるのが当たり前すぎて、感覚がおかしくなっているだけで……）

そう、ひなは悪意があってやっているのではない。ただ地球が回っているのと同じように、尽くされるのが当たり前の世界に住んでいるだけ。

だが巻き込まれる方はたまったものではなかった。特にひなの魅力《みりょく》にやられて、目の色を変えてしまった男性陣《じん》に捕《つか》まった時は最悪だ。

以前、勇気を出して「資料作りくらいは自分でしてほしい」とひなに言ったら、後日上司（もちろん男）に「どうしてひなちゃんが資料作りをしているんだ？　お前の仕事だろう」と怒《おこ》られたのだ。

以来、追及《ついきゅう》する気が失《う》せた。

（あっ、思い出したらやっぱり嫌になってきた。異動願いを出して、それでもダメだったらもう転職しよう……）

その時の虚無感《きょむかん》を思い出して、加奈は密《ひそ》かに決意した。

――ところが。

「きゃああっ」

「えっ？」

突然《とつぜん》のことだった。

ひなの叫《さけ》び声が聞こえたかと思うと、前にいた彼女が加奈の上に降ってきたのだ。そのままスローモーションのように体が一瞬《いっしゅん》ふわりと浮《う》かび上がり――そして世界は、頭に走る衝撃《しょうげき》とともに、闇《やみ》に閉《と》ざされた。


加奈は夢を見ていた。

暗闇の中で、白く発光する美しい女の人が、横たわっている加奈を膝《ひざ》に乗せている夢を。

（綺麗《きれい》な人……でも誰《だれ》？）

その人は加奈が起きたのに気付いたのか、頭によく響《ひび》く不思議な声で話しかけてくる。

『ごめんなさいね、あなたたちの設定を少し間違えてしまったみたいなの。お詫《わ》びに、あなたにはひとつだけ好きな条件で転生させてあげるわ。何がいい？』

（えっ？　転生……って、もしかして今流行《はや》っている転生もの……？　じゃあこの人は女《め》神様《がみ》なの？　ていうか設定って何!?　そのうえ間違えていたってどういうこと!?）

そう考えると、女神は誤魔化《ごまか》すようにウフフと笑った。心の声を読まれているのだろう。

『さあ、望みを言ってごらんなさい。今だけ、何でも叶《かな》えてあげられるわ』

（望み、望み……。ああ、こんなことならもっと色々読んでおくべきだった。何が一番お得なの？　よくわからないから、もう、努力が報《むく》われる世界ならなんだっていいや……）

努力しても努力しても、ひなの前ではすべて水の泡《あわ》になって消えていった加奈の人生。

そんなのはもう、ごめんだった。

投げやり気味に考えると、女神がまたくすりと笑う。

『いいわ。では、あなたが努力した分だけ、正しく報われる世界に連れて行きましょう』

そう言うと、女神は優《やさ》しく加奈の頭を撫《な》でた。その優しい手に誘《いざな》われるように、加奈の意識は再び闇の中へと沈《しず》んでいった。


次に目を覚ました時、〝加奈〟は広いベッドの上にいた。

ひとり暮らしの頃《ころ》に使っていたような安物のスプリングではない本物のふかふか感に、つい無意識にそばにあった枕《まくら》を抱《だ》きしめてしまう。驚《おどろ》いたことにその枕もまた肌触《はだざわ》りが良く、おまけに花のような香《かお》りまでした。

（いい匂《にお》い……こんな柔軟剤《じゅうなんざい》使っていたっけ？　というかあれ？　私、なんで寝《ね》ているんだろ。さっきまで仕事でひなと……)

そこまで考えて加奈は飛び起きた。

目の前に広がっていたのは、海外の歴史ドラマにでも出てきそうな豪華《ごうか》な部屋。

ロココ様式とでもいうのだろうか。家具はどれも高そうなものばかりで、壁紙《かべがみ》にはこれでもかというくらい小花が散らされている。おまけに、お姫様《ひめさま》ベッドとでもいうべき寝台《しんだい》にまで、小ぶりな天使の彫像《ちょうぞう》がくっついていた。

「コーデリア様！　お目覚めになったのですか！」

加奈があぜんとしていると、女性の叫び声が聞こえた。

見ると、四十代ぐらいのふっくらとした女の人が、あわてて駆《か》け寄って来ている。かと思うと、加奈の手を握《にぎ》っておいおいと泣き出したではないか。

「だ、大丈夫《だいじょうぶ》よ、ばあや」

(って何!?　なんとなく言っちゃったけど、ばあやってどういうこと!?　しかも私の声すごく高い！)

知らず自分の口から出てしまった声に、加奈は動揺《どうよう》した。

「よく顔を見せてくださいまし、コーデリア様！　……ああ、元気そうでようございました。階段から足を踏《ふ》み外したと聞いた時は、ばあやの心臓が止まるかと思いました……！」

なんて言いながら、ばあやはエプロンの裾《すそ》で涙《なみだ》を拭《ぬぐ》っている。

それを見ながら加奈――今はコーデリアと呼ばれている――は、呆然《ぼうぜん》と考えた。

（ああ……そういえば私の名前はコーデリアだ。この間七歳になったばかり。うん、なんかよくわからないけど、確かにそんな記憶《きおく》がある……）

この家の娘《むすめ》として生まれ、優しい両親と一緒《いっしょ》に楽しい日々を送ってきた記憶が――。

（って記憶それだけ!?　なんかもうちょっとこう、特徴《とくちょう》的な記憶とかないの？）

大雑把《おおざっぱ》すぎる記憶に自分で突《つ》っ込みを入れつつ、ふと思い至って、加奈は急いでサイドデスクに置いてあった丸鏡を引き寄せた。

――そこに映っていたのは、天使かと見紛《みまが》うような美少女だった。

陽光を受けてきらきらと輝《かがや》く金髪《きんぱつ》に、深い海を思わせるネイビーブルーの瞳《ひとみ》。ふさふさのまつ毛に彩《いろど》られたアーモンド形の目は、やや吊《つ》り上がっているものの、大きくぱっちりとしており、形よく尖《とが》った鼻と愛らしい唇《くちびる》と合わせて完璧《かんぺき》なバランスを保っている。

（うわ、美少女！　いや、美幼女！）

即座《そくざ》に両手で自分の顔をぺたぺたと触《さわ》ってみる。肌《はだ》もきめ細やかで柔《やわ》らかく、しっとりと手に吸い付いてくる感覚は極上《ごくじょう》だ。

（私……本当に転生してきちゃったの？　あれ、夢じゃなかったんだ？）

なおもモチモチのお肌を触りながら、加奈は考えた。

（もしかして記憶が大雑把なのって、今の私が幼すぎて全然覚えてないからなの？　というか、女神様っぽい人が言っていた『あなたたち』って誰のことなんだろう？）

そこまで考えてから、加奈はふと自分の顔に強烈《きょうれつ》な既視感《きしかん》があることに気付く。

（……気のせいかな、この顔にこの髪型《かみがた》、どこかで見たことある）

それから恐《おそ》る恐るばあやに尋《たず》ねる。

「ねえばあや。私の名前ってなんだっけ？　名字の方……」

「あら、コーデリア様もお名前を気にするようになったのですか？　あなた様のお家《うち》はアルモニアですよ。映《は》えあるアルモニア公爵《こうしゃく》家です」

〝コーデリア・アルモニア〟

忘れもしない。それは加奈が大学時代、ハマりにハマった乙女《おとめ》ゲームアプリ『ラキセンの花』に出てくる悪役令嬢の名前だった。

「嘘《うそ》でしょ――――!?」

自分のやたら甲高《かんだか》い悲鳴を聞きながら、コーデリアは頭を抱《かか》える。

「どうされたのですかコーデリア様!?　誰か、誰か！　お医者様をお呼びして！」

突然叫《さけ》んで頭を抱えてしまった加奈、もといコーデリアを心配して、ばあやが医者を呼びに飛び出していく。その声を聞きながら、コーデリアは再度がっくりとうなだれた。

（知っている……この世界……いや知っているなんてものじゃない……）

コーデリアがまだ加奈だった頃、とあるゲームアプリに猛烈《もうれつ》にハマっていた。

それが『ラキセンの花』、通称《つうしょう》『ラキ花』で、中身はファンタジー色強めの乙女ゲームだ。

主人公であるエルリーナは、ある日突然ラキセン王国の守護神・聖獣《せいじゅう》を従えられる聖女の力に目覚める。聖女の力は絶大で、なんと次代の王を決める権限すら持っていた。

そんなエルリーナに、ヒーローたちは王の地位を狙《ねら》って擦《す》り寄ってきたり、あるいは反発したりとさまざまな姿を見せていく。

同時に聖女を排除《はいじょ》しようとする派閥《はばつ》もあり、その中でさらにヒーローたちとの交流が生まれ、やがて愛に目覚める……というのが『ラキ花』の内容だ。

キャッチコピーは「真実の愛を見つける物語」。

とにかく美しいビジュアルと結構な数のヒーロー（しかもアプリだからどんどん追加される）が功を奏し、『ラキ花』は元々ゲーマーである加奈だけではなく、ゲームとは無縁《むえん》だったひなまで遊ぶほどだった。

その中で加奈はヒーローのひとり、水魔法使《みずまほうつか》いのアイザック王子に一目惚《ひとめぼ》れした。

初めは見た目から入ったものの、加奈はすぐに彼の優しさにむせび泣くことになる。

なにせ、生まれてからずっとひなの引き立て役として生きてきたため、男の子にこんなに優しく大事にされたのは初めてだったのだ。

画面の中の相手とわかっていても、いやむしろ画面の中の相手だからこそ、加奈は安心して好きになれた。そうして気付けば、加奈はバイト代をすべて注ぎ込むほど、アイザックにのめり込んでいた。

（ああ～思い出した……。抽選《ちゅうせん》で一名に当たるアイザック様の等身大パネルが欲しくて、百枚ぐらいCD買ったのに当たらなかったんだよね……。しかも一枚だけ応募《おうぼ》したひなが当たって自慢《じまん》されたんだ……。さらにひな、思ったより大きくて邪魔《じゃま》だからって、速攻《そっこう》バラバラにして捨てていたんだよね……）

集積所のゴミ袋《ぶくろ》からうっすらと透《す》けて見える無惨《むざん》なアイザックの姿を思い出し、じわ、と涙がにじむ。

抽選で当たるかどうかの運なんて、ひなのせいじゃないことぐらいわかる。わかるが、加奈はあまりのショックに、その後『ラキ花』の一切《いっさい》を封印《ふういん》してしまったのだ。

（バカバカしいってわかっているけど、アイザック様をひなに取られた上、ポイ捨てされた気分になったんだった……）

今が幼女で、涙腺《るいせん》のコントロールができないからだろうか。思い出せば思い出すほど悲しくなってきて、コーデリアはしくしくと泣いた。

「……どこか痛いの？」

だから、突然《とつぜん》聞いたことのない男の子の声がして、コーデリアは飛び上がるほど驚いた。

泣くのも忘れて声がした方を見ると、そこにはいかにも『ラキ花』の貴族っぽい服に身を包んだ、無表情な男の子が立っている。

ラピスブルーとも呼ばれるさらさらの青髪《あおがみ》に、少年とは思えないほど理知的な光をたたえた瞳。目鼻立ちは上品でありながら甘く、その顔は絵画に出てくる天使のようで——。

(ってアイザック様の幼少期だこれ！)

クワッと目を見開いたコーデリアに、アイザックがビクッと震《ふる》える。

忘れられるわけがない。この『アイザック王子〜幼少期ｖｅｒ〜』のスチルとストーリーを手に入れるために、加奈は一か月間もやし生活になったのだ。

(ああ、十歳のアイザック様に生で会えるなんて感動……!!　婚約者《こんやくしゃ》だから、お見舞《みま》いに来てくれたのかな？　悪役令嬢は嫌《いや》だけど、これはこれで最高かも)

即座にアイザックの年齢《ねんれい》を思い出せるあたり、好きな気持ちは今でも変わらないらしい。

——今の加奈、こと、コーデリアは、アイザックルートに出てくる悪役令嬢だ。

表向きはツンケンとした高慢《こうまん》キャラで、アイザック王子への愛が重すぎる故《ゆえ》に、聖女を排除しようとした過激派でもある。紆余曲折《うよきょくせつ》あって聖女に敵《かな》わないことを悟《さと》ると、最後は闇落《やみお》ちして恐ろしい魔女になり、それを聖女たちが討伐《とうばつ》するのだ。

だが、かつての加奈はどうしてもこのキャラが嫌《きら》いになれず、むしろ同情すらしていた。

『あなたがいなければこの国に混乱は訪《おとず》れず、アイザック様は王に、わたくしは妻に、皆《みな》が幸せになれましたのに……』

そう涙ながらに語るコーデリアの姿は胸に来るものがあった。実際、聖女が見つかったことで国中を揺《ゆ》るがす大混乱に陥《おちい》ったのだから、言い分もわかる。

「……大丈夫？」

「はいっ！　大丈夫です！」

回想していたコーデリアは、またもや近くで聞こえた声に驚《おどろ》いて飛び上がった。いつの間にかアイザックがすぐ隣《となり》まで来ていたらしい。無表情のまま、彼がぽそりと呟《つぶや》く。

「元気そうでよかった。階段から落ちたと聞いていたから……」

王子として厳しく育てられてきたためか、それとも生真面目《きまじめ》な性格のせいか、アイザックは表情を出すのが苦手で、常に無表情だ。それゆえ「冷たい」と勘違《かんちが》いされやすいのだが、実はとても優《やさ》しい子だとエピソードで少しずつ明かされていく。

今だって、コーデリアを心配してわざわざ訪問してくれているのだ。

(そう……アイザック様は幼い頃《ころ》から優しくて、しかもいい子なんだよね)

本来であれば寝《ね》ていても王になれたはずなのに、聖女が現れたことで王の座は彼の手から離《はな》れた。さらにはゲームの賞品のように、男なら誰《だれ》にでもチャンスのあるものとなってしまう。にもかかわらず、彼は一言も文句を言わなかったのだ。

ただ淡々《たんたん》と、こう言っただけ。

『私はただ、自分の為《な》すべきことを行う。その結果選ばれないのであれば、元々私は王に相応《ふさわ》しくなかったということだ』

その言葉通り、周りが聖女に心酔してゆく中で、アイザックだけは民《たみ》のために黙々《もくもく》と義務を果たし続けた。その姿は高潔で、加奈はアイザックのそういうところも好きだった。

当然、主人公である聖女がアイザックを選ぶこともあるのだが、アイザックもただでは聖女に乗り換《か》えない。幼い頃からの婚約者であるコーデリアを大事にしたい気持ちと、止められない聖女への想《おも》いに苦悩《くのう》するシーンが何度も出てくる。

悩《なや》むアイザックのスチルもそれはそれは麗《うるわ》しく、一時期壁紙《かべがみ》に設定していたほど。

……とはいえ結局聖女を選んで婚約破棄《はき》してしまうし、そのせいで人気投票では苦戦していたのだが。

コーデリアが思い出していると、バン！　という乱暴な音とともにドアが開かれた。

そこに立っていたのは、ツンツン尖《とが》った赤髪に、深紅《しんく》の瞳《ひとみ》を持つ少年だ。

「よう！　見舞いに来てやったぜ！」

いかにも自信満々といった様子の少年が、偉《えら》そうに胸を反らす。

だが、コーデリアはその少年に見覚えがなかった。

「えっと……誰ですか？」

「はあ⁉　お前、俺様の名前を忘れたのかよ⁉　お前の幼なじみで剣《けん》の天才ジャン＝ジャガッド・バルバストルだぞ⁉」

「あぁ！」

納得《なっとく》がいったように、コーデリアがぽんと手を叩《たた》く。

彼は〝情熱の炎《ほのお》魔法使い〟というキャッチコピーを持つヒーローのひとりだ。俺様タイプで口は悪いが、根は優しく剣の天才。さらに伯爵《はくしゃく》家の嫡男《ちゃくなん》という設定もあったはずだ。

(幼少期だったからすぐには気づかなかったけれど、確かに顔はものすごく整っているものね……。幼なじみっていう設定は初耳だけれど)

加奈は無料で遊べる分は全部遊んでいるが、お金はすべてアイザックにつぎ込んでいたため、他《ほか》のキャラはそこまで詳《くわ》しくない。ジャンの幼少期を見るのも初めてだった。

まじまじ観察していると、ジャンが部屋にいるアイザックに気づいたらしい。

かすかに眉《まゆ》がひそめられ、嫌そうな顔になる。

「……っと、王子サマもいたんですね」

「……コーデリアの、お見舞いに来ていた」

途端《とたん》に、部屋によそよそしい空気が流れ始めた。

(このふたり……ゲーム内では王子と近衛騎士《このえきし》だったはずなのに、意外と関係はよくないの？　そういえば、ゲーム内で会話しているのをほとんど見たことがないかも)

思い出していると、アイザックが無表情のままボソボソと言った。

「……元気そうな顔を見られてよかった。僕はもういくよ。それじゃあ」

「あっ！」

（まだ帰らないで！　もっと幼少期のアイザック様を近くで堪能《たんのう》させて！）

けれどそんなことを口に出せるはずもなく、コーデリアはただただアイザックが立ち去るのを黙《だま》って見ていることしかできない。

「あいつもう帰るのか？　何しに来たんだ？」

不思議そうな顔をするジャンに、コーデリアは拳《こぶし》をにぎる。

「もちろんお見舞いに決まってるじゃない！　でもアイザック様は口下手だから、きっと気を遣《つか》って帰ってしまったんだ……！　ああ、もっとお話したかった……」

コーデリアは悔《くや》しさのあまり、枕《まくら》をぼすぼすと叩いた。

「ふぅん……っていうかお前、前からそんな話し方だっけ？　あと枕なんか叩いたら、おっかねえばあやに怒《おこ》られるんじゃないのか？」

コーデリアはギクリとした。公爵令嬢《れいじょう》としての記憶《きおく》はあるものの、どうも前世を思い出してから、口調やら行動やらはそっちの影響《えいきょう》を強く受けてしまっているらしい。

（ただの一般《いっぱん》人として二十五年も生きていたから、さすがに色々変わるよね……）

そこまで考えて、コーデリアはふとあることに気付いた。

（待って。変わるって言ったらもしかして……聖女がアイザック様ルートを選ばなかった

ら、私が婚約破棄されることもなくなるんじゃない⁉）

なんせ、このゲームは某《ぼう》数十人いるアイドルばりにヒーローの数が多いのだ。

王子に騎士に魔法使《まほうつか》いに隣国《りんごく》の王子に暗殺者にとテンプレから始まって、没落《ぼつらく》貴族や庭師や音楽家や芸術家、あげくの果てにショタにイケオジまでいる。数が増えれば増えるだけ、アイザックが選ばれる確率は減るというもの。

ちなみに他のヒーローが聖女に選ばれた場合、アイザックがいる現王家は全員強制的に公爵家へと落とされてしまうのだが、元々現王家も前の聖女に選ばれたことで始まっている。その際に王家から公爵家へと落とされたのが、コーデリアの生まれであるアルモニア家だったりする。だから現王家にとっては、時が巡《めぐ》って自分たちの番が来たくらいの認識《にんしき》なのだと、ゲーム内で説明があった。

（つまり、聖女がアイザック様ルートを選ばなかったら、私はこのままアイザック様との薔薇《ばら》色《いろ》ハッピーエンドを迎《むか》えられるんじゃ……⁉　ああ、お願いします聖女様！　どうかアイザック様を選ばないでください！）

コーデリアは祈《いの》るようにグッと手を組み、まだ見ぬ聖女に向かって祈りを捧《ささ》げた。

――けれどもコーデリアの期待する〝薔薇色ハッピーエンド〟は、二回目の人生開始早々に打ち砕《くだ》かれることとなる。

その日、そよそよと一面のラベンダーが美しく揺れる薄紫《うすむらさき》の丘《おか》で、コーデリアはお昼ごはんの入ったバスケットを持って立ち尽《つ》くしていた。

少し先には、麗しのアイザックともうひとり。さらさらのミルクティーカラーの髪《かみ》を揺らし、平民らしきエプロンのついたワンピースを着た美しい少女が、ラベンダーの花束をアイザックに手渡《てわた》している。

(あ、これ見たことある。『アイザック王子〜幼少期ｖｅｒ〜』のイベントで、実はヒロインとヒーローは小さい頃に出会っていました！　ってやつだ……)

今日はコーデリアの完治を記念して、アイザックから散歩に行こうと誘《さそ》われていたのだ。るんるんでついてきた結果が、まさかアイザックと聖女の出会いイベントだったなんて。

(と言うかコーデリア、実はイベント中その場にいたんだね⁉　かわいそうすぎる……)

原作のコーデリアの気持ちを考えていると、思わず涙《なみだ》が出そうになる。

(しかも聖女、どう見ても〝ひな〟だよね⁉)

コーデリアは目をくわっと見開いて、少女の顔を穴が開くほど見つめた。

おかしい。ゲームの中でもエルリーナは美人だったが、これほどまでに〝ひな〟の顔ではなかったはずだ。元々美人だったため、聖女になっても全然違和感《いわかん》はないが、それにしたってまんますぎる！　とコーデリアは心の中で毒づいた。

「ひなって呼んで。あなたが元気なさそうだから、気になっちゃったの」

（えっ!?　自分でひなって言っていない!?　まさか、これからもひなの名前で通す気!?）

やっぱりそうだったことに驚《おどろ》き、それ以上にひなの我が道の行きっぷりに度肝《どぎも》を抜《ぬ》かれる。エルリーナという名前は丸無視だ。戸籍《こせき》はどうする気なのかという疑問ですら、今の彼女の前では霞《かす》んでしまいそうだ。

とは言え、それを突《つ》っ込みに行く勇気はない。

前世ではさんざん迷惑《めいわく》をかけられてきたし、なにより今のひなは聖女。ヒロインとヒーローの間に割り込もうなんて恐《おそ》ろしいことを、考えられるわけもなかった。

コーデリアは息を殺して草むらにしゃがみ込んだ。幼少期エピソードには悪役令嬢が出てこなかったから、もしかしたら原作のコーデリアもこうして隠《かく》れていたのかもしれない。

それを考えると、不憫《ふびん》すぎて涙が出るどころか号泣《ごうきゅう》してしまいそうだ。

一方のひなは、このまま〝過去イベント〟を進めるつもりなのだろう。何やら積極的にアイザックに話しかけている。

（それにしても……よりによって、ひなが聖女かぁ……）

──実は、うっすらとそんな気はしていた。

もともと加奈はひなに巻き込まれて階段から落ちたのだし、女神《めがみ》も「あなたたち」と言っていた。だから状況《じょうきょう》的に、一番可能性が高いのがひなだったのだ。それでもなるべく考えないようにしていた。なぜなら……。

（ひなも、アイザック様推《お》しなんだよね……）

思い出して、コーデリアの気持ちが沈《しず》む。

（女神様は、努力すれば報《むく》われる世界にしてあげると言っていたけれど……これぱっかりは無理だよ……）

幼少の頃《ころ》から植え付けられたひなに対する圧倒的劣等感《あっとうてきれっとうかん》。好きだった人は皆《みな》もれなくひなのことを好きになり、あげくの果てに加奈は〝おかん〟呼ばわりだ。

恋愛《れんあい》では、同じ世界に立つことすらおこがましいと思い知らされた。

なのに、年齢《ねんれい》イコール彼氏なしで死んだ加奈のライバルがひなだなんて。

たとえ今の外見がどれだけ美しくても、心が完全に負けていた。

（アイザック様の愛を、よりによって聖女でヒロインのひなと競《きそ》うとか、絶対に無理……）

絶望したコーデリアが膝《ひざ》に顔をうずめたその時だった。

「あれ？　あなただれ？」

その声にハッとして顔を上げると、幼いひながこちらを見下ろしている。

（やばい、見つかった……！）

コーデリアはどきりとした。この世界で記憶を取り戻《もど》してから、初めてふたりが出会ったのだ。自分がすぐにひなだと気づいたように、ひなも加奈だと気付くかもしれない。けれどそんな心配とは裏腹に、ひながそのことに気付いた気配はなかった。代わりに、コーデリアを見てくすりと笑う。

「あなた……実はここにいたんだね？」

含《ふく》みを持たせた言葉から、コーデリアが悪役令嬢だというのは知っているらしい。

「ねえ……今言ってもわかんないかもしれないけど、次に会った時、ひなに嫌《いや》がらせするのはやめてね？　それってすごく無駄《むだ》なことだから」

（そんなこと、しないよ……）

本当はそう言い返したかったけれど、そんな気力はなかった。黙《だま》ってうつむくコーデリアを見て、ひなが満足したようににっこりと笑う。

「それじゃ、またね」

そう言うと、ひなはアイザックにとびきりの笑顔《えがお》を振《ふ》りまいてから、気が済んだようにすたすたと歩いていった。

――この瞬間《しゅんかん》、加奈は悟《さと》っていた。

コーデリアとアイザックの薔薇色ハッピーエンドが消え去ったことを。

やがてひなの姿が見えなくなったのを確認して、コーデリアはのろのろとアイザックのもとへ行った。彼は子どもとは思えないほど紳士的《しんし》にエスコートしてくれ、そのひと時だけ、コーデリアは世知辛《せちがら》い現実を忘れられた。

「……まだ、体調が良くない？」

知らずため息が漏《も》れていたのだろう。アイザックが探《さぐ》るように顔を覗《のぞ》き込んでくる。コーデリアはあわてて手を振ってみせた。

「いえっ！　大丈夫《だいじょうぶ》です！　その、目の前のお花があまりにも綺麗《きれい》だから」

「そう。よかった」

アイザックは、コーデリアの幼女らしからぬ喋《しゃべ》り方にも気づいていない。その純真さがまぶしくて、コーデリアは気がつけば彼に語りかけていた。

「……アイザック様は、きっとそのうち素敵《すてき》な人と恋《こい》に落ちるんですよね」

「恋に……？　どうして？」

「そういう、運命だからですよ」

「うんめい……。むずかしい単語だ。次までに勉強してくる」

生真面目《きまじめ》に答えるアイザックが可愛《かわい》くて、コーデリアはふっと笑って彼の頭に手を伸《の》ばした。小さな手が、小さな頭をぽんぽんと撫《な》でる。

「アイザック様。どうか違《ちが》う女性を好きになっても、私のことは忘れないでくださいね」

「なぜそんなことを言う？　僕は他《ほか》の人を好きになんてならない。君と結婚《けっこん》するんだよ」

少しだけムッとしたように唇《くちびる》を尖《とが》らせる姿もまた、とてつもなく可愛い。

（もうこの顔が見られただけで、いや、しばらく見られるだけでよしとしよう）

コーデリアが婚約破棄《はき》される十七歳までは、まだ時間がある。だったら、それまでの間だけでも、この愛《いと》しい王子といられる時間を大事にしよう。

（落ち込んでいたって未来が変わるわけじゃないし、よく考えたら十年間も間近で推し活できるなんて最高じゃない？　こうなったら開き直って、アイザック様が私のことを忘れられなくなるぐらい、たくさん思い出を作らなきゃ！）


それがコーデリアの考えた、〝期間限定薔薇《ばら》色《いろ》ハッピーライフ〟の始まりだった。

そうして〝限りある時間を大切に〟というモットーのもと、コーデリアは着々とアイザックと思い出を作っていった。

原作のコーデリアは彼に「いつも怒《おこ》っているようで、私と一緒《いっしょ》にいるのが嫌みたいだった」と言わしめていたが、前世の記憶《きおく》を取り戻した今はそうではない。

今まで「恋愛は自分には無関係のこと」と抑《おさ》え込んでいた反動なのか、それとも元々が重い性格なのか、期間限定という免罪符《めんざいふ》を得たコーデリアは、たがが外れたようにアイザックに尽《つ》くした。

多分こういうところが〝おかん〟と呼ばれる原因なのだろうと思いながら、それはもう全力で尽くした。

「殿下《でんか》！　また新しいお茶を持ってきましたわ。酸《す》っぱいのは苦手だとおっしゃっていましたから、今日は甘いのです！」

十五歳になったコーデリアは、隙《すき》あらば彼の勉強部屋に押しかけては、疲労《ひろう》回復効果のある甘味や飲み物を押し付けていた。

ちなみに、あの後ばあやから「公爵令嬢《こうしやくれいじよう》としてあるまじき言葉遣《ことばづか》いは何なのです⁉　ただちに直しますよ！」とみっちり叩《たた》き込まれたおかげで、すっかりお嬢様言葉が板についていた。また〝アイザック様〟ではなく、〝アイザック殿下〟とも呼ぶようになった。

……ばあや怖《こわ》い。

それからお土産《みやげ》を持っていく際に、ちょっとした情報を持っていくこともあった。

「ドレス商から聞いたのですが、今王都でモスリン製のネグリジェがとても流行《はや》っているらしいですわ。着心地《きごこち》が軽《かろ》やかでよく眠《ねむ》れると、男女問わず人気なのだそうです」

『流行には敏感《びんかん》であれ』

これは前世の新人時代に、徹底《てってい》的に叩き込まれたことだった。流行に限らず、社会のあらゆる変化を敏感に感知し、経営に与《あた》える影響《えいきょう》や危険性をいち早く知らせる。

それも、広報の仕事のひとつだ。

もちろん今のコーデリアは、働くどころかまごうことなき令嬢であるのだが、もはや体に染《し》み込んだ職業病のようなもの。気づけば自然と流行を追うようになり、そしてとある理由から、それをアイザックに知らせるのが習慣となっていた。

「そうか。なら、父上にも贈《おく》って差し上げよう。モスリンの輸入量も増えそうだね」

表情を変えず、カリカリと書き物を続けながらアイザックが答える。その横顔は少年特有の儚《はかな》さをたたえて絵画のように美しく、コーデリアはほうと見とれた。

――幼い頃に、王妃《おうひ》である母を亡《な》くしている彼は、唯一《ゆいいつ》の肉親である国王をとても大事にしている。しかし親子そろって無表情であるため、はたから見ていてもどかしい程《ほど》コミュニケーションがうまく取れていなかった。それに気づいてから、コーデリアは贈り物候補になりそうなネタを仕入れては、アイザックに伝えるのが趣味《しゅみ》になっていた。

「あっちなみにお礼はお構いなく。どうしてもというならぜひお菓子《かし》でお願いしますわ！」

思い出して、急いで付け足す。放《ほう》っておくと、アイザックからお礼と称《しょう》して、ドレスやら宝石やらが次々と贈られてきてしまうからだ。その点、食べ物なら消費に困らない上、一緒に食べましょうと誘《さそ》い出せて非常に都合がよかった。

「そうか。……ではまた探しておく」

言いながら、アイザックの表情が少しだけ和《やわ》らぐ。こう見えて彼自身が一番甘いもの好きだということを、コーデリアは知っていた。

そうやって何かとネタを仕入れてはアイザックに献上《けんじょう》し、それをきっかけに彼が国王に贈り物をする。そんなことを繰《く》り返していたら、ある日国王から直々に呼び出された。

（さすがに、殿下の部屋に詰《つ》め掛《か》けすぎだと怒られるかしら……⁉）

ドキドキしながら訪問したコーデリアを待っていたのは、穏《おだ》やかな顔をした国王だ。

「こうして改めて話をするのは久しぶりだな、コーデリア」

「陛下におかれましては、ご機嫌麗《きげんうるわ》しゅうございます」

さっと公爵令嬢にふさわしい磨《みが》き抜《ぬ》かれたお辞儀《カーテシー》を披露《ひろう》すると、アイザックによく似たまなざしの国王が微笑《ほほえ》む。

「未来の娘《むすめ》よ、そんなに堅苦《かたくる》しい挨拶《あいさつ》はしなくてよい。今日君を呼んだのは、お礼を言いたかったからだ」

「お礼……ですか？」

思い当たることがなくてきょとんとするコーデリアに、国王は続ける。

「聞いたのだが、息子《むすこ》が私に贈ってくれるプレゼントは、ほとんど君が一緒に選んでくれているのだろう？」

それを聞いてコーデリアは「ああ」と自分が呼び出された理由に思い当たった。

「選んだと言うほどのことではありませんわ。ほんの少し、助言しただけですから」

「それでもかまわない。……私は長らく息子とどう接していいかわからなかったが、贈り物をきっかけに、少しだけ話す機会が増えた。あの子もいつの間にか、ずいぶんと大きくなっていたのだな。最近は、私などよりよほど政治経済に通じているようだ」

そう言って笑った国王の瞳《ひとみ》は優《やさ》しかった。心の底から、アイザックとの交流を喜んでいるのがわかる笑《え》みに、コーデリアも微笑む。

「アイザック殿下は素晴《すば》らしい方ですもの。将来王となるのが本当に楽しみですわ」

その言葉に、国王の優しい瞳が今度はコーデリアに向けられる。

「それもこれも全部、君のおかげだと私は思っているよ。アイザックに君のようなレディがいてくれてよかった。これからもどうか息子を末永く頼《たの》む」

「もちろんですわ！」

（と言っても私は、二年後にお役ごめんになってしまうのだけれど……それまで精一杯《せいいっぱい》、殿下をサポートするつもりよ！）

謁見《えっけん》の間から退出し、コーデリアがるんるんで廊下《ろうか》を歩いていると、ちょうど目の前からアイザックが歩いてくるところだった。気付いた彼がこちらを見る。

「父上と話をしていたと聞いたけれど、その顔だといい話だったのかな」

「ええ！　陛下に褒《ほ》められてしまいましたの。……ところで殿下は、何かお悩《なや》みですか？」

コーデリアの指摘《してき》に、アイザックがかすかに目を見開いた。

――彼は、はたから見るといつも通りの無表情だったが、その中にわずかな違いがあることをコーデリアは見抜《みぬ》いていた。伊達《だて》に長年、推《お》しをただ見ていたわけではない。

「……さすがだね。昔から君にだけは、どうしても見抜かれてしまう」

「ふふ、光栄ですわ。それよりも差し出がましいですが、お話を聞かせていただいても？」

コーデリアの言葉に、アイザックはしばし考えてからうなずいた。

「……では、私の部屋に行こう」

たどり着いた部屋で、彼はお茶を飲みながら口を開いた。

「私は王子の務めとして、最近王立騎士《きし》学校に通い始めたのだが……」

（もちろん知っておりますとも！　殿下の大事な情報ですもの）

という言葉は出さず、コーデリアは淑女《しゅくじょ》らしく返事をする。

「ええ、噂《うわさ》は聞いておりますわ」

王立騎士学校は、この国でも由緒正《ゆいしょただ》しい、そして文武両道のエリートだけが入れる学校だ。ほかの騎士学校と違い、必須《ひっす》条件として魔法《まほう》の才能が求められるのも特徴《とくちょう》。その代わり、卒業後はエリートコースが約束されているのだ。

（私も男だったら、闇《やみ》魔法を手に乗り込んでいたんだけれど……）

コーデリアは考えた。


この世界では、魔法は属性によって個性が違《ちが》う。

圧倒《あっとう》的な攻撃《こうげき》力を誇《ほこ》る火魔法に、治癒《ちゆ》がメインとなる水魔法。それから生活面でも何かと便利な風魔法に、農耕で大活躍《だいかつやく》する土魔法。

これら四元素の魔法が使える人間は、人口のおよそ二割から三割ぐらいの確率で生まれていた。さらに遺伝する確率も高いため、魔法継承《けいしょう》目的の婚姻《こんいん》も数多く行われている。その代表格が貴族たちだ。

そして魔法を使える人間の中からさらに低確率で――数字で言うなら天文学的数字以下の確率だとかなんとかで――ごくごくまれに、聖魔法使いと闇魔法使いも生まれた。

聖魔法は奇跡《きせき》とも呼べる治癒魔法が使え、水魔法では治療《ちりょう》不可能な病気や、失った身体《からだ》の一部ですら再生できるのだという。そのため聖魔法を使える者は発見され次第《しだい》、国が保護という名の下に囲い込んでしまうのが通例だ。

対して闇魔法はと言えば。

(実は破壊《はかい》以外、何もできないのよね……)

ふぅ、とコーデリアはアイザックに気付かれないようため息をついた。

闇魔法は純然たる攻撃魔法で、できることと言えばひたすら物を破壊することだけ。その威力《いりょく》は他属性の追随を許さないほど圧倒的で、仮にここでコーデリアが林檎《りんご》大ほどの闇魔法を発動させた場合、周囲百メートルが消し飛ぶことになるだろう。

当然、ものすごく危険かつ凶悪《きょうあく》な魔法だった。

そして過去には、その圧倒的な力をもって国の乗っ取りや世界征服《せいふく》を企《たくら》んで「魔王」扱《あつか》いされた闇魔法使いもいた。そのせいで一時期は、闇魔法使いというだけで危険人物扱いされ、迫害《はくがい》を受けていたこともある。

だが結局、迫害すればするほど闇魔法使いは追い詰められ、最後には闇落ちして悪《あ》しき方向に進んでしまう。そのため、近年は価値観の見直しを試みている最中だった。

(私がアイザック様の婚約者に選ばれたのも、公爵令嬢《こうしゃくれいじょう》だからというよりは、闇魔法使いだったからなのよね。危険な闇魔法使いは自国に囲い込んでしまおう、ということね)

当然、未来の王妃が闇魔法使いだということを快く思っていない人も中にはいる。将来的にコーデリアが婚約破棄《はき》されたら、きっとそういう人たちは喜ぶのだろう。

（っていけない、殿下《でんか》が話している最中だったわ）

コーデリアはあわててアイザックを見た。と言っても彼は彼で考え事をしているらしく、黙《だま》ったきり口を開かない。

「殿下？」

声をかけると、顔を曇《くも》らせたアイザックがようやく口を開いた。

「騎士学校で……どうも他の学生から手加減されている気がする。私が水魔法使いだからとは言え、全力でぶつかってこようとしないのだ。本気を出さないことには、学校に行っている意味がないというのに」

アイザックは、四元素の中で最も攻撃力に劣《おと》る水魔法使いだった。治癒が主なため仕方ないのかもしれないが、その弱さは属性的に得意であるはずの火魔法にも負けるほど。

「大丈夫《だいじょうぶ》だから全力で来てくれ、と言っても彼らは困ったように笑うばかり。……士族としての威厳《いげん》が足りないのだろうか」

「それは……」

（多分、原因はあれよね……）

その〝原因〟に、コーデリアは心当たりがあった。

ジャン＝ジャガッド・バルバストル。ヒーローのひとりであり、コーデリアの幼なじみでもあるジャンが、以前こんなことを言っていたのだ。

『あんなほそっこい王子サマに、俺たちの相手が務まるかよ』と。

それを聞いたコーデリアはすかさず、細さはたいして変わらないわよ！　と突《つ》っ込んだのだが、ジャンに言わせると見た目の話ではないらしい。

幼年期から騎士学校でビシバシしごかれてきたジャンたちと違って、アイザックはずっと王宮で独自のカリキュラム、つまり帝王《ていおう》教育を受けてきた。それでいて家臣たちが「アイザック殿下はすばらしい才能の持ち主」ともてはやすため、エリートだと自負するジャンたちにとってはおもしろくなかったのだ。

その上アイザックの表情の乏《とぼ》しさが「すかしている」と反感を買う一因にもなっていた。

（でもアイザック様って……本当はものすごい魔法の才能の持ち主なのよね）

ほとんど知られていないが、実はアイザックも努力の鬼《おに》。寝《ね》る間も惜《お》しんで修行《しゅぎょう》を続け、その結果とんでもない魔法使いになっていることを、コーデリアだけは知っていた。

（ジャンはそれを知らないから、見くびっているんだわ）

『たとえ王子だろうと、自分より弱いヤツ』

口には出さなくても、ジャンがそう思っているのは丸わかりだった。

（なら……。殿下は強いってことを、わからせてやればいいんじゃないかしら？）

コーデリアは顎《あご》に手を当てて、じっくりと考え始めた。

（そのためにはまず、ジャンが殿下と全力で戦いたくなるようにしなければ。……あら。これってちょっと、広報にも似ているわね？）

コーデリアが前世で広報として働いていた時代。商品にしろ会社にしろ、すべてにおいて、まずはその存在を知ってもらわないことには始まらなかった。

『こんな便利な商品がある』はもちろん、『この会社はこんなことをしている』というのを知らせるのも広報の仕事だ。

前世でよく見た〝社名を連呼するＣＭ〟などがいい例で、会社の認知《にんち》度が上がることで仕事を受けやすくなったり、話題になって社員のモチベーションがアップしたり、また人事採用のしやすさなどにもつながる。

（ＣＭ自体は宣伝部が打つけれど、取材を受けた場合に対応するのが広報なのよね。そう考えると……今の私がまず始めるべきことは、殿下の〝広報〟かもしれない）

広報先はもちろんメディア――ではなく、社交界。そしてジャンのいる騎士学校界隈《かいわい》だ。

（ふふ、せっかくやるなら、徹底《てってい》的にやってこそよね！）

企みを胸に、コーデリアはアイザックに問いかけた。

「殿下。ジャンと本気で戦って、勝つ見込みはありますか？」

コーデリアが真面目《まじめ》に言っていることに、彼も気付いたのだろう。表情が真剣《しんけん》になる。

「もちろんだ。自慢《じまん》ではないが、私は彼にも負けないと自負している」

その答えにコーデリアはにっこりと微笑《ほほえ》んだ。

「なら、私にいい案がありますわ！　あのジャガイモ……じゃなかった、彼らに殿下の実力を見せつけてやりましょう！」

コーデリアは鼻息荒《あら》く、拳《こぶし》を掲《かか》げて言った。


後日。コーデリアは満面の笑《え》みで、ジャンの家を訪《おとず》れていた。

「ジャン＝ジャガイモはいらっしゃいますの⁉」

叫《さけ》べば、ドドドドという足音とともに、速攻《そっこう》ジャンが現れる。

「おい、なんだよその品種みたいな名前！　俺の名前はそんなんじゃないぞ⁉」

「あら。あなたにはその名前がお似合いですわ。だってあなた、いえ、あなたたち、アイザック殿下を見くびってわざと手を抜《ぬ》いているじゃない」

剣の天才であり伯爵《はくしゃく》家嫡男《ちゃくなん》であるジャンは、令嬢たちからの人気が高い。確か前世の人気投票でもかなりの順位にいたはずだ。だがどんなに他《ほか》から人気でも、コーデリアにとってアイザック以外の男性は全員ジャガイモにしか見えなかった。むしろアイザックを悪く言う分、作物として優秀《ゆうしゅう》なジャガイモよりよっぽど地位は低い。

アイザックの名前に、ジャンがピクリと反応する。それから思い切り嫌《いや》そうな顔をした。

「……あら、その反応、どうやらもう噂《うわさ》は聞いているようですわね？」

尋《たず》ねれば案の定、ジャンがイライラしたように言った。

「まったく、一体どこからあんな噂が出ているんだ？　よりによって俺たちがあの王子サマに勝てないなんて、そんなことがありえるかよ？」

――『騎士《きし》学校では、誰《だれ》もアイザック殿下に勝てないらしい』。それが巷《ちまた》で広がっている噂だった。


もちろん、そこにはコーデリアが一枚かんでいる。

と言っても、今回コーデリアが行ったのは〝事実を言い広めただけ〟。

この世界のメディアならぬ令嬢たちを茶会に招き、アイザックがいかに強いかということをとうとうと語る。それから実際に、とにかく派手で強そうに見える魔法《まほう》をアイザックに披露《ひろう》してもらい、最後にこう事実を付け加えたのだ。

『アイザック殿下は、いまだ騎士学校で負け知らずらしいですわ』

と。それに対してアイザックは当然、

『そういうわけではない。手加減されているだけだ』

とこれまた事実を言うのだが、先ほどものすごく強そうな魔法を見てしまった令嬢《れいじょう》たちにとってみれば、それは謙遜《けんそん》にしか聞こえないだろう。

『美貌《びぼう》の王太子にド派手な魔法』。楽しいものが大好きな令嬢たちが、あちこちで自分が見たものを吹聴《ふいちょう》して回った結果出来上がったのが、今の噂というわけだった。

(この広まり方。もしこの世界にSNSがあったら、〝トレンド〟に載《の》っていましたわね)

発表した情報がSNSで話題になってトレンドに載る。それは広報・宣伝として大成功ということに他ならない。

「それよりも、いいんですの？　このままだとあなたたち、アイザック殿下《でんか》より弱いということになりますわよね？」

コーデリアはわざと〝弱い〟を強調して言った。

(ふっふっふ。こういう煽《あお》り方って前世では炎上《えんじょう》リスクがあるから控《ひか》えていたけれど、異世界はいいわね。なんてったって治外法権だもの！)

「いいわけがないだろう！」

ジャンが吠《ほ》えると、その言葉を待っていましたとばかりにコーデリアが身を乗り出す。

「そう言うと思いましたわ！　なら、練習試合を行いますわよね⁉」

「は⁉　なんでそんなめんどくさいこと……」

「あら、まさか逃《に》げる気？　ならあの噂は事実ってことになってしまいますわねえ……」

その言葉に、何か気づいたらしいジャンがバッとコーデリアを見る。

「さてはお前……はめやがったな⁉」

「さて、何のことかしら？　手を抜いていたのは私ではなくってよ」

「くっ……。わかったよ、練習試合、やってやろうじゃないか！」

こうしてコーデリアは、まんまとジャンを搦《から》めとることに成功したのだった。

「……で、なんでこんなに観客が多いんだ⁉」

練習試合の当日。騎士学校の生徒に交じって訓練場に詰《つ》めかけていたのは、キャアキャアと黄色い声を上げる大量の令嬢たちだ。

「仕方ないでしょう。練習試合をやるらしいって言ったら、皆《みんな》が見たいって」

もちろん言いふらしたのはコーデリアだ。これはただの練習試合ではない。この機会に、アイザックの強さを知ってもらおうと思ったのだ。

新商品お披露目会ならぬ、アイザックの実力お披露目会。

ここで起きたことはすべて、プレスの代わりに令嬢たちが口コミで話を広げてくれるだろう。取材陣《しゅざいじん》を呼び集めておもしろそうな話題を提供するのも、広報の基本中の基本だ。

「俺は構わないけど、王子サマが赤《あか》っ恥《ぱじ》かくだけじゃないのか？」

ジャンがフン、と鼻を鳴らして見せれば、戦闘《せんとう》用の服に着替《きが》えたアイザックが進み出る。

「今日こそ、手加減なしで来てほしい。負けた時に『王子だから手加減した』と言い訳されたくないから」

バチバチッと、ふたりの間に見えない火花が飛び散った。間近で見ていたコーデリアがごくりと唾《つば》をのむ。

(さあ……私ができることは全部したわ。あとは殿下頼《だの》みよ)

広報ができるのは、存在を周知させ、盛り上げること。だがそれもすべて、会社や商品の実力があってこそだ。備わっていない性能を謳《うた》えば、ただの誇大《こだい》広告になる。

もしアイザックが即座《そくざ》に負けるようなことがあれば、評判は上がるどころかガタ落ちだろう。空気を読んでうまいことマイナスにならないよう書いてくれるメディアと違《ちが》って、令嬢たちは遠慮《えんりょ》なく見たものをありのまま語るに違いない。

(殿下……信じていますわよ！)

コーデリアが固唾《かたず》を呑《の》んで見守る中、ふたりがそれぞれの位置につく。

「それでは……はじめようか」

アイザックが静かに顔を上げる。

「先手必勝！　俺から行くぜ！」

すぐさまジャンが叫び、次の瞬間《しゅんかん》彼の姿が掻《か》き消えた。

直後、ガキィンと音がして、刃《やいば》と刃がぶつかりあう金属音が響《ひび》き渡《わた》る。ジャンがすさまじい速さで、一気にアイザックに詰め寄ったのだ。

それを滑《なめ》らかな動きでアイザックがいなし、今度は彼が振《ふ》りかぶる。だがそれを、ジャンは悠々《ゆうゆう》とした顔で受け止めた。

そのままガキン、ガキンと何度も剣がぶつかり、こすれあった刃から火花が散る。高速で繰《く》り広げられる剣技《けんぎ》に、令嬢たちがキャアと声を上げた。

「おら、どうした！　受けるので精一杯《せいいっぱい》か!?」

やがて、目をぎらつかせて叫ぶジャンの言葉通り、少しずつアイザックが不利に陥《おちい》った。ジャンの刃をひたすら受け止めているものの、反撃《はんげき》に出る余裕《よゆう》がないように見える。

そのうちジャンの一撃を受けて、ピッ、とアイザックの頬《ほお》に朱《しゅ》が走った。だがそれもすぐに消え去る。アイザックが一瞬のうちに、魔法で治癒《ちゆ》していたのだ。

「水魔法は治すのが得意だもんな!?　だったら、どでかい傷を作っても平気だよな!?」

そう叫んだ瞬間、ジャンの剣に業火《ごうか》が走った。同時にいくつもの火の玉が彼の周りに浮《う》かび上がる。飛び散った火花に、見学者たちが蜘蛛《くも》の子を散らすように逃げていく。

（ジャンの魔法剣……！　いよいよ、本気を出すつもりなのね）

ジャンはこう見えて、〝賢者《けんじゃ》〟称号《しょうごう》を持つ魔法剣士だ。

称号〝賢者〟とは、魔法技能における最上級クラスの呼称《こしょう》。この国では扱《あつか》える魔法の技術によってそれぞれ資格名とも言える称号が決まっており、その最高位は賢者と呼ばれている。この国では数えられるほどしかおらず、ジャンはそのうち火魔法使いの賢者だった。

（でも……それを言うならアイザック様だって水魔法使いの賢者よ！）

コーデリアが見守る中、アイザックもゆっくりと剣を振る。

「……君に合わせて剣だけで戦っていたが、魔法を使っていいんだな」

そう言った瞬間、宙に水でできた巨大《きょだい》な剣《つるぎ》がズラッと出現した。

剣は人ひとり分ほどの大きさがあり、アイザックを中心に、放射線状にすさまじい勢いで増えていく。彼の凛《りん》とした佇《たたず》まいと相まって、まるでこれから神の裁きがくだされるような神々《こうごう》しさすら感じさせる光景だった。令嬢たちは見とれて声も出ない。

「んな⁉」

その危険度を肌《はだ》で感じたジャンが、あわてて炎《ほのお》を具現化させる。瞬《また》く間に巨大な火の鳥が、ジャンの頭上を舞《ま》っていた。

「そろそろ、この試合を終わらせよう」

水魔法を剣に纏《まと》わせたアイザックが、目の前にまっすぐ剣をかざす。

——それからは、一瞬のことだった。

宙に浮かんだすべての剣が、怒涛《どとう》の勢いでジャンめがけて降り注ぐ。火の鳥がそれを必死に防ごうとしたものの、哀《あわ》れにも串刺《くしざ》しにされ地に堕《お》ちた。同時に巻き起こった土埃《つちぼこり》に

人々は目を覆《おお》い、ようやく目を開けて皆が見たのは、尻《しり》もちをついて、剣を突《つ》き付けられているジャンの姿だった。

「……くっそ」

悔《くや》しそうに、ジャンが吐《は》き捨てる。

それが試合終了《しゅうりょう》の合図だった。

(す……すごい!! 本当に、あのジャンに勝ってしまったわ!!)

コーデリアの気持ちと連動するように、ワアァッと大歓声《だいかんせい》が上がり、会場が拍手《はくしゅ》に包まれる。それに浮かれた様子もなく、アイザックは何もなかったかのように剣をしまった。

「おい」

そこに声をかけたのはジャンだ。

(ジャン、何を言う気なの!?)

コーデリアが緊張《きんちょう》して見守る中、ジャンは立ち上がってぱっぱと服についた土を払《はら》った。

「……今まで、悪かったな。王子サマなんて呼んで。……悔しいけど、あんたの強さは本物だった。よく思い知らされたよ」

ジャンの言葉を、アイザックは目を丸くして聞いていた。それからわずかに微笑《ほほえ》む。

「君もすごかった。剣だけだったら、きっと負けていただろう」

そう言ってアイザックが手を差し出す。その手を、ジャンはしばらくためらってから恥《は》ずかしそうに握《にぎ》った。

その瞬間、キャアアアと爆発《ばくはつ》するような黄色い悲鳴が会場に響き渡る。ご令嬢《れいじょう》たちだ。

(しまった！　今ので、新しい世界に目覚めてしまった方もいるのではなくて⁉)

男同士のアツい友情は、いつでも世の女性陣《じん》をアツく、ときめかせるのだ。

(試みとしては大成功だけれど、ジャンが恋《こい》のライバルになるのは勘弁《かんべん》して欲しいわ！)

今回の狙《ねら》いはアイザックの実力を周知させ、ジャンに知ってもらうことにある。彼は負けず嫌《ぎら》いではあるものの、根は真っすぐで、自分が認めた人間には従順なのだ。

だがこれがきっかけで、もしジャンがコーデリアのライバルになってしまったら……。

恐《おそ》ろしい想像をして、コーデリアはブルブルと頭を振ったのだった。


その後アイザックと和解したジャンは、シナリオ通り彼の近衛騎士《このえきし》となった。けれどシナリオと違って、彼は以前の態度が嘘《うそ》のようにアイザックと打ち解けている。そんな彼の様子にアイザックもまた、心なしか嬉《うれ》しそうな反応を返すようになっていた。

(仲良くなりすぎも心配だけれど、よそよそしいよりはずっといいことよね。……久しぶりに広報っぽいことをしたけれど、やっぱり知ってもらうのってすごく大事だわ)

何事も、知らなければ始まらない。アイザックが無表情に見えて色々考えていることも、彼が実は努力家なことも、知らなければ他人にとってないのと同じだ。

それを知ってもらい、届けるのが〝広報〟という職業でもあった。

(……思い出したわ。昔、企画《きかく》開発の人と打ち合わせを重ねて行った体験会が話題になった時も、本当に嬉しかったのよね)

広報ができることは、そう多くない。商品を作れるのは開発だけで、お金を出して宣伝するのは宣伝の仕事。広報はと言えば、宣伝とは別口でいかにメディアに取り上げてもらえるか、そして正しく理解してもらえるよう声を上げることだけ。

(でも、知ってもらうことで、少しでも世の中の素敵《すてき》なものに気付いてもらえたら……そう思って、仕事をしていたんだっけ)

それから、コーデリアは寂《さび》しそうに微笑む。

(もう、私に時間はあまり残されていないわ。けれど殿下《でんか》のために、最後にジャンという友達を残せたのならそれで十分よ)

コーデリアは今年、十七になる。それは聖女が見つかって保護され、そしてアイザックに婚約破棄《こんやくはき》をされる年だった。

第二章　シナリオ……通り？

やがてコーデリア十七歳の春。シナリオ通り、辺境の村で聖女が見つかった。

「数百年ぶりの聖女様だ！」

「今度の聖女様は、なんて魅力《みりょく》にあふれている方なんだ！」

十年ぶりに見るひなは、前世で覚えている通り、いや、それ以上に美しく育っていた。微笑む顔は前世同様、楚々《そそ》として可愛《かわい》らしく、見られることに慣れ切っているせいか、仕草も村娘《むらむすめ》とは思えないほど品がある。

「こうしてみるとやっぱり聖女様って特別ね。なんだか清らかというか……見て、アイザック殿下と並んでいても様になっているわ」

「聖女様はアイザック殿下を選ぶのかしら？　でもよかったわ。わたくし本当は、闇魔法《やみまほう》使《つか》いが王妃《おうひ》の座に座るのはどうかと思っていたのよ」

ヒソヒソと、そんな声も聞こえてくる。聖女であるひなが王宮に招かれてから、コーデリアの周りからは少しずつ人が減っていった。

（そうよね。王妃候補でなくなった闇魔法使いの私なんて、貴族たちにとっては何の魅力

もないどころか、避《さ》けたい対象だもの）
ひと昔前まで、闇魔法使いは迫害《はくがい》の対象だったのだ。今も心の奥底で差別意識を持っている貴族は少なくない。
それでも彼らになんと言われようが、まだよかった。一番大事にしたい、たったひとりに拒否《きょひ》されるまでは。

「今なんとおっしゃいましたの……？」

いつものように、アイザックへの手土産《てみやげ》を持ったコーデリアは、彼の部屋で立ち尽《つ》くしていた。目の前では、かつてないほど厳しい表情をしたアイザックが机をにらんでいる。

「すまない。理由は言えないが、しばらくここに来るのは控《ひか》えてほしい」

コーデリアは唇《くちびる》を噛《か》んでうつむいた。

（なぜ……と聞きたいけれど、理由なんてわかりきっているわ。主人公である聖女が来たんだもの。ふたりはこれから、恋に落ちるのだから……）

ぎゅっと、手を握る。

――覚悟《かくご》はしていた。

いつか聖女になったひながやってきて、アイザックを連れて行くと。

（ああ……だというのに、なんて胸が痛いの。私、ほんの少し……ほんの少しだけ期待し

てしまったのかしら。この世界なら努力が報《むく》われて、幸せになれるかもしれないって）

だが、現実はそうではなかった。

「……わかりました。私はもう、ここには来ないようにいたしますわ。殿下、どうぞお幸せになってくださいませ」

本当は泣きそうだったが、涙《なみだ》を見せたらきっとアイザックが困ってしまう。精一杯《せいいっぱい》の笑顔《えがお》を作ってお辞儀《カーテシー》をすると、コーデリアは逃《に》げるようにして身をひるがえした。

「コーデリア！」

後ろでアイザックの声が聞こえたが、コーデリアは聞かなかったふりをして飛び出す。

駆《か》けるようにして廊下《ろうか》を歩いていると、目の前から白いワンピースを着た女性が歩いてきた。――ひなだった。

「あれ？　あなた……」

向こうも気付いたらしい。コーデリアに緊張が走る。

（……今度こそ私が〝加奈〟だったと、気づかれるかしら……？）

けれど、今回もひなが気付いた様子はなかった。

十年前と変わらず、ひなが〝悪役令嬢コーデリア〟に話しかけてくる。

「あなたとも十年ぶり。でもごめんね？　アイザック様は、ひながもらっていっちゃうから。だってひながこの世界の主人公なんだもん。許してくれるよね？」

それだけ言うと、ひなは返事も待たずに歩いて行った。

向かう先はアイザックの部屋。ひなは慣れた様子でノックもなしに扉《とびら》を開けると、そのままコーデリアを一瞥《いちべつ》することもなくアイザックの部屋の中へと消えていった。

（……わかっているわ。この世界の主人公は私じゃなくて、ひなだものね……）

ふたりがいる部屋の扉を見ながら、コーデリアは静かにため息をついた。


「……何にも、やる気が出ないわ」

あれから一か月。アイザックのもとに行かなくなったコーデリアは勉強もせず、社交界に出ることもなく、ただひたすらにぼんやりとした日々を過ごしていた。

（もともと断罪されるような役目ではないとは言え……社交界に出ればあっちでもこっちでも、仲睦《なかむつ》まじい殿下と聖女の話で持ち切り。これ、想像の十倍以上つらいわ……！）

ふたりの話を聞くだけでも心が張り裂《さ》けそうなのに、今後は彼らが結婚し、子を産み育てていく過程を家臣として一生見続けなくてはいけないのだ。コーデリアは戦慄《せんりつ》した。

（今になって、なんで原作のコーデリアが闇落ちしたのかわかるわ。アイザック殿下が他《ほか》の女性とイチャイチャしているところを一生見なくちゃいけないなんて、地獄《じごく》でしかないもの！　こうなったらいっそ、婚約破棄後は隣国《りんごく》にでも旅立とうかしら……）

はあ、とため息をついて力なくソファにもたれかかっていると、侍女《じじょ》がティーセットの載《の》ったワゴンを押して声をかけてきた。

「お嬢様《じょうさま》……今日も、アイザック殿下のもとには行かれないのですか？」

若草のようにみずみずしい緑のおさげを揺《ゆ》らしているのは、侍女であり、乳姉妹《ちしまい》でもあるリリーだ。

「行かないわ。だって、殿下と聖女様の間に割り込むようなことはしたくないもの」

その返事に、リリーがカッと目を見開く。

「アイザック殿下……！　とてもいい方だと思っていましたのに、まさかお嬢様を裏切るなんて!!　好感度ダダ下がりですよ!!」

ばあやと同じくコーデリア愛の強い彼女は、アイザックの振《ふ》る舞《ま》いが許せないらしい。

「お嬢様もそんなやられっぱなしでいいんですか！　ここは一発、闇魔法でもお見舞《みま》いしてやりましょうよ！」

鼻息の荒《あら》いリリーに、コーデリアは苦笑《くしょう》した。

「そんなことをしたら、不敬罪で捕《つか》まるどころじゃないわ。下手すると王宮が消滅《しょうめつ》しかねないもの」

「それも確かに、そうですね……」

コーデリアの闇魔法は、四元素魔法が束になっても敵《かな》わない、強すぎる破壊力《はかい》を持っている。おまけに、女神様《めがみ》に言われた『あなたが努力した分だけ、正しく報われる世界に連れて行きましょう』という言葉も、しっかり能力に反映されていた。

称号《しょうごう》〝賢者《けんじゃ》〟の取得だって、赤子の手をひねるよりも簡単だった。

皆《みんな》を怖《こわ》がらせないため、そのことはアイザックにしか言っていないけれど……。

(実は私、この国で最強疑惑《ぎわく》があるのよね……)

ジャンもアイザックも、恐《おそ》らくコーデリアには敵わないだろう。

(やっぱり他国に行って、魔法使いとして成り上がろうかしら？)

前世では異世界転生と同じぐらい、悠々自適《ゆうゆうじてき》なスローライフものも流行《はや》っていた。

(悪役令嬢としての役目が終わった今、本気で第二の人生を始めるのもありね……)

――そう思っていた矢先だった。アイザックに呼び出され、あまつさえ「婚約破棄《こんやくはき》したくない」と言われたのは。

「ど、どういうことですか!?　聖女に脅《おど》されているって何事です!?」

――『聖女殿《どの》に、婚約破棄しないと国を滅《ほろ》ぼすと脅されたんだ』

アイザックに言われた話が唐突《とうとつ》すぎて、まったくついていけない。コーデリアが目を白黒させていると、暗い顔をしたアイザックが言った。

「最初はもっと優《やさ》しい言い方だったんだ。『私を選べば、あなたを王にしてあげられます』と。けれど私には君がいる。だから聖女殿は選べないと伝えたら……」

「伝えたら？」

アイザックの部屋で見つめあって手を握《にぎ》ったまま、じっと彼の言葉を待つ。

「『どうしてもあの人を選ぶのなら、聖獣《せいじゅう》に頼《たの》んで国を滅ぼしちゃいますよ』と言われた」

「なんて!?」

想定外の発言に思わず叫《さけ》んでいた。

（ひな、どうしちゃったの!?　というか、殿下《でんか》もどうしちゃったんです!?）

そもそも原作では、聖女がどちらかを選べ！　なんて迫《せま》ったりはしない。ふたりは自然に惹《ひ》かれあって恋《こい》に落ち、その時初めてコーデリアが障害になるという筋書きだ。

それなのに、どうも与《あずか》り知らないところでおかしな話になっているらしい。

「君にしばらく部屋に来ないで欲しいと言ったのも、聖女殿が君に危害を加えそうな気配を感じたからだ」

（なるほど、そんな理由だったのね……！）

そう思いながらコーデリアはそっと尋《たず》ねる。

「あの、殿下……？　私には構わず、聖女様のところに行ってもいいのですよ……？」

そう言ったら彼も助かるかと思いきや、アイザックがムッとした顔をする。

「なぜそんなことを言う？　私の婚約者は君だ。それは絶対に変わらない」

まさかの反応にますますわけがわからなくなる。彼は怒《おこ》りつつもコーデリアの手を放す気はないようで、試《ため》しにそっと手を引き抜《ぬ》こうとしたら、逆に強く摑《つか》まれてしまった。

（一体何が起きているの……）

前世は年齢《ねんれい》イコール彼氏いない歴。通称《つうしょう》〝おかん〟。当然、恋愛《れんあい》経験値はゼロ。

――そんなコーデリアに、今の状況《じょうきょう》は難しすぎた。

なおもコーデリアの手をしっかり握ったまま、アイザックが続ける。

「私は第一王子として生まれ、その地位に驕《おご》ることなく、努力を重ねてきたつもりだった」

コーデリアは静かにうなずいた。

よく追い出されなかったなと思うほど、コーデリアはアイザックの勉強部屋に通い詰《つ》めたのだ。当然、彼が血の滲《にじ》むような努力をしてきたのを、誰《だれ》よりも近くで見てきている。

「けれど、肝心《かんじん》な時に私は何もできない。君を守ることも、国を守ることも……。私はなんて無力なのだろう。何のために努力してきたのか、わからなくなってしまった」

（わかる、わかるわ！　努力が無意味だったと感じる時って、本当に辛《つら》いのよね……って今はそんなことよりも、殿下がかつてないほど落ち込んでいるわ！）

聖女のくだりは理解できていないが、この落ち込みが本気だということだけはわかる。

なんとかして彼を慰《なぐさ》めないと。コーデリアは急いで言葉を探した。

「だ、大丈夫《だいじょうぶ》ですわ殿下！　私がついております！」

（いや私がついていたところで何も解決しないんだけれども！）

自分で突《つ》っ込みを入れながら、少しでも解決の糸口がないか考える。

「……というか、もう一度聞きますけれど、本当に婚約破棄しなくてよいのですか？　私より聖女様を選んだ方が王位につけますし、国も無事でいられるのでしょう？」

「君はまたそういうことを言う」

言葉選びに失敗したらしい。たちまちアイザックの目に不満の色が浮《う》かんだ。

「そもそも私と君の婚約は周知の事実だ。もちろん聖女殿にも話してある。その上で彼女がしようとしていることは略奪《りゃくだつ》に他ならない。私は、そういうのは嫌《きら》いだ」

（うわっ。びっくりするぐらい正論ですわ！　その上原作のご自分を完全に否定しちゃっているけれど大丈夫なのかしら!?）

などと心配しながら、同時にコーデリアはとてつもない歓喜《かんき》を覚えていた。

外見から好きになった身ではあるものの、実はこれが見たいと、ずっと思っていたのだ。

——他《ほか》の女に走らない、一途《いちず》で誠実なアイザックのルートを。

元々アイザックルートは『生真面目《きまじめ》な王子と、恋という名の罪に落ちる』というコンセプトのもと作られており、略奪愛になるのはまあしょうがない。だが、彼本来の誠実さや一途さを貫《つらぬ》き通したストーリーというのは、ずっとファンの間で待ち望まれていたのだ。

聖女にとっては間違《まちが》いなくバッドエンドになるので、難しいのは分かっていたが……。

(それがまさか見られるなんて……。生きていてよかった。いや一回死んでよかった)

くっと唇《くちびる》を噛《か》み締《し》めたコーデリアに、アイザックが不安そうな声をかけてくる。

「……それとも君は、私との婚約を破棄したいのか？」

いつも冷静な目が切なげに細められているのを見て、コーデリアがきゅんとする。

(悲しそうな顔も素敵《すてき》！　……じゃなくて)

「まさか！　そんなはずありませんわ。私はずっと殿下をお慕《した》いしておりますもの」

「そうか。……ならよかった」

そのままふわりと微笑《ほほえ》んだ笑顔《えがお》の尊さと言ったら。

コーデリアは危《あや》うく鼻血を吹《ふ》き出すところだった。

(子どもの頃《ころ》も可愛《かわい》さが限界を突破《とっぱ》していたけれど、今は凛々《りり》しさが加わって、まさに白皙《はくせき》の貴公子……！　基本的にこの国は乙女《おとめ》ゲーの舞台《ぶたい》だけあってイケメンが多いけれど、殿下はその中でも格別だわ！）

　必死に歯を食いしばって鼻血を堪《こら》えていると、視線を落とした彼がぽつりと言う。

「……駄目《だめ》だ。一度は諦《あきら》めるべきだとも思ったが、やはり私は君と離れたくない。君がいなくなったら、どうやって生きていけばいいかわからない」

（ちょっと発言は重いですけれど嬉《うれ》しいですわ！　……でもどうして私を？）

　それは彼の話が始まってから、絶えずコーデリアの中にあった疑問だ。

　原作では、アイザックは婚約者のコーデリアに義理こそ感じていたけれど、決して愛情を感じていたわけではないと書かれていた。それなのに、今の彼は、まるでコーデリアのことが好きであるかのような口ぶりだ。

「あの……殿下……？　お気持ちはとても嬉しいのですけれど、どうしてそこまで私にこだわってくださるんですの？」

　恐《おそ》る恐る聞けば、彼は驚《おどろ》いたようにコーデリアを見た。

「それは――」

「アイザック様！　そろそろお話は終わりましたか？」

　けれどアイザックの言葉をかき消すように、部屋の扉《とびら》が勢いよく開いた。

　そこに現れたのは、ある意味予想通りともいえる人物、ひなだ。

（いい時に邪魔《じゃま》が入るのはお約束とは言え、もう少しだけ空気を読んで欲しかった！）

そんなひなを見て、アイザックが疲《つか》れたように言う。

「聖女殿……話が終わるまで入ってこないでくれと、あれほど」

「だってひな、待ちきれなかったんだもん」

そういうひなの瞳《ひとみ》は最初、キラキラと輝《かがや》いていた。けれど、アイザックとコーデリアが互《たが》いの手を固く握りしめているのに気づいた瞬間《しゅんかん》、般若《はんにゃ》のように険しい表情になる。

「……アイザック様？　何を、しているのですか？」

その声は今までの彼女からは考えられないほど低く冷たい。まるで夫の浮気《うわき》現場に乗り込んできた本妻のようだ。

（って殿下の婚約者は私だから、責められる理由はまったくないのだけれど！）

前世では向こうの立場が圧倒《あっとう》的に上で、ついでに現世でも向こうの方が上なせいで、強気に出られないのが悲しい。しかしコーデリアとて、悪いことはしていない。はずだ。

アイザックが、コーデリアにだけ聞こえる小さなため息をついて、コーデリアとひなの間に立つ。まるでかばってくれているようだと感じるのは、思い上がりだろうか。

「アイザック様。早くこの人と婚約破棄《こんやくはき》してくださいって、ひな言いましたよね？」

そう言ったひなの顔は引きつっている。

「聖女殿《どの》。……すまないが、やはり私は自分の気持ちに嘘《うそ》はつけない。彼女と婚約破棄は――しない」

「嘘っ！　なんで⁉」

動揺《どうよう》して叫んだひなは、けれどすぐに静かになった。そしてじっとりとした目でアイザックを見つめる。

「……国が滅《ほろ》んだとしても、ですか？　前も言いましたけど、結婚してくれないなら聖《せい》獣《じゅう》に頼《たの》んで国を滅ぼしてもいいんですからね。そうしたら、アイザック様が国を滅ぼす原因になっちゃうんですよ？」

「国を滅ぼすのは私ではない。原因は私でも、実行できるのはあなただけだ。聖女殿」

そう言ったアイザックの瞳は、凪《な》いだ水面《みなも》のように落ち着いている。

ひく、とひなの顔が引きつった。

「聖女殿、どうか冷静になってほしい。国を滅ぼしたとしてもあなたには何の利点もない。それどころか災厄《さいやく》扱《あつか》いされ、人々から背を向けられることになる。私はあなたに、そんな存在になって欲しくない」

どうやら彼は、説得を試みることにしたらしい。コーデリアは固唾《かたず》を呑《の》んで話の行方《ゆくえ》を見守った。恋愛経験がなくてもわかる。変に口を出して刺激《しげき》しない方がいい。

「なんで……なんでそんなこと言うの⁉　アイザック様がひなと結婚してくれれば、ひなだってそんなことしなくていいし、みんな幸せになれるのに！」

ひながイライラしたように叫《さけ》ぶ。

「……あなたの気持ちは嬉しいが、私は彼女と共に歩んでいきたいんだ」

アイザックがそう言った途端《とたん》、ひながギロッとコーデリアをにらんだ。

──恐ろしい瞳だった。

同時に、コーデリアはその瞳をよく知っていた。まだ前世のひなと一緒《いっしょ》に行動していた時、よく他の女の子がそういう目でひなを見ていたからだ。それは、嫉妬《しっと》の目。

(まさかひながそんな目をするなんて……)

ひなは、いつも嫉妬される側だった。

ニコッと微笑むだけで欲しいものを手に入れ、賞賛され、求められる人生。嫉妬で靴《くつ》を隠《かく》されても先生を味方につけ、次の日にはもっといい靴を手に入れてケロッとしているような、そういう世界の住人。

そんなひなが、目に聖女らしからぬ嫉妬と憎悪《ぞうお》を浮かべて、コーデリアをにらんでいる。

(そもそも男性に振《ふ》られるひななんてありえなかったのに。……もう、私の知っているひなとは違う人なのかもしれない)

前世の記憶《きおく》を持ちながら今の人生を歩んでいるのはコーデリアであり、決して加奈ではない。ひなも、まだ自分でひなと名乗っているものの、今はエルリーナであり、以前のひなとは違うのかもしれない。

やがてひなはコーデリアから視線を外すと、悲しそうな顔で笑った。

「……大丈夫《だいじょうぶ》、大丈夫だよ。〝アイザック様〟は、聖女が望めば最後には来てくれるって、ひな知っているから……」

原作の話を言っているのだろうか。今の状況《じょうきょう》を受け入れるつもりはまったくないらしい。

「見ていてください、アイザック様。冷静にならなきゃいけないのはひなじゃなくてアイザック様なんだってこと、きっとわかるようになりますから」

それから、恐ろしい目つきでコーデリアを見る。

「……あなたも、勘違《かんちが》いしないで！　主人公はいつだって、ひななんだから!!」

そう言ったひなは、怒《おこ》っているようにも、泣きそうなようにも見えた。

キッと口を引き結んだひなが、肩《かた》を怒《いか》らせて部屋から出ていく。

バタンと乱暴に扉が閉まったのを見て、コーデリアはぶるっと肩を震わせた。

（……っていうか、ひな、メンヘラ化していません!?）

ひなは確実に何か企《たくら》んでいる。厄介《やっかい》なことでなければいいが、『国を滅ぼす』なんて脅《おど》してきた彼女のことだ。九十九パーセント厄介ごとだろう。

（そもそも好きな人を脅すって、それでうまくいくわけがないわよね……？）

脅しで恋《こい》が実るのであれば、コーデリアもとっくに使っている。恋愛《れんあい》経験ゼロの彼女にすらわかりそうなことを、過去にあれだけ色々なイケメンを侍《はべ》らせてきたひなに何故《なぜ》わからないのだろう。

考えているとアイザックが振り向いた。その顔には苦渋《くじゅう》がにじんでいる。

「すまない……。うまく伝えられなかった」

「いいえ、今のは殿下《でんか》のせいではないと思いますわ」

アイザックはこの上なくはっきりと気持ちを告げていた。ただ、受け取る側に問題がありすぎたのだ。

「だがまだ話し合う機会はあるはずだ。決着がつくまで、ジャンを君の身辺警護につけよう。正直、今の聖女殿は何をするかわからない」

(殿下が私のことを心配してくださっている……⁉ なんてお優《やさ》しい……！)

真剣《しんけん》にコーデリアのことを案じるまなざしにきゅんとしつつも、力強く首を横に振る。

「いいえ、ジャンは結構ですわ。だって私の方が強いのは、殿下もご存じでしょう？」

「確かに君は強いが、それでも心配だ。なにせ相手は聖獣。いざとなったらジャンを囮《おとり》にして逃《に》げてほしい」

(あっ殿下、地味にジャンの扱《あつか》いがひどいわね？)

言葉には出さず心の中で呟《つぶや》いたのだが、目に気持ちが表れてしまっていたらしい。アイザックがやや気まずそうに付け足した。

「……もちろん、ジャンならなんとか生き延びてくれると信じている」

これも打ち解けたからこその発言……と自分を納得《なっとく》させてから、コーデリアは呟いた。

「やっぱり聖女様は聖獣をけしかけてくるのかしら……」

先ほどから言っている聖獣とは、建国記にも出てくる聖なる狼《おおかみ》、フェンリルのことだ。

建国記によると、フェンリルは元々獰猛《どうもう》な怪物《かいぶつ》だったが、聖なる乙女《おとめ》に出会ったことで聖獣へと姿を転じたのだという。その聖なる乙女がラキセン王国初代王妃《おうひ》であり、聖女の始まりともなる伝説の乙女だった。

以降ラキセン王国の守り神となったフェンリルは、千年以上もこの国を守り続けてきている。そして数百年に一度、フェンリルの加護を受けた聖女が現れるたびに、その託宣《たくせん》によって新たな王が決まっていた。

「そもそも国を滅ぼすなんて言っていますけれど、そんな恐ろしいことできるんですか？」

「聖獣は、聖女と聖女の愛するものを守るために動くと聞く。裏返せば、聖女にとって守る価値がないものを破壊《はかい》することもあるらしい」

コーデリアの顔が曇《くも》る。国を守るべき聖獣が、国を滅ぼす。……考えただけで恐《おそ》ろしい。

（こう言っては失礼だけど、今回の聖女、絶対人選を間違えていると思うわ……）

元々女神《めがみ》は、加奈とひなの設定とやらを間違えた前科がある。また間違えていても、不思議ではなかった。

「……国を守るためには、私が諦《あきら》めて彼女と結婚するしかないのだろうか」

「殿下……」

眉間《みけん》を押さえて苦悩《くのう》するアイザックを、コーデリアは心配そうに見つめた。

冷静に考えれば、アイザックが聖女と結婚《けっこん》することで国は滅びずにすみ、彼も王になれるため、いいこと尽《づ》くしなのは間違いない。ある意味政略結婚というか、王族の責務として考えるなら、諸手《もろて》を挙げて受け入れるべきなのだ。

(だけど……原作のように思い合っているならともかく、今のアイザック殿下は嫌《いや》がっているように見える。それも、私と離《はな》れたくないと……なぜ？)

コーデリアは目の前にいるアイザックを、じっと見つめた。

(確かに、原作のコーデリアより私の方がずっと殿下と仲良くなったという自負はあるわ。でも、殿下に恋愛として好かれているって気は……正直しないのよね。どっちかというとこう、懐《なつ》かれている、みたいな)

〝懐かれている〟。自分で思い浮《う》かべたその言葉が、妙《みょう》にしっくり来た。

(あっ、あああ～！　しまった、一回思いついてしまったら、もうそれしか考えられない……！　だって私、全力で彼に尽《つ》くしてきたんだもの！　〝おかん力〟を、遺憾《いかん》なく発揮してしまったんだもの！)

まめまめしく世話を焼き、声をかけ、励《はげ》まし……。それは母を失い、父ともうまくいっていなかったアイザックにとっては、この上なく心地《ここち》よいものだったのかもしれない。

元々原作の彼も、コーデリアとの関係を〝婚約者としての情〟ゆえになかなか切れなかった過去がある。原作の希薄《きはく》な関係ですらそれなら、情に厚いアイザックのことだ。今のコーデリアに対して『結婚して恩を返す』ぐらい考えていても何も不思議ではない。

(そうよね……。冷静に考えてみれば、それしかありえないいわ)

――恋愛経験ゼロをこじらせ、散々〝おかん〟呼ばわりされた結果、コーデリアの頭の中には「自分は女性として魅力的《みりょく》」という考え方は、一切《いっさい》なかった。

(でも私のことはいいわ！　大事なのは、殿下が聖女との結婚を嫌がっていることよ！)

推《お》しには、身も心も幸せになってもらいたい。当然、望まぬ結婚などして欲しくない。

そのためにはどうすべきか。自分にできることは、ないか。

散々悩《なや》んだ末に、コーデリアはパッと顔を上げ、アイザックを正面から見つめた。

「私、思いつきましたわ！」

それから拳《こぶし》をにぎり、自信満々に言い放つ。

「脅しに聖獣《せいじゅう》が使われているなら、その聖獣を私がぶっ飛ばしてしまえばいいんです!!」

「──すまない、今なんて？」

アイザックが信じられないものを見る目でコーデリアを見た。


それから一週間後。ズボンにシャツ一枚という男性のような出で立《い》ちで、コーデリアは別荘《べっそう》の裏庭に立っていた。ここは特別に作ってもらった訓練所で、多少魔法《まほう》を暴発させても裏山を吹《ふ》っ飛ばす程度ですむ。魔法の訓練にはもってこいの場所だ。

「──っふう！　もうだめ、これが限界だわ」

魔力を解放して土の上に座り込むと、コーデリアの頰《ほお》を汗《あせ》が伝った。

「お疲《つか》れ様ですお嬢様《じょうさま》！　すごいです、以前より目に見えて魔力が増えていましたよ！」

緑のおさげを揺《ゆ》らしながらリリーが駆《か》け寄ってくる。その後ろでは、騎士《きし》の制服に身を包み、顔に「なんで俺がここに」と書いてあるジャンが家の壁《かべ》にもたれかかっていた。

「本当？　嬉《うれ》しいわ。頑張《がんば》ったかいがあるわね」

「さすがお嬢様でございます！　いつも見事な魔法っぷり……惚《ほ》れ惚《ぼ》れします」

水とタオルを差し出しながら、リリーがうっとりと頰を赤らめる。

今コーデリアが行っていたのは、魔力増強の鍛練《たんれん》。この鍛練中は、体の周りに魔法のオーラがただようのだ。火属性であれば赤のオーラが、水属性であれば青のオーラが。

つまり闇《やみ》魔法使いであるコーデリアの訓練中はドス黒い闇のオーラがただよっており、正直美しい光景とは言い難《がた》い……というか思いっきり禍々《まがまが》しいのだが、リリーはそれすらも「かっこいいです！」と褒《ほ》めてくれる、主人愛の強い子だった。

「どう見てもドス黒くて不気味だろ」

ジャンの言葉にリリーがすかさず吠《ほ》える。

「ジャン様は黙《だま》っていてください！　あれほどまでに深い闇色はもはや芸術の域ですよ⁉」

「いいのよ、リリー。一理あるから気にしないわ。それよりジャン、あなたサボっていないで、殿下のところにいなくていいの？」

「サボっているわけじゃねえ！　その殿下の命令で、護衛しに来ているんですけど⁉」

「あら、護衛など大丈夫《だいじょうぶ》ですのに……。そもそもジャン、あなた私より弱いじゃない」

「そうですよ。お嬢様に勝てるようになってから出直してきてください」

「お前らなあ……」

散々な態度をとるコーデリアとリリーに、ジャンは大きくため息をついた。

「言っとくけど、コーデリアが規格外すぎるだけで俺も立派な賢者《けんじゃ》魔法使いだからな⁉　あと剣の腕《うで》は俺の方が上だから！」

「まあそれはそうなのですけど」

「お嬢様は特別な、オンリーワンですからね！　なんてったって、フェンリルを〝ぶっ飛ばす〟役目を仰《おお》せつかっていますから！」

言って、リリーは自《じ》慢《まん》げに胸を反らした。ジャンが眉《まゆ》をひそめる。

「……殿下《でんか》から聞いたけれど、本当なのか？　聖獣が〝闇落ち〟するかもしれないって」

「もしもの話よ。確定ではないわ」


——あの日、怪《け》訝《げん》な顔をするアイザックにコーデリアは提案したのだ。

聖獣が国を滅《ほろ》ぼすかもしれないなら、その聖獣を闇魔法でぶっ飛ばせばいいのではと。

（もともと闇魔法は〝悪役令嬢コーデリア〟が闇落ちするための伏線《ふくせん》。ほかに使い道もなかったけれど、ここに来て思わぬ日の目を見るかもしれないわね！）

原作ではフェンリルと聖女相手に、悪役令嬢コーデリアは死闘《しとう》の末に負けていた。だが、裏返せば互《ご》角《かく》程度には戦えるという意味でもある。実際、他《ほか》の四元素魔法では聖獣の足止めがやっとなことを考えると、可能性は全然あった。

（女神様は確かに言ったわ。努力は報《むく》われると。なら、今がその時ではなくて⁉）

考えながらぐっと手を握《にぎ》る。もともと魔法の練習は小さい頃《ころ》から欠かさなかったが、この数日は特に念入りに鍛《きた》えたおかげで調子もいい。

（手応《てごた》え十分、体調は万全《ばんぜん》！　いつでも来いよ！）

そんなコーデリアの意気込みに応《こた》えるように、どこからともなく一羽《わ》の青い小鳥が羽ばたいてくる。かと思うと、目の前で手紙へと姿を変えた。魔法の手紙だ。

封蠟《ふうろう》には王太子の指輪印章が押してあり、アイザックからだとわかる。

コーデリアは立ったまま手紙を読むと、すぐに踵《きびす》をかえした。

「リリー、ついに来ましたわ！　王都に帰りますわよ！」

手紙には、『話せば話すほど、聖女が意固地になっていった』こと、そして『国王である父までもが引っ張り出されてしまった』ことなどが書かれている。コーデリアを呼び出したのは、国王が一度、直々に話し合いの場を設けたいかららしい。

（やっぱり陛下も引っ張り出されてしまったのね……）

着替《きが》えながら、前世を思い出す。

ひなは過去に一度だけ、欲しいものを手に入れられなかったことがある。

（確かあの時は……十歳だったかしら？　ひなが突然《とつぜん》『毎日運転手付き超《ちょう》高級車で学校に送って欲しい』って言い出したのよね）

ひなの家は裕福《ゆうふく》だったため、今までも散々ブランド子どもも服やらピアノやら、はたから見れば十分すぎるほど与《あた》えられていたが、流石《さすが》に運転手付き超高級車は別らしい。

ひなは今まで何でも手に入れてきた分、望みが叶《かな》わないのが許せなかったのだろう。全身を使って暴れる姿は猛牛《もうぎゅう》ですら可愛《かわい》く見えるほどで、疲弊《ひへい》しきったおじさんおばさんの顔はいまだに忘れられない。

その後、加奈が勝手に〝リムジンの乱〟と呼んでいたその騒動《そうどう》はどうなったかと言うと……ひなが諦《あきら》めたのだ、両親に望みを叶えてもらうことを。

代わりにどこから連れてきたのか、某《ぼう》大手グループの名誉《めいよ》会長だと名乗るおじいちゃん（後に加奈とひなが就職した企業《きぎょう》の会長とは別）を捕《つか》まえ、見事、高級車での送迎《そうげい》生活を実現してみせたのだ。

（もうあれは一種の才能よね……。『うちの孫と結婚《けっこん》してほしいのう』とか言われて、信じられないぐらい可愛がられていたもの）

結局三か月もしないうちに「飽《あ》きた」と言って、何事もなかったかのように徒歩登校に戻《もど》ったひなだったが、その後もおじいちゃんからの至《いた》れり尽くせりな支援《しえん》は続いたという。ついでに孫である御曹司《おんぞうし》からも猛《もう》アタックされていたはずだ。

思えばあの頃からひなは〝おじいちゃんキラー〟でもあった。そして今、ばっちりその対象年齢《ねんれい》に当てはまる男性がひとりいる。

（国王陛下、ご乱心されていないといいのだけれど……）

そんな心配をしながら、コーデリアはリリーたちと急ぎ帰路についた。

謁見《えっけん》の間で、国王陛下は開口一番、威厳《いげん》を感じさせる低い声で言った。

「――では話の経緯《けいい》を聞かせよ。ひと通り聞いているが、改めてお前たちの口から聞きたい」

（あらっ！　これは意外と、まともにお話ができそうね？）

国王を見つめたまま、コーデリアは嬉しい驚《おどろ》きに目を輝《かがや》かせる。

大変失礼ながら、てっきり国王はひなの魅力《みりょく》にやられ、「なぜ聖女との婚姻《こんいん》を拒否《きょひ》するのだ？」と責めてくるかと身構えていたのだ。

けれどアイザックとよく似た青の瞳《ひとみ》は静かに輝き、しっかりした理性が覗《のぞ》いている。

赤い絨毯《じゅうたん》が敷《し》かれた謁見の間では、玉座に国王陛下が座り、かたわらに宰相《さいしょう》や大臣など錚々《そうそう》たる面々が立っていた。

そして国王と向き合うようにコーデリアとアイザックが、さらに少し後ろに、白くて清楚《せいそ》な雰囲気《ふんいき》のただよう聖女服を着たひなが立っていた。

「父上、私が説明いたします」

コーデリアの横に立っていたアイザックが、一歩進み出る。

「ご存じの通り、私は幼少の頃からアルモニア公爵《こうしゃく》家のコーデリア嬢と婚約しています。

私はこのまま彼女と婚約を続け、正式に妻として娶《めと》るつもりでした」

(妻として娶る！　なんて素敵《すてき》な響《ひび》きなの……！)

そんな状況《じょうきょう》ではないにもかかわらず、コーデリアの口からくぅっと声が出てしまいそうになる。いけない、ここは大事な場だから我慢《がまん》しなくては……と思っていたら、後ろから「何なのよ」という刺々《とげとげ》しい声がした。ひなだ。

「そこへ聖女殿《どの》から私と婚姻を結びたいという申し出があり、私は断りました。ですが聖女殿は納得《なっとく》せず、このような場を設けることに」

はっきりきっぱりすっぱり、余計な感情を挟《はさ》まず、アイザックが淡々《たんたん》と説明する。まるで、部下が上司に報告する時のような事務的な言い方だ。

ちなみにアイザックいわく、国を滅ぼすと脅《おど》された話は極力しない方向で行くらしい。

「他の人たちを、いたずらに不安にさせたくない」というのが彼の言い分だった。

「ふむ……」

話を聞き終えた国王が、あごひげを撫《な》でて考え込む。

「アイザックよ。知っての通り、聖女と結婚したものは次代の王になれる。お前は幼少の頃より王となるべく励《はげ》んできたし、聖女と結婚することで我がエフォール家も王家のままでいられる。だと言うのに、何故《なぜ》お前は聖女ではなく、アルモニア公爵令嬢《れいじょう》を選ぶのだ？」

(まあ、そう来るわよね……)

コーデリアは心の中で同意した。

元々コーデリアとの婚約は、アルモニア公爵家の血筋と闇魔法使《やみまほうつか》いだからというのが大きい。けれどそれを全部含《ふく》めたとしても、間違《まちが》いなく聖女と結婚した方がお得なのだ。

国王の言葉に負けじと、アイザックが口を開く。

「父上、逆にお聞きしたい。確かに王位は大事ですが、だからといって長年支えてきてくれた婚約者を裏切り、聖女の手を取るような不誠実な者に民《たみ》がついてくるとお思いですか？　私はそんな王を信じられませんし、そんな王になりたいとも思いません」

（あらっ！　こちらも結構な勢いで切り返してきたわね!?　相変わらず原作の自分を全否定だけれど、この誠実さ！　これこそ、全国のファンが待ち望んでいた台詞《せりふ》だわ!!）

コーデリアは表情を変えずに、心の中で拍手喝采《はくしゅかっさい》した。

「私は民を守り、国を守りたいと思い長年研鑽《けんさん》を積んできました。けれどそのために、大事な人を切り捨てていいとは思いません。そんな王は、間違っている」

（同意だわ。殿下《でんか》をかばうわけじゃないけれど、私もそんな王様は嫌《いや》だもの）

ちなみに原作では、アイザックが聖女の手を取った後民の心に変化はなく、むしろ祝福されてハッピーエンドを迎えている。……が、この話はコーデリアにとっては都合が悪いので、できれば黙《だま》っておきたい……と思ったその時だった。

「ついてきます！　だって、そういうふうにできているんです！」

それまで後ろで見守っていたひなが叫《さけ》んだ。

「皆《みんな》祝福してくれるし、ひなたちの結婚はハッピーエンドが約束されているんです。なのに、アイザック様だけなんですよ？　そんな風に聞き分けがないのは」

(聞き分けがないのはどっち!?)

クワッと、コーデリアは非難を込めてひなを見る。今までひなと関《かか》わりたくなかったため極力気配を消していたのだが、さすがにこらえきれなかった。

コーデリアがそんな態度をとったのは初めてだったからか、ひなが一瞬《いっしゅん》ひるむ。が、すぐに気を持ち直したように言う。

「それに、ひなと結婚しない限り、アイザック様は王になれないんですよ!?」

そんなひなを見て、アイザックが静かに首を振《ふ》る。

「……なら、私はそもそも王にふさわしくなかったのだろう。この時期に聖女が見つかること自体、神の思《おぼ》し召《め》しなのかもしれない。もともと今の王位は、借り物なのだから」

その瞳には、静かな決意が浮《う》かんでいた。

ラキセン王国の王位継承《けいしょう》は、聖女が登場するため、他国とはまったく事情が違う。

コーデリアの祖先も聖女の出現によって王に選ばれ、また違う聖女の出現によって王家ではなくなった。それはかつて他《ほか》の王家にも起きたことであり、アイザックの身にも起こりえることだということは、幼い頃《ころ》からの教育で十分知っていたのだろう。

アイザックの表情を見てようやく、ひなも彼が本気で王位を捨ててコーデリアを選ぼうとしていることに気付いたらしい。あわてた様子でアイザックの腕《うで》にしがみつく。

「ま、待って。早まらないで。わかった、まだ親愛度が足りないのね？　だったらもっとデートに行こう？　ね？　そうすればきっと、ひなのことを好きになってくれるはずよ！」

そんなひなの手を、苦い顔をしたアイザックがやんわりと腕から外す。

「……聖女殿には何度も言ったはずだ。たとえあなたとどれくらい過ごそうとも、私はあなたを好きになることはないと」

いったん言葉を切り、それから決意したように続ける。

「色々と理由をつけたが、私の気持ちはひとつ。……コーデリアを傷つけるような真似《まね》をしたくないんだ。彼女は私の、かけがえのない大事な人だから」

（うっ！　ずるいわ、こんな時にそんなことを言うなんて……！）

突然《とつぜん》言われた言葉の威力《いりょく》を受け止めきれず、コーデリアは胸を押さえた。

（それにしてもすごい懐《なつ》かれぶり……。私じゃなかったら、危《あや》うく愛の告白と勘違《かんちが》いするところだったわ）

コーデリアはちゃんとわきまえている。前世では通称《つうしょう》〝おかん〟。二十五年間、一度も男の子に好かれたことはないのだ。自分に女としての魅力がないことはよく知っていた。

（でも、その気持ちが恋愛《れんあい》じゃなくても十分よ。推《お》しの助けになれるのなら、それだけで世界は薔薇色《ばらいろ》だもの！　私はこれからもずっと推していきます殿下!!）

一方、感極《きわ》まるコーデリアとは反対に、ひなの顔はどんどん険しくなっていった。

「やだ……こんなのやだよ。お願い、国王様からアイザック様に言ってあげて!!　わがままはやめてって。国王様の命令なら、アイザック様も逆らえないでしょ？」

ひなが今度は国王に向かって言った。これは、ひなの昔からの得意技《わざ》。自分で説き伏《ふ》せるのではなく、周囲……の男を味方につけて望みを叶《かな》えるのだ。

けれど、前世で百発百中成功していたその技は、不思議と今は効果がないらしい。国王は深いため息をついて、指で眉間《みけん》を押さえているだけだ。

同じく苦い顔で、アイザックが口を開く。

「聖女殿……。そんなことで私を手に入れて、あなたは幸せなのですか。私はあなたと結婚するくらいならこの国を出るし、たとえ陛下の命令で結婚したとしてもそこに私の気持ちはない。……あなたはそんな、心の通わない結婚生活をお望みなのか？」

ひくっとひなの顔が引きつった。

「……なんで？　どうしてそんなことを言うの？　アイザック様は、ひなのものでしょ？」

それから、ふらふらと後ずさる。

「変だよ……違う……。こんなの現実じゃない。シナリオが……おかしくなっている」

ひなはブツブツと、取り憑《つ》かれたように呟《つぶや》いていた。コーデリアは嫌な予感を覚える。

やがてうろんだったひなの目がその場をさまよい——ぴたりとコーデリアに定められた。

「……ねえ、あなたならわかるよね？　絶対にひなと結婚《けっこん》した方がいいって」

言いながら、引きつった笑顔《えがお》で近づいてくる。まるで、ようやく味方を見つけたと言わんばかりの顔だった。

「よせ、彼女を巻き込むな。同席させるだけという条件だっただろう」

アイザックが素早《すばや》くひなを止めようと立ち塞《ふさ》がった。だが、ひなはそんな彼を鼻で笑ったかと思うと、アイザックの手を払《はら》いのけてすたすたと近づいてくる。

（どうしよう。なんて答えるのが一番いいのかしら!?）

「わ、私は……」

コーデリアが何か言おうと、言葉を絞《しぼ》り出したその時だった。嬉々《きき》としてこちらに駆《か》け寄ってきたひながぴたりと足を止める。それからまじまじとコーデリアを見つめた。

「……あれ？　ねえ……その声……もしかして加奈ちゃんなの？」

思わぬ指摘《してき》に、コーデリアはとび上がりそうになった。

（うそっ!?　このタイミングでバレるの!?）

動揺《どうよう》するコーデリアの両手を、先ほど以上に嬉《うれ》しそうな顔をしたひながガシッと摑《つか》む。

「ねえ！　やっぱり加奈ちゃんだよね！　顔は……全然違うけど……なんていうかこう、よく見たら雰囲気《ふんいき》？　雰囲気と声が加奈ちゃんだ！」

（『顔は全然違うけど』の一言がやけに刺《さ》さるのは気のせいかしら！）

今まで数回顔を合わせてもバレなかったせいで完全に油断していたが、どうやら声でバレたらしい。こうなったら観念するしかない。コーデリアは腹をくくった。

「……ええ、そうです。私は、元《い》・加奈ですわ」

「よかった！　ひな、ひとりだけ変なところに来ちゃってどうしようかと思っていたんだよね。ここの人たちってなんか冷たいし、常識が全然通じないし……」

そう言って悲しそうに笑うひなの顔を見て、コーデリアがハッとする。

（もしかして、ひとりぼっちで心細かったの？　……そうかも、そうよね。ひなはマンガを読まないからこういう文化に詳《くわ》しくないし、実は辛《つら》い目に遭《あ》っていたのかも……!?）

原作のエルリーナは確か、貧しいながらも優《やさ》しい両親に囲まれて幸せに育っていたはずだ。けれどひなは、世界そのものが変わったことで苦労したのかもしれない。

そう思った途端《とたん》、コーデリアはひなのことなどまるで気にせず人生を謳歌《おうか》していたことに罪悪感を覚えた。咄嗟《とっさ》に、萎《しお》れてしまったひなを慰《なぐさ》めなければと考える。——が。

「ていうか加奈ちゃん、その言葉遣《ことばづか》い変だよ？　なんかおばさんみたい。それより加奈ちゃんシナリオ戻《もど》すの手伝ってよ。知ってた？　ここ『ラキ花』の世界なんだよ」

語尾《ごび》に（笑）でもつけていそうなトーンに、コーデリアは言いかけた言葉を飲み込んだ。

（一瞬でも同情したのが間違いだったわ……。ひなはヒロインだし、平民女子だから許されるかもしれないけれど、令嬢《れいじょう》はこの言葉遣いが普通なのよ！）

　ひなにも、ばあやを家庭教師としてつけてあげたい。普段の優しさからは想像もできないほど恐《おそ》ろしいばあやの豹変《ひょうへん》ぶりに、コーデリアは何度逃《に》げ出したいと思ったことか。

　脳内でばあやに叱責《しっせき》されるひなの姿を想像しながら、コーデリアはこほんと咳払《せきばら》いする。

「ひな、この言葉遣いは全然おかしくないですわ。確かに私は〝加奈〟だったけれど、今は〝コーデリア〟として生きている。あなたも〝エルリーナ〟という名があるでしょう？」

　言外に「エルリーナの名前はどうしたの⁉」とうったえかけたつもりだったのだが、残念ながらまったく伝わらなかったらしい。

「意味わかんない。加奈ちゃんは加奈ちゃんで、ひなはひなだよ？　それより、加奈ちゃんもアイザック様に言ってよ。どっちと結婚した方が幸せになるかなんて、加奈ちゃんなら知っているでしょ？」

　ひなが責めるように言った。コーデリアは言葉を選びながら、慎重《しんちょう》に口を開く。

「……もちろん政治的にはあなたと結婚した方がメリットは大きいですわ。でも、殿下《でんか》もおっしゃっているように、彼の気持ちを尊重して……」

「ひなは尊重しているよ？　だからデートに行こうって言っているんじゃん。……加奈ちゃんさ、自分がアイザック様を好きだからって引き留めようとするの、わがままだと思うな。それとも加奈ちゃんも魔女《まじょ》になる？　ひな、聖女だから勝てないと思うけどなあ」

見下したように、ひながふっと鼻で笑う。ピキ、とコーデリアの顔に青筋が浮かんだ。

（……ものすごーくイライラして来ましたわ。ひなってこんなに嫌《いや》な子でしたっけ？）

この期《ご》に及《およ》んで、どうしてコーデリアがわがままを言って困らせている認識《にんしき》になるのだろう。あまりに自分勝手な物言いに、抑《おさ》えていた怒《いか》りがむくむくと湧《わ》き上がる。

「今なら間に合うからさ、ほら早くアイザック様に言ってよ。婚約破棄《はき》するって」

その言葉には答えず、コーデリアは決意したように大きく息を吸った。

それからまっすぐひなを見据《みす》える。

「……私だってあなたたちが両思いなら潔《いさぎよ》く身を引くつもりでしたわ。でも、両思いどころか、あなたアイザック殿下に拒否《きょひ》されているじゃない」

——その瞬間《しゅんかん》、ひなの顔が真っ赤になった。

バッとコーデリアの手が乱暴に振《ふ》り払われ、ひなの体が怒りでワナワナと震《ふる》える。かと思えば、彼女の大きくて可憐《かれん》な瞳《ひとみ》から、ぼろりと涙《なみだ》がこぼれ落ちた。

「っ！　もう嫌！　なんなのここ！　皆《みんな》ひなに優しくない！　加奈ちゃんも変わっちゃった！　こんなのひなのいる場所じゃない！」

癇癪《かんしゃく》を起こした子どものようにひなは叫《さけ》んだ。それから突然声のトーンを落としたかと思うと、今度は虚《うつ》ろな目で言う。

「……もういいよ。ひな、きっと悪い夢を見ているんだよ。早く目を覚まして現実に帰ろ

う。この世界を壊《こわ》せば、夢が覚めるかな？」

泣きながらひなは後ずさりした。その目はギラギラと光っており、とてもじゃないが聖女の姿には見えない。それでも、彼女は紛《まぎ》れもなく聖女の力を持っているのだ。

——聖女の条件は、聖魔法が使えることではない。聖獣《せいじゅう》フェンリルを呼び寄せて使役《しえき》できるからこそ、聖女なのだ。

コーデリアはこれからひなが何をしようとしているのか気が付いていた。拳《こぶし》をにぎり、全神経を集中させる。聖獣に対抗《たいこう》するための魔力をかき集めるために。

「……来て、フェンリル。おかしくなったこの世界を、全部壊して！」

その瞬間、ひなの叫びに呼応するように突風《とっぷう》が吹《ふ》き荒《あ》れた。

体ごと持っていかれそうな強い風に煽《あお》られて、コーデリアが膝《ひざ》をつく。顔を上げれば、部屋の中でひなだけが平然と立っている。

その隣《となり》には、禍々《まがまが》しい巨大《きょだい》な獣《けもの》が現れていた。

（あれが……聖獣フェンリル!?）

コーデリアは目を見開いた。

フェンリルは体こそ真白《ましろ》だったが、濁《にご》った闇色《やみいろ》の瞳は憎悪《ぞうお》で吊《つ》り上がり、大きく開かれた口からは涎《よだれ》がダラダラと垂れている。そこから覗《のぞ》く太い牙《きば》は、刃《やいば》のような鋭《するど》さで光っていた。飢《う》えた狼《おおかみ》ですら、ここまで恐ろしい形相はしていないだろう。

（原作と全然違《ちが》うじゃない！）

　コーデリアは心の中で叫んだ。

　原作のフェンリルは神々《こうごう》しく美しく、澱《よど》んだ空気をひとにらみで吹き飛ばしてしまうほど、神聖な獣だった。前世のコーデリアはフェンリルのこともすごく好きで、アイザックと同じぐらいグッズも買った。……なのに。

（これじゃ……本当にただの怪物《かいぶつ》みたい……！）

　好きだったフェンリルの面影《おもかげ》はどこにもない。恐ろしさよりも悲しさの方が優《まさ》って、コーデリアは咄嗟に口を覆《おお》った。

「……加奈ちゃんのせいだよ。加奈ちゃんが、言うこと聞いてくれないのが悪いんだから」

　いつの間にか目の前にゆらりと立ったひなが、濁った目でコーデリアを見下ろす。

（この期に及んで……！）

　――ぶちんと、堪忍袋《かんにんぶくろ》の緒《お》が切れる音がした。

　コーデリアはすっくと立ち上がると、思い切り右手を振り上げる。

　パァンッ！　と、頰《ほお》を弾《はじ》く乾《かわ》いた音が謁見《えっけん》の間に響《ひび》いた。

「いい加減にしなさい！」

もう、我慢《がまん》の限界だった。

「わがままを言って困らせているのはどっちなのか、よく考えなさい！　今まではなんでも望みが叶《かな》って来たかもしれないけれど、今は違うのよ！　私はもう加奈じゃないし、あなたもひなではないわ！　しっかりと目を見開いて、現実を見なさい！」

ひなは打たれた頰を押さえて、ぺたりと地面に座り込んだ。呆然《ぼうぜん》とした姿は、初めて親に怒《おこ》られた子どものよう。コーデリアの心がちくりと痛んだが、気にしている場合ではない。

「そこで見ていなさい！　あなたのわがままで国が滅《ほろ》ぼされそうになっているけれど、そんなことはさせないわ。私が止めてみせるから！」

これは完全に強がりだったが、その言葉は同時に自分に発破をかけることにもなった。

（そうよ！　フェンリルがなんだって言うのよ！　こちとら女神《めがみ》様から譲《ゆず》り受けたチート持ちなんですからね！　多分！）

ギンッ！　と音を立てそうな勢いでフェンリルをにらみつける。

禍々しい獣は太い牙を剝《む》き出して、今にも飛びかからんばかりの勢いでこちらをにらんでいた。その恐ろしい姿にぶるっと震えたが、強く手を握《にぎ》って自分を奮い立たせる。

そして。

ゴッ！　と風を切る音と、フェンリルがコーデリアに飛びかかってきたのは同時だった。

予想よりもずっと速い動きに、反応がコンマ一秒遅《おく》れる。その間に、フェンリルの巨大な牙がコーデリアの目前に迫《せま》っていた。喉元《のどもと》に迫る、ギラリと光る鋭い牙。

（しまった！　遅れ、を……！）

頭の中に〝死〟の文字がよぎった次の瞬間、コーデリアは横から突《つ》っ込んできた誰《だれ》かに吹っ飛ばされた。先ほどまで立っていた場所で、ガチンとフェンリルの牙が空振る。

「きゃあ！」

「逃げろ！」

どすんと尻《しり》もちをついたあとに聞こえたのは、切羽詰《せっぱつ》まったアイザックの声。どうやら彼が助けてくれたらしい。

「あ、ありがとうございます……！」

体を起こすと、アイザックがものすごい速さで魔法を展開していた。瞬《またた》く間に水魔法の防御壁《ぼうぎょへき》がふたりの周囲に張り巡《めぐ》らされ、何本もの鋭い水の槍《やり》が作り上げられていく。

「殿下！　ここは私が！　聖獣に闇以外の魔法はあまり……！」

「わかっている！　だが、君だけが戦っているのを見ていろと⁉」

アイザックは優秀《ゆうしゅう》だが、それでも水魔法は四元素のひとつでしかない。闇以外の魔法は聖獣に対して威力《いりょく》が半減するのだ。勝てないことは彼もわかっているのだろう。

案の定、アイザックから放たれた水魔法は、フェンリルの太い前脚《まえあし》によっていとも簡単に叩《たた》き落とされた。張っていた防御魔法も、鋭い爪《つめ》のひと掻《か》きでバシャ！　という水音とともに無に帰する。かと思うと、巨大な牙が剝かれ――アイザックの右腕《みぎうで》にめり込んだ。

「ぐっ……！」

「殿下！」

アイザックが咄嗟《とっさ》に水球をフェンリルの顔面にぶつけて勢いを削《そ》いだものの、牙を防ぐことはできなかった。メキメキという恐《おそ》ろしい音とともに辺りに鮮血《せんけつ》が飛び散る。その色があまりに赤くて、コーデリアの頭にカッと血がのぼった。

(殿下に……何てことを！)

怒りに顔を染めたまま、コーデリアは立ち上がって勢いよく駆《か》けだす。

目標はフェンリルだ。走りながら右手に、全魔力を集める。

「しっかりしなさい！　あなたは聖なる狼！　皆を守るのが役目でしょう⁉」

コーデリアは叫びながら、いまだアイザックの腕に嚙《か》み付いて離《はな》れないフェンリルの横っ面《つら》に、渾身《こんしん》の右ストレート――ありったけの闇魔法《まほう》を添《そ》えて――を、ぶちかました。


次の瞬間、ドォン!!　という音とともに、フェンリルの体が吹っ飛ぶ。

解放されたアイザックが、ドッと尻もちをつく。はずみで、勢いよく血が噴《ふ》き出した。すぐさまアイザックが治癒《ちゆ》魔法をかけるが、なかなか傷は塞《ふさ》がらない。どうやらフェンリルの与《あた》えた傷はただの傷ではないらしい。コーデリアは駆《か》け寄り、涙ぐみながら叫んだ。

「誰か！　ほかに水魔法の使い手はいらっしゃらないの⁉」

アイザックの右腕からはドクドクと血が出ており、床《ゆか》に大きな血だまりを作っている。

騒《さわ》ぎを聞きつけた水魔法使いたちがあわてて駆け寄ってきたが、かけた治癒魔法が片《かた》っ端《ぱし》からはじかれていく。何もできない悔《くや》しさに、コーデリアは拳で床を叩いた。

（ああ、私が聖魔法使いだったら！）

そこまで考えてはたと思いつく。

「ひな！　あなたこっちにいらっしゃい！　殿下《でんか》の傷を治して差し上げて！」

まだ呆然と座り込んでいたひなは、コーデリアの怒声《どせい》にビクッと肩《かた》を揺《ゆ》らした。

そんな彼女を半ば引きずるようにしてアイザックのそばに連れてくると、「ほら！　治《ち》療《りょう》！」と背中を押す。

が、ひなはオロオロとするだけで、一向に魔法を発動させようとはしない。

「何しているの⁉　早く傷を治してあげて！　あなたしかできないのよ⁉」

「そんなこと言われてもわかんないよ！　魔法なんて使ったことないもん！」

「ひな、さんざん自分は聖女だって言っていたじゃない⁉」

「フェンリルさえ呼び出せれば十分でしょ⁉」

そう言って、拗《す》ねた子どものようにぷいっとそっぽを向いてしまう。

(ああもう、この子は……。待って、そういえばフェンリルは⁉)

ハッとしてコーデリアはあわててフェンリルを殴《なぐ》り飛ばした辺りを見る。

そこに元々あったはずの玉座は消え失《う》せていた。代わりに壁《かべ》には亀裂《きれつ》が走り、崩《くず》れてボロボロになった玉座と思《おぼ》しき物体と、白い巨大な獣《けもの》が横たわっている。

(やだ、もしかして私、国王陛下を潰《つぶ》しちゃったの……?)

サーッと顔から血の気が引いていく。

いくら聖獣を倒《たお》すためとはいえ、フェンリルをぶつけて陛下を潰してしまいました、なんてことになったら、間違いなく一家全員縛《しば》り首だ。

あわてて助けを求めるように彷徨《さまよ》わせた視線の先で、護衛にかばわれている国王の姿を発見し、コーデリアは心の底から安堵《あんど》した。

(よ、良かった! 護衛の皆様《みなさま》、本当にありがとうございます……!)

国王だけでなく、コーデリア一家の命も救われたことにほっとしつつ、またアイザックに視線を戻《もど》す。水魔法使いたちを総動員したおかげか、先ほどよりは少しだけ流れ出る血が減っている。……気がした。

(殿下に治療に専念してもらうためにも、今のうちに、フェンリルが動けなくなるまで闇《やみ》魔法をお見舞《みま》いしてやらなくては!)

聖獣をボコボコにしようなんて全国民に非難されそうだが、アイザックのためなら関係ない。それに今のフェンリルは闇落ちして、もはや聖獣とは呼べなかった。

もう一度渾身の闇魔法を撃《う》つべく力を集め始めたコーデリアの前で、ガラガラと壁が崩れ落ちる。

かと思うと、瓦礫《がれき》の中から巨大《きょだい》な体がのっそりと起き上がった。

ブルブルと、犬が水を振《ふ》り払《はら》うように全身を揺らしたかと思うと――フェンリルが頭に響く、低い不思議な声で言った。

『……今のはいい拳《こぶし》だったな。おかげで目が覚めたぞ』

先ほどとは打って変わって、神々《こうごう》しく輝《かがや》く金色の瞳《ひとみ》がまっすぐにコーデリアを見つめる。

（……えっ？　今のって、フェンリルが喋《しゃべ》ったの？）

コーデリアはまじまじと見つめた。

多少土埃《つちぼこり》に塗《まみ》れてはいたが、背筋をまっすぐ伸《の》ばしたフェンリルは艶《つや》やかな毛並みをなびかせ、悠然《ゆうぜん》とその場に佇《たたず》んでいる。闇色だったはずの澱《よど》んだ瞳は消え去り、あるのは冴《さ》え冴《ざ》えと澄《す》み渡《わた》った、すべてを見透《みす》かすような金色の瞳だけ。

突如《とつじょ》神々しくなったフェンリルの姿に、その場の誰もがぽかんと口を開けた。

「いっ……！」

そこへ、静寂《せいじゃく》を打ち破るように聞こえてきたのはアイザックの声だ。

どうやら同じく見惚《みと》れてしまった水魔法使いたちが、治療を止めてしまったらしい。傷口からは再び勢いよく血が噴き出しており、魔法使いたちがあわてて治療を再開している。

フェンリルはその様子を見ながらこっくりと首を傾《かし》げ、空気を震《ふる》わせる低い声で言った。

『ほう……？　今世の聖女はお主か。なかなか気合いの入った呼び出し方をするが、たまにはこういうのもありだろう』

（えっ？　誰《だれ》に言っているのかしら？）

周りを見回しても、皆《みな》は「お前だ」と言わんばかりにコーデリアを見ている。

（私？　だとしたら見当違《けんとうちが》いよ。こちとら聖女どころか、真逆の闇魔法使いなのだもの）

何やら盛大な勘違《かんちが》いをしているらしい聖獣に向かって、コーデリアはおほんと咳払《せきばら》いをした。失礼にならないよう、服の土埃をパンパンとはたき落としてすっくと立ち上がる。

「あの……フェンリル様」

今のフェンリルには、思わず〝様〟を付けずにはいられないような威厳《いげん》があった。

「恐れながら、私ではありませんわ。聖女はあちら。私はただの闇魔法使いです」

スッと手を掲《かか》げて指し示せば、フェンリルの細長い面《おもて》も、釣《つ》られるようにひなを見る。

そのまましばしの時が流れ。

『……どうなっておる？　確かに言われてみれば、彼《か》の者に呼び起こされた記《き》憶《おく》もあるが……しかしお主にも聖女の力が備わっているではないか』

「へっ!?」

思わず変な声が出てしまった。

「な、何をおっしゃいますの！　さっきから言っているでしょう、私は闇魔法使いだと……」

『いいや、備わっている。試《ため》しにそこの小僧《こぞう》の怪我《けが》を治してみろ。できるはずだ』

「えっ⁉　そんなことできますの⁉」

すぐさまコーデリアはアイザックに飛びついた。治療の甲斐《かい》があって右腕の出血はやや控《ひか》えめにはなっていたが、相変わらず止まる気配がない。

その傷口にコーデリアは手を掲げ——再度フェンリルの方を見た。

「あの、やり方を教えていただいても？」

金色の瞳がめんどくさそうに歪《ゆが》められる。

『お主は今までどうやって魔法を使っていたのだ？』

「それは、えっと、体の中の魔力を手繰《たぐ》り寄せて……」

『ならそれをやればいい』

（んもう。だから、私は闇魔法しか使えないと先ほどから……あら？）

いつも魔法を使うときのように体内の魔力に意識を集中してから、コーデリアはそこにいつもと同じではない魔力が流れていることに気づいた。馴染《なじ》み親しんできた闇魔力の他《ほか》に、感じたことのない魔力の気配がするのだ。

コーデリアは集中するために目を瞑《つぶ》ると、か細い筋のような魔力を繰《く》り寄せ始めた。

最初は糸のようにか細く弱い存在だったそれは、手繰り寄せるうちにだんだん太く、強い存在感を示していく。そして突然《とつぜん》、まばゆい光を感じて、コーデリアは目を開いた。

「きゃっ！」

途端《とたん》、白く輝く魔力が手からあふれる。それは止める間もなくどんどん増え、アイザックの腕に吸い込まれていく。同時に、酷《ひど》かった右腕《みぎうで》の怪我がみるみる塞がっていった。

やがて、アイザックがすっかり元通りになった腕を掲げ、感心したように呟《つぶや》く。

「すごい……。どこも痛くない」

『ほうら、出来たであろう』

そう言って、何故《なぜ》かフェンリルが自慢《じまん》げに首を反らしている。一方のコーデリアはと言えば、信じられない気持ちで両手をしげしげと眺《なが》めていた。

「本当に出来てしまった……。どうなっているの、私は闇魔法《まほう》しか使えないはずなのに……」

偶然《ぐうぜん》かとも思ったが、先ほど使った聖魔法は、今も消えることなく体の中を脈々と流れているのを感じる。

「……伝説は本当だったのか」

そんなコーデリアをよそに、それまでずっとことの成り行きを見守っていた国王が、信じられないという口ぶりで前に進み出た。顔も服も土埃で汚《よご》れてしまっていたが、いつも冷静な瞳が、今は興奮で爛々《らんらん》と輝いている。

（ちょっと待って。何か伝説とかいう、仰々《ぎょうぎょう》しい単語が出てこなかった⁉）

コーデリアは顔をしかめた。ただでさえ色々ついていけなくて混乱しているのに、さらにややこしいことになりそうな気配を感じたのだ。

そんなコーデリアには構わず、国王が言う。

「知っての通り、聖魔法と闇魔法は相反すると同時に、切っても切り離《はな》せない表裏一体《ひょうりいったい》の関係。それゆえ古《いにしえ》より、まことしやかに伝えられてきた伝説があった」

かの言い伝えはこうだ、と国王は朗々とした声で続ける。

「闇なる乙女《おとめ》は、何事もなければ一生そのまま闇魔法使いとして生を終える。だが、ひとたび彼の者が〝高潔なる心〟を発動させた時、乙女は聖なる乙女へと転じるだろうと。――つまりコーデリアよ、そなたもまた、聖女なのだ」

「……はい？」

国王の前にもかかわらず、コーデリアは間抜《まぬ》けな声を上げた。

（なんなの、この後からとってつけたような設定！　原作にはなかったわよね⁉　っていうか高潔な心ってなに⁉　聖獣《せいじゅう》をグーでぶん殴《なぐ》ったら高潔になるの⁉）

心の中で怒涛《どとう》の突っ込みを連発する。コーデリアは努力が報《むく》われる世界を望んだが、聖女になりたいなどとは、微塵《みじん》も思ったことはない。

『ほう。聖女がふたりか！　これはおもしろくなってきたな』

「ちょっとフェンリル様！　おもしろがらないでいただけますか⁉」

口を大きく開けてカッカッと笑うフェンリルに、礼儀《れいぎ》も忘れて思わず叫《さけ》んでしまう。

(大体聖女がふたりって……どう考えてもめんどくさい事態になるじゃない！)

コーデリアは憤慨《ふんがい》した。

──聖女がふたりいた場合どうなるのか。

ラキセン王国がもっと平和になる？　とんでもない。答えは『どちらが王妃《おうひ》の座に就《つ》くか、血で血を洗う戦いが起きる』が正解だ。

実際に過去の歴史を見ても、王位継承《けいしょう》権を持つ者がふたり並んだ場合、本人たちにその気はなくとも周囲が勝手に行動し始めるのだ。

今後、ラキセン王国でもふたりの聖女を巡《めぐ》ってさまざまな思惑《おもわく》が渦巻《うずま》き、派閥《はばつ》が出来上がり、やがて国が真っ二つ、あるいはそれ以上に分裂《ぶんれつ》してしまうかもしれない。下手すると、それが原因となって国を燃やし尽《つ》くす戦いまで起きる可能性もある。

(ううっ、聖獣による直接の滅亡《めつぼう》は防げたけれど、今度は緩《ゆる》やかな滅亡が見えてきたわ)

コーデリアは明日から始まるであろう、新たな生活を考えて、虚《うつ》ろな目をした。

──どうやらアイザックとの薔薇色《ばらいろ》ハッピーエンドには、まだまだ辿《たど》り着けそうにない。

第三章　ふたりの聖女

「これより、ふたりの聖女をともに王宮で保護する」

総勢二十名もの人物が席を並べたトパーズの間で、議長席に座った国王が発表した。

かたわらにはアイザックをはじめ、宰相《さいしょう》や大臣など、謁見《えっけん》の間にいた面々がほぼそのまま腰《こし》を下ろしている。そこに、コーデリアとひなのふたりも同席していた。

本来であれば、若い娘《むすめ》の会議同席は許されない。だが聖女という肩書《かたが》きがある場合は別だ。むしろ、〝王を指名できる〟という強すぎる権限があるため、恐《おそ》れ多くも国王の隣《となり》に座らせてもらっていた。

（流石《さすが》に緊張《きんちょう》するわ。こういう場には縁《えん》がないだろうと油断していた……！）

原作のコーデリアはいずれ王妃としてこの席に座る覚悟《かくご》があったのかもしれないが、今のコーデリアは結末を知っている転生者。婚約破棄《こんやくはき》される前提で過ごしていたため、こういう場とは完全に無縁だと思っていたのだ。

（それなのに、婚約破棄されなかったどころか、聖女になっちゃうってどういうこと!?）

コーデリアがギリと歯を噛み締《し》める。

目の前では、宰相が国王の言葉に同意していた。

「ええ。ふたりのうち、どちらが最終的な聖女になるか決まるまで、王宮で過ごしていただくのが最も安全かと思います」

周りの面々も一斉《いっせい》にうなずく。

そもそも聖女がふたりと言っても、現実的に王妃になれるのはひとりだけ。否《いや》が応でも、聖女もどちらかひとりに絞《しぼ》らないといけないのだ。

(その〝ひとり〟を決める方法が、まさか人の手にゆだねられるなんて……)

一連の事件の後、人々はフェンリルに駆《か》け寄ると、真っ先に『どちらが本物の聖女なのか』を尋《たず》ねた。それに対してフェンリルが返した答えはこうだ。

『我《われ》も初めての事態だが、どちらも聖女なのは間違《まちが》いない。ならばあとは人間が決めればよかろう。今流行《はや》りの〝人気投票〟とかが向いているのではないか』

(なんで聖獣が人気投票を知っているのよ……)

カッカッと笑うフェンリルを、大臣たちは困ったように見ていた。

それもそうだ。今まで聖女と言えば、数百年に一度神によって選ばれるものであり、そこに人の意思は一切《いっさい》反映されてこなかった。

それが突然『お前たちで決めろ』なんて言われたら、困惑《こんわく》するのも無理はない。

（しかも人気投票だなんて、よりにもよって一番ややこしいものに……）

ラキセン王国では、まだ前世世界のように整えられた投票システムはない。大事なことはすべて、議会で決める。投票するのが貴族たちとなれば当然、これから勢力争いが起きるのは目に見えていた。――聖女ヒナ派と、聖女コーデリア派の戦いだ。

それはこの会議室でも、今まさに火ぶたが切られようとしていた。

「国王陛下、ひとつ提案があるのですがよろしいでしょうか」

「何だ」

うやうやしく立ち上がったのは、この国の財務大臣であり、自身も豪商《ごうしょう》であるラヴォリ伯爵《はくしゃく》だ。前々から野心家として知られ、聖女が見つかったと発表された際には、その立場を利用していち早くひなに接近した男でもある。

「聖女様たちは東の王宮、西の王宮に分かれて保護されるとのことですが、公爵家の後ろ盾《だて》を持つコーデリア様と違って、ヒナ様は市井《しせい》のお育ち。王宮や貴族文化に対して何かと不都合も多いでしょう。そこで、よろしければ我がラヴォリ家がヒナ様を全面的にお手伝いいたしたく」

途端《とたん》、その場に緊張した空気が走った。言葉には出さないものの、貴族たちが素早《すば》く目線を走らせて周囲の反応を窺《うかが》っている。

（早くもひな派が現れたわね……！）

これは端的《たんてき》に言うと、ラヴォリ家がひなの生活をサポート、つまりひなの後ろ盾になると言っているのだ。

コーデリアは元々アイザックの婚約者であり、先程《さきほど》の騒動《そうどう》でもアイザックとともに立ち回ったことで、完全に現王家に与《くみ》していると思われている。実際その通りだった。

対してひなは、アイザックとの結婚を望んでいたものの、彼に拒否《きょひ》され、まだ誰《だれ》を選ぶか決まっていない。さらに彼女の立ち居振《ふ》る舞《ま》いは極《きわ》めて子どもっぽく、老練の狸爺《たぬきじじい》たちに「御《ぎょ》しやすい」と判断されるには十分だった。

王位を狙《ねら》うものからすれば、既《すで》に王家と強い結びつきがあるコーデリアを推《お》してもほとんど旨《うま》みはない。だが、まっさらなひなを推すことで、彼女が聖女に選ばれた時に大きな恩恵《おんけい》を受けられる可能性がある。場合によっては、自分の息のかかった人間を王として選ばせ、国を牛耳《ぎゅうじ》ることも可能になるのだ。

忠誠心より野心の勝《まさ》るものならば、ある意味当然の選択《せんたく》とも言えた。

(これは、真っ向からの対立宣言みたいなものよ……)

動揺《どうよう》を顔に出さないよう気をつけながら、コーデリアはそっと隣に座る国王の顔を盗《ぬす》み見た。恐《おそ》らく彼女以外にもほとんどの者が——ひなだけ相変わらずぶすっとして興味なさそうだが——国王の発言に注目しているだろう。

「……よかろう。ラヴォリ伯が、聖女ヒナの面倒《めんどう》を見ることを許す」

「ありがたき幸せ」

今度こそ隠《かく》しきれないどよめきが広がった。

ラヴォリ伯の言い分は一理あるが、提案を蹴《け》ろうと思えばいくらでも方法はあった。にもかかわらず、国王は認めたのだ。

ラヴォリ伯が、王家の推すコーデリアと対立するひなの後ろ盾となることを。

そうなると今後、ラヴォリ伯をきっかけに、貴族たちも水面下でどんどんひな派とコーデリア派に分かれていくだろう。

それはやがて、一般《いっぱん》市民にまで広がりを見せるのは確実だった。

「他《ほか》に聖女ヒナの面倒を見たいものは？　……いないようであれば宰相、次の議題に」

「はい。それでは私の方から発表させていただきます。まず聖女出現からずっと信用できる商人にのみ開けていた国境を、聖女が確定するまでの間、完全に封鎖《ふうさ》します。次に……」

（ああ、頭が痛い……！　ひなと聖獣《せいじゅう》をどうにかすればいいと思っていたのに、急にこんな世界線に放《ほう》り込まれるなんて！）

次々と繰《く》り広げられる難しい議題に置いていかれまいと一生懸命《いっしょうけんめい》耳を傾《かたむ》けながら、コーデリアは内心大きなため息をついた。

「今日からしばらく、ここが私の部屋なのね」

王宮で与《あた》えられた一室に入ると、コーデリアは部屋の中を見回した。

公爵家であるコーデリアの家も相当な豪華《ごうか》さではあったが、王宮ともなると別格。

部屋はこれでもかというぐらい広く豪華で、ちょっとした小会議室など目ではない。しかもこれでクリソコラの間と言う、ただの客室なのだから驚《おどろ》く。

今頃《いまごろ》ひなも、彼女に新しく与えられた西のトルマリンの間に移動しているのだろう。大聖女という、新たに定められた称号《しょうごう》にどちらかが正式に決定するまで、コーデリアたちは王宮で暮らさなければいけないのだ。

(それにしても、〝大聖女〟ね……)

コーデリアは小さくため息をついた。

突如《とつじょ》聖女がふたり現れてしまったが、では王位まで仲良く二分割《ぶんかつ》！　なんてことは当然できない。そして聖獣が一度認めた聖女を、今さら〝一般人〟に落とすこともできない。

そのため議会では、新たに〝大聖女〟という聖女よりも上の称号を作ったのだ。

今後、王を決める権限や王妃《おうひ》の座につけるのは大聖女の方。実質、今まで聖女と呼ばれていた存在が、大聖女と名を変えただけになる。

考えていると、コンコンとノックの音がして、アイザックとジャンが姿を現した。

アイザックは部屋に入るなり、無表情のまま素早くコーデリアのもとへやってくる。

「大丈夫《だいじょうぶ》か？　怪我《けが》は？　体の具合は？　どこかおかしいところや痛いところは？」

言いながら異変がないかあちこち見て確かめようとするものだから、コーデリアはあわてて押し止《とど》めた。

「だ、大丈夫ですわ！」

赤面していると、今度はめんどくさそうな声がかけられる。ジャンだ。

「殿下《でんか》ぁ。聖獣ぶっ飛ばすような怪力《かいりき》が、怪我なんかするわけないと思いますけど」

「怪力じゃなくて魔力《まりょく》がすごいと言ってくださる!?」

ギロッとジャンをにらんでから、コーデリアはアイザックに向けて腕《うで》を掲《かか》げて見せた。

「この通り、ピンピンしていますわ！」

それを見て、アイザックはようやく安心したらしい。

「それより殿下は大丈夫ですか？　まだ腕は痛みますの？」

「大丈夫。君が治してくれたおかげだ。ありがとう」

彼にしては柔《やわ》らかな表情で見つめられて、コーデリアはほうっとため息をついた。

一連の衝撃《しょうげき》が強すぎて頭がオーバーヒート気味だが、こんな日でも彼は変わらず麗《うるわ》しい。

うっとり見惚《みと》れていたら、後ろのジャンがチベットスナギツネのような顔でこちらを見ていた。一瞬《いっしゅん》睨んでやろうかと思ったところで、アイザックが真面目《まじめ》な顔で言う。

「予想外の方向に話が進んでしまったが……コーデリア、君はどうしたい」

真剣《しんけん》な瞳《ひとみ》に、コーデリアが気を引き締《し》める。これは大事な話だった。

「……ここで私が大聖女に選ばれたら、問題はすべて解決いたしますものね」

そう、頭が痛いことが多すぎてつい騒《さわ》いでしまったが、単純に考えるならこれは大きなチャンスだ。もしコーデリアが大聖女になれば当然アイザックを王に選ぶし、コーデリアは彼の妻となれる。ある意味〝聖女が来なかった世界〟、つまり、コーデリアが望んだ〝薔薇色《ばらいろ》ハッピーエンド〟が実現するのだ。

(……もちろん、大聖女になったところで、殿下が私を女性として好いてくれているわけではないとわかっているわ。あくまで、懐《なつ》かれているだけ。……でも)

コーデリアはぎゅっと手を握《にぎ》った。

(情でもいいから、殿下のおそばにいたい……!!)

——転生に気付いてからずっと、コーデリアはアイザックを見てきた。

父王のため真剣に贈《おく》り物を選ぶ姿や、日夜勉強に励《はげ》む姿。ゲームでは描《えが》かれなかった彼の一面を知る度《たび》に、ゲームのキャラクターではないひとりの人間として、アイザックのことを好きになっていった。彼のそばにいたいと、心から願うようになっていた。

（だから私は、今後も全力で殿下を応援《おうえん》し、尽《つ》くすわ。そして、燃えるような愛ではなくても、穏《おだ》やかな愛を築いていけたら。そう願ってしまうのはファン失格かしら……）

コーデリアはうつむき、それから決意したように顔を上げた。

「私は、大聖女を目指しますわ！　そしてアイザック殿下、あなたを王に選びます！」

その宣言に、アイザックが驚いたように目を見開く。

「君は、本当にそれでいいのか。きっと、今までにはなかった苦労を背負うことになる」

「構いませんわ。だって、それが私の望む未来に繋《つな》がっているんですもの」

コーデリアが願うのは彼の幸せと治世と、彼と一緒《いっしょ》にいられる時間。

答えると、アイザックはふわりと微笑《ほほえ》んで手を差し出した。澄《す》んだ瞳が、優《やさ》しく強く、コーデリアを見つめている。

「ならば、ともに歩んで行こう。――私たちふたりの未来に向かって」

その笑顔《えがお》はあまりにもまばゆく、コーデリアは危《あや》うく変な声が出るところだった。

（がっ……眼福!!　今のもう一度言ってくれないかしら!?　そしたら聖女でもフェンリル退治でも何でもやるのに！）

スーハースーハーと深呼吸をしてから、差し出された手に手を重ねる。

「……はい！　頑張《がんば》りましょう！」

そんなコーデリアの手をぎゅっと握りながら、アイザックは考えるように言った。

「そうなると……避《さ》けて通れないのは〝人気投票〟か……。幼い頃《ころ》から常に聖女の存在を意識し、準備してきたが、まさかこんなことになるとは」

「ただでさえ王選びで混乱する時期。その上聖女まで選ばないといけないなんて……」

コーデリアはぎゅっと唇《くちびる》を引き結んだ。

ラキセン王国に聖女が現れ、新たな王が選定される――これはラキセン王国民にはもちろんのこと、周辺国にとっても大きな時代の節目となる。ゲームでは、このゴタゴタに乗じて周辺国が攻《せ》め込んでくるパターンもあったくらいだ。

「新聞で読みましたが、かのメトゥス帝国《ていこく》もまだ領土拡大を諦《あきら》めていないらしいですわ」

〝メトゥス帝国〟は、同じ大陸にある巨大《きょだい》帝国。

野心家な帝国は常に領土拡大を狙《ねら》っており、過去にはラキセン王国もその毒牙《どくが》に狙われたことがある。その時はフェンリルが撃退《げきたい》してくれたものの、それでメトゥス皇帝が諦めたかどうかは怪《あや》しい。つい十年前にも、ランカルド王国やザノーヴァ王国が滅《ほろ》ぼされたばかりなのだ。その時の混乱はいまだに余波として大陸全土に残っている。

「国境は一時封鎖したが、周辺国に聖女のことを知られるのも時間の問題だろう」

「そうなると、いつどこで誰《だれ》が攻めてくるかわかりませんわね……。何事もなければよいのですが……」

大聖女が決まる議会投票は、三か月後の建国祭の日に行われるという。それまで議員たちは各々《おのおの》支持する政党――もとい、聖女を決めなければいけない。

「貴族たちも、どっちにつくのかまったく読めませんし……」

「我が王家に縁《えん》が深い家は味方してくれるだろうが、それ以外は私も予想がつかない。また、ラヴォリ伯《はく》のように、既《すで》にヒナ派に寝返《ねがえ》っている貴族もいるはずだ」

「そう……ですわよね……」

それに加えてもうひとつ、コーデリアには不安要素があった。

「あの……殿下。聖女の条件って聖魔法を使えること……ではなく、聖獣《せいじゅう》フェンリルを使《し》役《えき》することだと以前本で読んだのですけれど」

「そうだ」

「私……」

コーデリアはしばらく悩《なや》んだ末に白状した。

「フェンリル様を使役するどころか、実は気配すら感じられないのです……」

「お前それ、聖女の条件満たしてなくないか？」

すぐさまジャンに突《つ》っ込まれるが、言い返す言葉もない。コーデリアが額を押さえる。

「そもそも聖獣って、ずっと聖女と一緒にいるものかと思っていましたけれど……どこにいるのかすらもわかりませんわ」

フェンリルは、ゴタゴタが落ち着いた直後に『散歩』と言ってどこかにふらりと消えてしまった。だが原作でそんなシーンはどこにもない。

フェンリルと言えば常に聖女に付き従い、たとえ離《はな》れていても、呼べば秒で駆《か》けつけるほどべったりだったはず。

（私、ものすごく放置されているけれど、これが普通《ふつう》なの？　イレギュラーなことが多すぎて全然わからないわ……）

「呼んでみても駄目《だめ》だろうか？　先ほどヒナ殿《どの》は、名前を呼んで召喚《しょうかん》していた気がする」

アイザックに提案されて、コーデリアは大きく息を吸い込んだ。

「フェンリル様！　いらして下さい！」

……けれど、部屋にこだましたのは自分の声だけで、一向に聖獣が現れる気配はない。

「全然駄目じゃねえか」

ジャンの声に、コーデリアはがっくり肩《かた》を落とした。アイザックは苦い顔をしているし、ジャンに至っては完全にバカにした顔をしている。

（まずい。急に先行きが不安になってきましたわ……！）

ひなは間違《まちが》いなく聖獣を呼べた。対してコーデリアは、聖獣の居場所すらわからない。

そもそも『聖女になった』というのも、フェンリルの鶴《つる》のひと声ならぬ聖獣のひと声があったからこそ。聖魔法が使えるだけでは聖女とは呼べないため、フェンリルの言葉以外にコーデリアを聖女たらしめる要素はないのだ。

不安でぎゅっと手を握る。

「……大丈夫《だいじょうぶ》だ」

そんなコーデリアに、穏やかな声をかけたのはアイザックだった。

「コーデリア、君は聖女だ。私の腕を、呪《のろ》いの傷を治したのはヒナ殿ではなく君だったただろう。だから私は君を信じている。きっとまだ、力が目覚めたばかりなのだろう」

その言葉に、コーデリアは不覚にも涙《なみだ》ぐみそうになった。どうやら自分で思っていた以上に、気持ちが焦《あせ》っていたらしい。

「殿下……！　ありがとうございます」

(相変わらず、なんてお優しい……！　おかげで、元気が出てきたわ！)

「そうですわね。落ち込んでいても意味はありません。まずはやれるだけのことをやりましょう！　とりあえず私——」

いったん言葉を切り、ふたりをまっすぐ見つめる。

「最初に広報活動を始めるべきだと思いますの！」

「広報活動？」

コーデリアの提案に、アイザックとジャンの声が重なった。

「ええ、広報活動です」

言って、コーデリアはふたりをソファに座らせた。

（さて、どう説明すればいいかしら……）

窓から差し込む西日を眩《まぶ》しそうに見ながら、コーデリアは自分もソファに腰《こし》かける。

今から、聖獣や魔法というようなファンタジーな話ではなく、いたって実務的な話を始めようとしていた。考えながら羽根ペンを手に取る。

「議会投票ではもちろん、議員である貴族たちの投票が要《かなめ》になりますわ。極論、全員にお金を握らせて投票させるという手もあります」

「ラヴォリ伯あたりがやりそうなことだな」

ジャンの言葉にコーデリアがうなずく。

「だから、まず貴族たちへの働きかけは欠かせません。けれど、ここでひとつ私たちに不利なことが出てくるのです。……それは、〝私のイメージ〟ですわ」

「君のイメージ？」

アイザックの言葉に、コーデリアはうなずいた。

「私は今まで〝王太子殿下《でんか》の婚約者《こんやくしゃ》〟という肩書《かたが》きを持っていましたが、同時に〝闇魔法《やみまほう》使《つか》い〟としても知られているはずです」

コーデリアの言葉に、アイザックがハッとした。ジャンの眉間《みけん》にしわが寄る。

「闇魔法使いだから不利ってことか？　まだそんな価値観を持っている奴《やつ》がいるのかよ」

「まだまだ古い価値観を持つ方は多いですわ。子どもだって、親の影響《えいきょう》を受けますし」

「……確かに、議会投票の権利を持つ議員たちは、偏見《へんけん》が強い層が多い」

アイザックの言葉に、コーデリアはうなずいた。

「そのため私たちは、議員のほかに民衆の心も摑《つか》まないといけないのです」

コーデリアの考えはこうだ。

投票権を持つのは貴族だけだが、彼らが王国民の声すべてを無視することはできない。国民ひとりひとりの声は微々《びび》たるものでも、それが一丸となれば革命として押し寄せてくるのは、どこの世界でも歴史が証明済み。

だから、とコーデリアは続けた。

「まずは、王国民の皆様《みなさま》に〝聖女コーデリア〟を認識《にんしき》してもらおうと思います」

言いながら、目の前に広げられた紙に〝ヒナ〟と〝コーデリア〟の名を書き加えていく。

「民衆の間では既に、ひなが聖女であるという認識が広まっていますわ。後から現れた私は、何か印象的なことを行わないと、名前すら覚えてもらえない可能性がありますわ」

玉座を狙う一部の野心的な者はともかく、王選びも聖女も、世間話のネタとしておもしろおかしく話すだけの層にとっては、ひとりめの聖女もふたりめの聖女も大差ない。

「だから、皆様の記憶《きおく》に残るような強烈《きょうれつ》な催《もよお》しをして、まずは名前を覚えてもらう。それが私の言う〝広報活動〟ですわ」

そこまで言ってコーデリアはアイザックを見た。じっと話に耳を傾《かたむ》けていた彼が、同意するようにうなずく。

「一理ある。その上で、民心を摑めるような催しにしなくてはいけないのだろう」

「ええ。名前ばっかりで中身が伴《ともな》っていなかったら、意味がありませんもの」

(――それにしても、まさかここに来て、前世の経験が役に立つとは思いませんでしたわ)

昨今、フェンリルの言う通り、アイドルだって選挙という名の人気投票を行う時代。そこで人気を得るために欠かせないものは何か。

『自分を知ってもらうこと』。つまり、広報活動だ。

人となりを知り、共感してもらい、あるいは憧《あこが》れてもらう……。方法はさまざまだが、なにはともあれ、存在を知ってもらわないことには始まらない。

これでも前世は広報部。さらに社内タレントであるひなのマネージャーとして、テレビ番組の出演交渉《こうしょう》やイベント企画《きかく》運営などもかじってきた。

例えば過去には、テレビ会社が企画する『美人すぎる○○特集!』に乗っかって、ひなにお昼のテレビ番組に出演してもらったことがある。

これは人が「美人すぎるって、どれくらい?」とついついチェックしたくなる心理を利用して、ひなが自社商品の宣伝をしたのだ。

効果はかなりのもので、ひなが紹介《しょうかい》した商品は翌日から売り切れが続出。広告費に換算《かんさん》すると、数十分の出演で、実に何千万もの効果を叩《たた》き出したことになる。

商品ではなく、人気投票だって原理は同じだ。

お堅《かた》いスーツを着た仏頂面《ぶっちょうづら》の政治家が「実はパンケーキが大好きで、休みの日はひとりでパンケーキを食べに行く」と知ったら……。見た目とのギャップに、がぜん興味が湧《わ》いてくるだろう。実際、その方法で人気を獲得《かくとく》した人も過去にはいる。

（今回は私自身を、〝聖女コーデリア〟という名の商品として世に広めないと。……本当は殿下をプロデュースした方が楽しいのだけれど、贅沢《ぜいたく》は言っていられないわね）

そのためには、〝異世界流〟の広報活動をしなければ。

幸いコーデリアの家は公爵家《こうしゃく》であり、予算は潤沢《じゅんたく》。おっとりした両親は大丈夫かと心配になるほど娘《むすめ》に甘いため、やりたい放題なのは確定している。

「それで、具体的に何をするつもりなんだ？　その様子だと、もう何か案があるんだろ」

コーデリアが何かを企《たくら》んでいることに、ジャンは気づいているらしい。

「ええ。と言っても、最初は王道で攻めるつもりです。――貴族の嗜《たしな》み、慈善《じぜん》活動で」

「慈善活動？」

不思議そうな顔をするふたりに、コーデリアはうなずいてみせる。

「まずは来《きた》るべき日に、来るべき場所で、私との握手会《あくしゅ》……じゃなくて、聖女の治療会《ちりょう》を実施《じっし》しますわ。そこでは身分を問わずどなたでも、身体《からだ》に不調を抱《かか》える者であれば私が無償《むしょう》で治療するんです」

アイドルが好きな人で、握手会を知らない人はいないだろう。

憧れのアイドルに会えるだけではなく、握手と会話もできる。こんなに魅力《みりょく》的なイベントを思いついた人は天才だと、前世の時から思っていた。

(アイザック殿下は二次元だったから、愛情はすべてガチャだったけれど、三次元だったら間違いなく通い詰《つ》めていたわね！　アイドルをやっている殿下も、間違いなく素敵《すてき》！)

アイザックが握手会に登場する姿を想像して、コーデリアはひとりで胸をときめかせる。

握手会では、『このアイドルは神対応』やら、『あのアイドルは塩対応』など、ひとりひとりの仕事ぶりをこれでもかというくらい見られ、広められる。

対応次第《しだい》でファンが増えたり減ったりは常識とも言えるくらい。いわば握手会はアイドルにとっての選挙活動ならぬ、広報活動でもあった。

「なるほど。だが、それなら修道院や施療院《せりょう》への訪問はしなくていいのか？」

アイザックの疑問に、コーデリアは「もちろん」と答えた。

「ゆくゆくは行くつもりですわ。ですが修道院や施療院の場合、対象はあくまでその施設《しせつ》にいる方のみ。対して治療会なら、興味がある人ならどなたでも来られるでしょう？」

ターゲットは全王国民。よりたくさんの人物にアプローチできる方法を選ぶのは必須《ひっす》だ。

「加えて、今回は裏技《うらわざ》として告知新聞も配ろうと思いますの」

「なんで告知新聞が裏技になるんだよ。普通《ふつう》に配ればいいだろ」

「ええまあ、うん、それはそうなんですけれど」

ジャンに突《つ》っ込まれてコーデリアは咳払《せきばら》いした。

広報のメインとなる仕事に、〝プレスリリース〟の配信がある。このプレスリリースは騎士《きし》にとっての剣《けん》、魔法使いにとっての杖《つえ》と同じぐらい大事なものであり、いわば武器だ。

そのためリリースをわかりやすく簡潔に、かつ、いかにメディアの注目を集められるように書くかが広報の腕《うで》の見せ所でもあった。

例えば漫画《まんが》を売る場合でも、

『カクウノ先生の新刊が○月×日に発売！』

とただ書いたリリースよりも、

『アニメ化作品「アニメーダ」で知られるカクウノ先生最新刊が○月×日に発売！　時代の最先端《さいせんたん》を鮮《あざ》やかに切り取った話題作!!』

という煽《あお》りをつけた方が、当然メディア側の注意を引いて拾われやすくなる。

また場合によってはプレゼントキャンペーンをつけることで、掲載《けいさい》確率を上げることもできるのだ。

本来リリースは自分たちで作り、自分たちでメディアに配信し、掲載してもらえるよう働きかけるのだが……それをイチからこの世界でやるのは難しい。

なにせ、印刷するところから始めないといけないのだ。そのため今回は最初からお金を払《はら》って、既《すで》にノウハウがある新聞社の力を借りるのが、コーデリアにとっての裏技だった。

(本来なら、リリース配信後はメディアに掲載を委《ゆだ》ねるところだけれど……前世とまったく同じことをやっていても意味がないわ。広報だって時には宣伝を打つし、お金もある。それなら今は、〝異世界流〟として、確実に広報することが大事よ!)

コーデリアはこほんと咳払いすると、拳《こぶし》を突き出した。

「とにかく、今回は金貨で殴打《おうだ》作戦と行きますわよ! 治療会の告知と一緒《いっしょ》に、聖女コーデリアを皆様に知っていただきましょう!」

「いちいち言葉選びが物騒《ぶっそう》だな。今度は誰《だれ》を殴《なぐ》る気なんだよ」

「微力《びりょく》だが、私の私財からも支援《しえん》しよう。存分に殴ってくれ」

「いや殿下もそのノリに乗るんですか⁉」

「まあ! とても嬉《うれ》しいですわ!」

ついていけない、とばかりに顔をしかめるジャンには構わず、コーデリアは言った。

「そして最初の開催《かいさい》後は、反響《はんきょう》と実際の手応《てごた》えを見て『大好評にお応《こた》えして第二弾《だいにだん》を開催!』と銘打《めいう》って今後も定期的に続けるつもりです。その合間に、修道院と施療院を回りますわ」

定期開催と聞いたアイザックが、ピクリと反応する。

「定期にしてしまってよいのか? 一度ならず二度三度行うとなると、それは大聖女が決定した後に、今度は公務としてのしかかってくることになる」

「構いません。それでこそ貴族の嗜みですもの」

さすがに短いスパンでの開催は厳しいが、そこは無理のないペースで続ければいいだけ。ある意味これも貴族の義務《ノブレス・オブリージュ》と考えれば、大聖女とは関係なくやるべきことと言える。

コーデリアが答えると、アイザックは感心したように言った。

「……君は、いつも私には考えも付かなかったことをやってのける。その姿に、私はもう何度励《はげ》まされたかわからないな。婚約者《こんやくしゃ》として、とても誇《ほこ》らしく思う」

「あ、ありがとうございます。……照れますわね」

(突然《とつぜん》サラッと褒《ほ》めてくるのって、地味に威力《いりょく》が高いわ！)

コーデリアは急いで手で顔をパタパタと煽いだ。こんな風に真正面から褒められることに慣れていないこともあり、すっかり顔が赤くなってしまっている。

「君の頑張《がんば》りに負けないよう、私も手伝わせて欲しい。貴族たちの動向調査は私に任せてくれ。また、全国の施療院と免許《めんきょ》持ちの水魔《みずま》法使《ほうつか》いには、私のエリクサーを支給する」

「エリクサーを!?」

その言葉に、コーデリアだけではなくジャンも声を上げた。

〝エリクサー〟は、賢者称号《けんじゃしょうごう》の水魔法使いだけが作れる万能薬《ばんのうやく》。すべての病気を治すわけではないものの、非常に広い病気や怪我《けが》に効果のある、ありがたすぎる薬だ。

しかも『私の』と言うことは、アイザックが直々に製造したものを配るつもりらしい。

ジャンがあわてたように言う。

「殿下《でんか》……。全国って、相当の数になりますよ？」

「元々公務の合間を縫《ぬ》って製造したものがあるし、足りないのならまた作ればいい」

さらりと言ってのけるアイザックに、今度はコーデリアがあわてる。

「それはそうですが、殿下にそんな負担をかけられませんわ！」

「言っただろう、君への支援なんだ。これくらいは協力させてくれ。それに、君もその方が助かるはずだ」

そう言って、アイザックがふっと微笑《ほほえ》んだ。それから彼の手が伸《の》びてきたかと思うと、コーデリアの手をとって甲《こう》に口づける。

ボンッとコーデリアの顔が赤くなった。

（ふ、不意打ち!! そりゃ貴族は母親相手でも手にキスするけれど、殿下がやると威力が強すぎるのよ……!! 今まで考えていた内容が全部ふっ飛んだわ!!）

「……え、えっと、確かにそうなのですけれど」

心臓をドキドキさせながら、コーデリアはなんとか答えた。

今後、コーデリアが聖魔法を大盤振《おおばんぶ》る舞《ま》いすることで、施療院を訪《おとず》れる患者《かんじゃ》は一時的にグッと減るだろう。そうなれば水魔法使いたちは飯の食いあげだ。その対策として、貴重なエリクサーを支給することで不満を抑《おさ》えようというのが彼の目論見《もくろみ》だった。

それから、エリクサーでコーデリアが助かる理由はもうひとつある。

知ってか知らずか、アイザックがやろうとしているのは前世っぽく言うのなら、『王太子製エリクサー対象者全員プレゼントキャンペーン！』でもあった。

ロイヤルファミリーのニュースは、前世でもそれだけで特集されるほど人気がある。それはこの世界でも変わりなく、王太子が作ったエリクサーなんて、垂涎《すいぜん》モノだろう。

（きっと皆《みんな》が群がるわ。エリクサーにも、しっかりチラシを付けなくては）

頭の中で同梱《どうこん》するチラシを考えつつ、コーデリアは言った。

「本当に助かりますわ。……その上で、図々《ずうずう》しくももうひとつお願いをしても？」

「言ってみてくれ」

「王宮の部屋をひとつ、貸していただきたいのです。警備面から見ても管理面から見ても、王宮で治療会を行うのが一番安全だと思いますの」

「わかった。聖女に関することは王家にも関《かか》わること。私から陛下に、各方面で協力を仰《あお》げないか聞いてみよう。警備にはジャンを任命する」

アイザックがジャンを見た。天才剣士と呼ばれているだけあって、ジャンはこう見えて騎士団でもかなりの地位に就《つ》いている。

「〝聖女コーデリアサマ〟の護衛は気が向かないけど、殿下の命とあらば」

聖女の部分を強調しながら、ジャンが立ち上がって優雅《ゆうが》に一礼して見せる。

コーデリアは腕まくりをすると、力強く羽根ペンを握《にぎ》った。

「よし！　色々当てがつきそうですし、早速《さっそく》リリースのラフを描《か》かないとですわね。効果的な見出しと、注意書きも考えないと……」

「〝りりーす〟とはなんだ？」

「あっ！　いいえ、ただの言い間違《まちが》いです！　気になさらないでくださいませ、ウフフ……」

興奮してつい前世の言葉を使ってしまった。誤魔化すと、アイザックが目を細める。

「……思えば、君は昔から時々不思議な言葉を使うことが多かったな。聖女殿《どの》が君を〝カナ〟と呼んでいたことにも関係があるのか？」

思わぬ質問にコーデリアは飛び上がりそうになった。瑠璃色《るりいろ》の瞳《ひとみ》が、探《さぐ》るようにこちらをじっと見つめている。

「それ、は……」

（どうしよう……前世のことを話すべきなのかしら……でも前世のことを話すと、下手するとひなの悪口大会になっちゃうわ！　それは避《さ》けたい）

口ごもったコーデリアを見て、アイザックがふっと視線を落とす。

「……言いづらいことを聞いてしまって悪かった。聖女にしかわからない、何か特別なこともあるのだろう。いつか話したくなったら、その時は教えてくれ」

「殿下……」

（無理強《むりじ》いしてこないあたり、やっぱりお優《やさ》しい……）

優しさにときめきながら、コーデリアは心の中のタスクリストにデカデカと『前世の話を悪口にならないようにまとめる』と書き加えたのだった。


「よしっ、それじゃいくわよリリー！」

「はいっ！」

後日。お忍《しの》びの馬車の中で、眼鏡《めがね》をかけて侍女《じじょ》服に身を包んだコーデリアは、貴族の令《れい》嬢《じょう》らしい服に身を包んだリリーと顔を見合わせ大きくうなずいていた。

その隣《となり》には、いつもよりさらに仏頂面《ぶっちょうづら》のアイザックが座っている。

「……本当に、君たちだけで大丈夫《だいじょうぶ》なのか。私はついていかなくていいのか」

「大丈夫ですわ、何かありましたら大声を出しますし、その前に闇《やみ》魔法をぶっ放してやります。リリーだってこう見えて結構強いですしね」

それでも、彼はまだ納得《なっとく》がいかなそうにむすっとしている。

ふたりだけで行くと話してから、ずっとこの調子だ。

何も酒場のような危険な場所に行くわけでもないのに、危ない、心配だ、同行させろと言って聞かないのだ。

けれど、王子である彼が同行すると、コーデリアの目的がすべておじゃんになってしまう。なだめすかした末にやっと〝馬車で待機している〟という約束にこぎ着けたのだった。

「……やはり心配だ。なぜ女性ふたりだけなのか。せめてジャンだけでも一緒《いっしょ》に……」

「若い女性ふたりだからこそ意味があるのです。それより殿下は絶対ついてこないでくださいね？　私たちが戻《もど》ってくるまで、馬車から顔を覗《のぞ》かせるのもダメですわよ？」

小さな子どもに言い含《ふく》めるように、コーデリアは再度念押しした。彼の顔には不満がありありと浮《う》かんでいたが、一応約束を守る気はあるらしく、渋《しぶ》い表情のまま黙《だま》っている。

（と言うか、護衛ならジャンでもいいのですから、王宮で待っていてくださってよかったのに……。そんなに来たかったのかしら？）

以前からよく一緒に行動していたが、最近はべったりとも言えるくらい常にともにいる。

「ふふふ……。殿下は、お嬢様のことが心配でたまらないのですね」

リリーがコーデリアの耳に顔を寄せ、嬉《うれ》しそうにささやいた。

彼女はコーデリアが幼い頃《ころ》からアイザック一筋なのを知っているため、ふたりが仲良しなのが嬉しくて仕方ないらしい。

さらにあの一連の騒動《そうどう》で『聖女の誘《さそ》いをきっぱり断り、お嬢様を優先した！』という理由で、アイザックの評価が爆上《ばくあ》がりしているとかなんとか。

「そうね、とてもありがたいことだわ。……さ、そろそろ行きますわよリ、リ、リリーお、嬢、様。い、い？　今からあなたはリリーお嬢様、私は侍女のコーディよ？」

後半の言葉は周囲に聞こえないようヒソヒソとささやくと、リリーがしゃんと背筋を伸ばした。元々彼女も子爵《ししゃく》家の令嬢で、本物のお嬢様でもあるのだ。

――コーデリアたちが立場を誤魔化《ごまか》すのには理由がある。

まず、コーデリアがふたりめの聖女に選ばれたことは御触《おふ》れが出る前であり、まだ公《おおやけ》には言えない。それから聖女の話は機密扱《あつか》いではないとは言え、軽々しく広められても困る。そういった点から、重要な情報を任せられるか見極《みきわ》めるために変装をしているのだ。

(試《ため》すようなことをして申し訳ないけれど、できれば今後も末長くお付き合いしていきたいのよね。そのためにも信用に足る人物か、きちんと見極めなければ)

そのためにコーデリアたちが向かおうとしているのは、ラキセン王国にある新聞社のうちのひとつ、ケントニス社だった。

勇んで門をくぐったケントニス社の建物は大きく、漆喰《しっくい》で彩《いろど》られた壁《かべ》は控《ひか》えめで上品。

ここは、まだ新聞がすべて手書きであった頃から脈々と続く、王国最古とも言われる新聞社だ。格式高く自負も強く、支援者《しえんしゃ》に多くの貴族がいるため親貴族派でもある。

この後のことを考えるなら手を組んでおいて損はない。

「──お話をいただいて驚《おどろ》きましたよ。まさか高貴なお嬢様が、本当に直接ここへいらっしゃるとは。おふたりともどうぞおかけ下さい」

来賓室《らいひん》では、品のいい男性がふたり、コーデリアたちを待っていた。片方は部下と思わしき若い男性。それからこの新聞社のトップであり、最高責任者であるケントニス卿《きょう》だ。

（確か、この方もヒーローよね？　イケオジ枠《わく》の）

功績が認められ、自身も男爵位を賜《たまわ》っているケントニス卿は、いかにもダンディなおじ様という風貌《ふうぼう》。顔の良さもさることながら、品があって落ち着いており、根強いファンが多いのもうなずける。

「それで、お知らせを打ち出したいというのは？」

しばらく世間話をした後、ケントニス卿はおもむろに切り出した。途端《とたん》、リリーが背筋を伸《の》ばしてキビキビと答える。

「手紙でも書いた通り、我が家で新たに慈善《じぜん》事業を始めたいと思っております。けれど普《ふ》通《つう》の事業だとつまらないでしょう？　せっかくですから、何か変わったことがしたくてご連絡《れんらく》させていただきました」

「なるほど。その〝変わったこと〟というのは何か案をお持ちで？　それとも、その部分での手助けをお望みで？」

「案ならもうあるのです。手伝っていただきたいのはその告知ですわ」

「告知は新聞に掲載《けいさい》を？」

「新聞とは別に、告知新聞の配布をお願いしたいのです。治療《ちりょう》会への招待状、という体《てい》で」

リリーは暗記してきた内容を、一生懸命《いっしょうけんめい》説明した。ケントニス社のふたりは時折メモをしながら、真摯《しんし》に耳を傾《かたむ》けている。コーデリアはその様子をじっと見ていた。

やがて話が一段落したところで、不意にケントニス卿がコーデリアの方を向く。それからやけにゆっくりとした口調で問いかけてきた。

「……ところで、リリー様のお話は分かりましたが、そちらにいるコーデリア・アルモニア公爵令嬢様は、どうお望みでいらっしゃるのですかな？」

突然《とつぜん》話題を振《ふ》られてコーデリアは一瞬《いっしゅん》固まった。すぐさま動揺《どうよう》を顔に出さないよう、にっこりと微笑《ほほえ》む。

「あらお恥《は》ずかしい。すっかりお見通しでしたのね」

「あなたの美しさと高貴さに気づかない方が、無理があると言うものですよ」

「お褒《ほ》めいただきありがとうございます。それではどうか私に免《めん》じて、気を悪くしないでくださいませ。今回のお話は格式にかかわらず、皆様《みなさま》にこの出《い》で立ちで訪問させていただいておりますの」

　お世辞を流しつつ、言外に『全員こういう対応なので怒《おこ》らないでくださいませ！』という意味を込めれば、ケントニス卿は百も承知していると言うようにニコニコと返してくる。

「いえいえ、今回はことがことですからね。事情はわかりますよ。私の〝耳〟によりますと、さる高貴な御《ご》令嬢が、ふたりめの聖女として選ばれ、さらにひとりめの方と、どちらがより聖女として相応《ふさわ》しいかお競《きそ》いになるのだとか……。前代未聞《ぜんだいみもん》のことですから、そうなると色々表には明かせないことも多いのでしょう」

「……さすがケントニス卿。良いお耳をお持ちなのですね」

　ふたりめの聖女の件は、正式な御触れが出されるまでは口外厳禁であると、関係者には固く口止めされていたはず。だが新聞社のトップで、なおかつ貴族社会とも繫《つな》がりの強いケントニス卿にかかればお見通しなのだろう。

（この様子じゃ機密情報もどこまで握《にぎ》られているかわかったものじゃないわ……。ますますこの人とは、今後も仲良くしておいた方が良さそうね）

　お互《たが》い腹の中を探《さぐ》りながらにこやかに微笑みあうコーデリアとケントニス卿を見て、部下の男性が目を白黒させている。どうやら彼は知らなかったらしい。

「もちろん、我が社はお客様の秘密をお守りいたしますよ。うっかりこの部屋の外に漏《も》らすような者がいれば、首だけではすまなくなる、と言っておきましょうか」

微笑みながら言う彼の言葉に、部下の男性が震《ふる》え上がって何度も何度も首を縦に振る。

（そういえばこの方のキャッチコピー、〝辣腕《らつわん》腹黒おじ様〟でしたわね……）

穏《おだ》やかな微笑みこそ浮かべているが、なかなか容赦《ようしゃ》ない人物であるようだ。

「おかえり。どうだった」

商談を終えたコーデリアたちを、馬車でおとなしく待っていたアイザックが出迎《でむか》える。

パッと瞳《ひとみ》を輝《かがや》かせた様子は、まるで久しぶりに主人に会えた大型犬のようだ。一瞬彼の背中にしっぽが見えた気がして、コーデリアはゴシゴシと目をこすった。

（……実は最近、殿下《でんか》が大型のワンコに見えることが時々あるのよね……！）

ゲーム内では真面目《まじめ》で無表情で、それでいて時折見せる、どこか切なさをたたえた瞳がアンニュイでステキ、なんて騒《さわ》がれていたはずなのだが、ストーリーが変わったことでキャラ属性も変わってしまったのだろうか。

（まあそれも可愛《かわい》いのだけれど……！　結局、推《お》しは生きているだけで尊いというやつね）

「ええ、詳細《しょうさい》はこれから詰《つ》めますが、貴族階級への告知はここにお任せしてもよさそうですわ。……それと殿下、ケントニス卿はご存じでした。私がふたりめの聖女に選ばれたことなど、全部」

そう言った途端、アイザックの眉《まゆ》がひそめられる。

「息のかかった者が王宮内にいるのは知っていたが、既《すで》に知っていたとは。さすがケントニス卿と言ったところか」

「情報漏洩《ろうえい》した人を捜《さが》し出しますか？」

「いや、そこまではしない。口外禁止令の発令に時間がかかってしまったのはこちらの落ち度。今回は見逃《みのが》す」

『今回は』と言いながらも、彼の瞳には冷たい光が浮かんでいる。これは次回があったら、情報漏洩者は徹底的《てってい》に洗い出されそうね……とコーデリアは思った。

「それより、他《ほか》はどこへ行くんだ？」

「あとは大衆向けのペルノ社と、スフィーダ社にお伺《うかが》いしようと思っています。そもそも平民向けの治療会となりますから、こちらが本命とも言えますわね」

貴族向けのお堅《かた》い新聞を書くケントニス社と違《ちが》い、大衆向けのゴシップやお色気などで平民に対して販売《はんばい》部数を伸ばしているのが、ペルノ社とスフィーダ社の二社だ。

どちらも、トップにいる人物の灰汁《あく》が強いという評判を聞いている。

（うまくいってくれるといいのだけれど……少しばかり不安なのよね）

それぞれから戻《もど》ってきた返事を思い出しながら、コーデリアは密《ひそ》かにため息をついた。

――そしてその悪い予感は、図《はか》らずも当たってしまうこととなる。

次の目的地であるペルノ社は、今民衆の間で最も読まれている新聞社だ。過激な娯楽《ごらく》情報で関心を集め、煽《あお》り、楽しませる生粋《きっすい》の娯楽新聞の作り手である。

その内容はいささか顔をしかめたくなるほど過激ではあったが、平民に受けて部数を伸ばしているのは間違いない。今回のメインターゲット層への告知を考えるなら、候補からは外せない存在だ。

――が。

（ううん……どうも苦手ですわね、ここは……。というか、よくここで仕事する気になれますわね。全然集中できる気がしませんわ……）

通された来賓室《らいひん》は、バロックやロココ、その他色々なテイストをまとめてぶち込んだような、驚《おどろ》くほど装飾《そうしょく》過多な部屋だった。統一感などまるでなく、目にうるさいことこの上ない。おまけに、ここぞとばかりに並べられた彫像《ちょうぞう》や銅像などがすべてこちらを向いているため、たくさんの人に見られている気分になる。

「……で、あなたが今回新聞に載《の》せて欲しいと言っているお嬢《じょう》さんですかな？」

トップであるペルノ氏は、でっぷりとした腹を揺《ゆ》らし、尊大な態度で聞いた。

「……手紙でもお伝えした通り、我が家で新たに慈善事業を始める話が出ております」

ケントニス社で話したこととまったく同じことを、リリーが話し始める。

コーデリアはその斜《なな》め後ろに立って聞いていた。

（ペルノ氏はどうやら、私の正体には気づいてなさそうね……）

ちらりとうかがい見れば、彼の視線はリリーに注がれているわけでもなく、ただめんどくさそうに天井《てんじょう》を見ているだけ。話を聞く態度としてはあまりにも失礼だわ、と呆《あき》れたその時、ペルノ氏の後ろに立つ男性の視線が、まっすぐ自分に向けられているのに気づいた。

目が合ったのでとりあえず微笑んでみせると、その男性はにこりともせずに、フイと目を逸《そ》らす。ムッとしながら、コーデリアは目を細めて彼を盗《ぬす》み見た。

（この方って……確かヒーローのひとりでしたわよね？）

長く伸《の》びた黒髪《くろかみ》は頭の後ろでひとつに束ねられ、前髪《まえがみ》で金色の片目が隠《かく》されているものの、誤魔化《ごまか》しようのない美貌《びぼう》が覗《のぞ》いている。片眼鏡をつけたやけに気品のある佇《たたず》まいと、どこか陰《かげ》のある雰囲気《ふんいき》が、かえってぞくりとするほどの色気を醸《かも》し出していた。

（……うん、この人も実装予告を見た気がするわ。でも直前に『ラキ花』を封印《ふういん》しちゃったせいで詳《くわ》しく知らないのよね。確か秘密を抱《かか》えているとか書いてあったような……）

なんてことを考えているうちに、コーデリアはとんでもないことに気づいた。

リリーと話しているはずのペルノ氏が、話はそっちのけで、なんと彼女の体を上から下まで舐《な》め回すようにいやらしく見ていたのだ。

（えっ⁉　うそでしょう⁉）

気のせいと思うには長すぎるほど、ペルノ氏の視線がリリーの胸元《むなもと》――ちなみにとても豊か――に集まっている。彼女は紙に目を落としながら説明しているから、気づかないと思っているのだろう。けれど斜め後ろから見ているコーデリアには、まるっと見えていた。

（本当にこれがペルノ社のトップなの⁉　闇魔法《やみまほう》ビンタしてやりたいくらいよ！）

とは言え、公爵令嬢が一般人《いっぱんじん》に暴力なんて振るおうものなら即座《そくざ》に大ニュースだ。貴族の失脚《しっきゃく》は民衆にとってはとんでもない娯楽。ペルノ社の格好の餌食《えじき》になってしまう。

（我慢《がまん》、我慢よ……！　企業《きぎょう》イメージを守って、かつメディアと良好な関係を築くのも、広報の大事な仕事なんだから……！）

コーデリアが叫《さけ》びたい気持ちを堪《こら》えていると、先ほどの男性がまたもや自分を見ているのに気づいた。その瞳は鋭《するど》く、それでいてどこか虚《うつ》ろで、知らず背筋がゾクッとする。

（この人もこの人でなんだか気味が悪いわ……。仮に私の正体に気づいたのなら、普通《ふつう》主人に耳打ちぐらいするわよね？）

男の真意がさっぱり読めず、居心地《いごこち》の悪さだけが増していく。やがて、話を聞き終わったらしいペルノ氏が口を開いた。

「慈善《じぜん》活動、ですか。なんとも高尚《こうしょう》なことで。しかしねえ、ご存じかもしれませんが、我々《われわれ》が売っているのは娯楽情報なのですよ。世の皆様《みなさま》が、お金を払《はら》ってでも読みたいと思うものをお届けしているのでねえ。もちろん慈善活動も皆様のためにはなりますよ？　なりますが、需要《じゅよう》という言葉がありましてですねえ……広告掲載枠《けいさいわく》にも限りがありますしね」

そのねっちゃりした言い方とねばつくような笑顔《えがお》を見れば、彼の言いたいことはわかる。

告知新聞を作るなら、金を払えということなのだ。それはトップシェアを誇《ほこ》る新聞社の姿勢としては決して間違ってはいない。事実ケントニス社で出された見積金額もなかなかのものだった。

――が。

(絶対にお断りよ！)

大声で言ってやりたいのをグッと飲み込み、コーデリアはリリーに耳打ちした。すぐさまリリーが優雅《ゆうが》に微笑《ほほえ》む。

「わかりましたわ。それではお父様に相談してみます。お見積もりだけいただけますか？」

「リーヌス、用意してやれ」

「かしこまりました」

ペルノ氏が横柄《おうへい》に言うと、後ろの男性がすぐに頭を下げた。どうやらあの男はリーヌスという名前らしい。

(あの人も挨拶《あいさつ》のひとつぐらいすればいいのに……前世だったらビジネスマン失格よ！)

などと考えながら、コーデリアたちはそそくさとその場を立ち去った。建物から出るなり、リリーがヒソヒソ声……というには大きすぎる声で耳打ちしてくる。

「本っ当にあの男……!!　全っ然私の話を聞いていませんでしたよね!?　新聞広告掲載《けいさい》じゃなくて告知新聞配布だって言いましたのに！」

怒《いか》り心頭のリリーがなおも続けた。

「手紙の時から嫌《いや》な感じでしたが、実物にお会いしてさらに嫌《きら》いになりましたよ!!」

「私もよ」

今回の場を設けるにあたって、事前にリリーの名で各新聞社に連絡《れんらく》を取っていた。

その中でペルノ社は『我々《われわれ》は貴族だからと言って特別扱《あつか》いはしないが、今回だけは貴殿《きでん》のため特別に時間を作ってしんぜよう。感謝していただきたい』と、猛烈《もうれつ》に鼻につく返事を寄越《よこ》しており、ある意味こうなるのは想定内であった。

「と言いますか、大衆向けとは言え、本当にあれが売り上げ一位の新聞社のトップなのですか？　偉《えら》そうなだけで、全然仕事ができる気配がしませんでしたよ」

リリーがぼやけば、コーデリアはもう一度うなずいた。

若い女性だから舐められている可能性は大いにあるとは言え、コーデリアたちはお金を持った上客であることは間違いない。賢《かしこ》い者であれば、それこそケントニス卿《きょう》のように、持ち上げるだけ持ち上げて、気持ち良く大金を落としてもらうのが商売人というもの。

だというのに先ほどの男は、端《はな》からコーデリアたちを見下し、自ら大金獲得《かくとく》のチャンスをふいにしていた。

「経営者として、色々ダメすぎるわよね……。もしかして、実際に仕事をしている人は他《ほか》にいるのかしら」

(例えばあの陰のあるリーヌス、とか……)

後ろに立つ男の仄暗《ほのぐら》い瞳《ひとみ》を思い出し、コーデリアはまたぶるりと身を震《ふる》わせた。あの男は何かいけすかない。見た目はよいが、何か心がざわつくのだ。

「ま、いいわ。ペルノ社がダメだった時のためにスフィーダ社とも連絡をつけていたんだもの。さっさと次に行きましょう、次！」

「はいっ！　さっさと次！　ですね！」

そういうとコーデリアたちは、また忠犬のように帰りを待つアイザックのもとへと戻《もど》った。

最後となるスフィーダ社は、新興ながら現在最も勢いのある新聞社と言われていた。

調べてきたリリーいわく、政治からゴシップまで旬《しゅん》のネタを幅広《はばひろ》く取り扱い、ジャンル問わず、来るもの拒《こば》まずなのだとか（ただしなぜかお色気だけは載せていない）。

スフィーダ社のトップの心に響《ひび》けば、犬猫捜《いぬねこさが》しの広告を無料で載せてくれることもあるのだという。そんなスフィーダ社からの返事は、「オッケー。話を聞くから来てね」という、やたらフランクな手紙だった。

「……本当に、ここで合っているのかしら」

「住所にはここだと書いてありますね……」

コーデリアたちは、目の前に立つ一軒《けん》のボロ屋を見ながら困ったように立ち尽《つ》くした。

今まで訪《おとず》れたふたつの新聞社と違《ちが》って、目の前の家はどう見てもただの民家でしかない。それどころか庭の雑草はのび放題、窓のひび割れには何やら粘土《ねんど》のような接着剤《せっちゃくざい》が無理やりくっつけられている有り様だ。

「あっ、でもここに〝スフィーダ社〟って書いてありますよ！」

取れかかった表札には、やたらまるっこい字で〝スフィーダ社〟と書かれている。

「じゃあ場所はあっているのね……。とりあえず入りましょう」

コーデリアがコンコンと扉《とびら》をノックする。……が、待てど暮らせど、一向に反応がない。

他の二社と違って、スフィーダ社からは具体的な日時指定がなかった。だからこちらから今日行くとは伝えてあるのだが……もしや留守なのだろうか。

「もしもし。どなたかいらっしゃいませんの？」

さらに数回ノックしてみるが、やはり中からはウンともスンとも聞こえない。

コーデリアはリリーと顔を見合わせた後、思い切ってドアノブに手をかけた。

キィ……と軋《きし》む音を立ててドアがゆっくりと開き、それから——。

「大変！　人が倒《たお》れているわ！」

ありとあらゆる書類が山積みにされ、かつ散乱する部屋の中央。紙に埋《う》もれるようにして、長い紫色《むらさきいろ》の髪《かみ》をした男がうつ伏《ぶ》せに倒れていた。

「えぇっ⁉　死んでいるんですか⁉」

覗《のぞ》き込んだリリーが叫ぶ。

「わからない！　でもすぐに助けなくちゃ！」

あわてて男のそばにしゃがみ込み、呼吸を確認《かくにん》する、幸い息はしているようだったが、細面《ほそおもて》の顔は土気色で、揺《ゆ》すっても揺すっても反応がない。

（こういう時はどうすればいいんでしたっけ⁉　人工呼吸⁉　心臓マッサージ⁉　ええと確か、アンパンのヒーローが戦うテーマソングに合わせて押せばいいのでしたっけ⁉）

前世の知識を必死にかき集めるコーデリアを、リリーが素早《すばや》くバシバシと叩《たた》く。

彼女も動揺《どうよう》しているらしく、その力は驚《おどろ》くほど強い。というか痛い。

「お嬢様《じょうさま》！　魔法！　聖魔法の出番ですよ！」

「あっそうだったわ！」

どうも人はパニックになると色々忘れてしまうらしい。間違いなく心臓マッサージより聖魔法《せいまほう》の方が手っ取り早いのを思い出して、コーデリアはあわてて男に魔法をかけ始めた。

最初は、何も反応がないように見えた。けれど続けていくうちに、土気色だった顔に少しずつ赤みが差し、苦しげに歪《ゆが》められていた表情が穏《おだ》やかなものへと変わっていく。

やがて、ピクリと男の長いまつげが震えたかと思うと、まぶたがゆっくりと開き――。

「ふああ。よく寝《ね》た。体が軽い。やっぱり睡眠《すいみん》は大事だね。……ん？　君たちは誰《だれ》だい？」

大きなあくびをした青年は、ぽりぽりと頭を搔《か》きながら、のんびりと言ったのだった。

「ごめんね子猫《こねこ》ちゃんたち。約束は今日だったっけ？」

机の上の書類を手で搔き分けてドサドサと床《ゆか》に落としながら、柔和《にゅうわ》な雰囲気《ふんいき》を持つ青年がへらっと笑う。長めの前髪《まえがみ》で目がほぼ隠《かく》れているにもかかわらず、シュッとした輪郭《りんかく》や筋の通った鼻の形だけで、中性的な美形だとわかる。

（そういえば気が動転して忘れかけていたけれど、この人も確かヒーローだったわよね。……というかヒーローが多い!!　もはやイケメンのバーゲンセールだわ!!）

コーデリアは心の中で苦笑いした。

イケメンは好きだが、こうも多いと食傷気味にもなる。しかも厄介《やっかい》なことに、彼らは何かしらの特殊《とくしゅ》能力や設定やらを持っていることがほとんどだ。正直、知らないところでイベントでも起こされたらたまらない。

青年は机の上になんとか話し合いができるスペースを作ると、椅子《いす》にふたりを座らせた。

リリーがこほんと咳払《せきばら》いする。

「お約束は今日です。以前手紙もお送りしたはずですが」

「本当にごめんね。ここのところ忙《いそが》しくて、ちょっと仮眠を……と思っていたら、寝過ごしちゃったみたい」

パチンとウィンクを飛ばしながら、彼は両手を合わせて謝った。口ぶりからして寝ていただけだったらしいが……顔が結構な土気色だったから、実は何か患《わずら》っていたのではないかとコーデリアは密《ひそ》かに思っている。

「改めて、ボクはスフィーダ。どうぞよろしくね。……で、わざわざこんなところまでやってきた子猫ちゃんたちの望みは何だい？」

紙を広げ、羽根ペンを構えながらスフィーダがおっとりと言った。すぐさまリリーが、もう何回も述べてきた説明を言う。

「ふーん、なるほどね……。話は大体わかった。でもそれだけじゃないんでしょう？」

「概要《がいよう》は今のですべてですが」

「ううん、そういうことじゃなくて」

スフィーダがトントンと指で机を叩く。

「スフィーダ社——まあ今はボクひとりなんだけど——が急に伸《の》びているのには理由があってね。まどろっこしいのは苦手だから簡単に言うと、ボクには色々視えるんだよねぇ」

そう言って、スフィーダが目を隠していた前髪をかき上げた。釣《つ》られて、コーデリアとリリーが彼の瞳をまじまじと見る。

そこにあったのは、垂れ目がちの緑の瞳。一見するとそれだけだったが、しばらく見つめているうちに、瞳《ひとみ》の中でホログラムのように、光が複雑に揺らいでいるのに気がついた。その不思議な揺らめきは、まるでスフェーンという宝石をそのままはめ込んだかのようだ。

「魔力はさっぱりないんだけど、代わりに魔眼って言うの？　空気中の魔力が視《み》えるんだ。子猫ちゃんは、風魔法の使い手でしょう？　春に萌《も》え出る若葉を思わせるリーフグリーン。食べちゃいたいくらいみずみずしい色だね」

にこっとスフィーダに微笑《ほほえ》まれて、リリーが顔を赤らめる。

（……そういえばそういうキャラでしたわね⁉）

むず痒《がゆ》い台詞にぶるっと身を震《ふる》わせながらコーデリアは思い出していた。

〝色恋《いろこい》営業の若き新聞記者〟。もうちょっとどうにかならなかったのかと問い詰《つ》めたくなるようなフレーズだが、それがスフィーダのキャッチコピーだった。

「で、問題はそっちの子猫ちゃんなんだけれど……」

「コーディです」

取りすまして返事をすると、スフィーダが困ったように笑う。

「君……いかにも侍女《じじょ》ですみたいな顔をしているけれど、絶対違うよね。だってその色……」

通常、訓練時でもない限り人の魔力は可視化できるものではない。

だがこの青年は、魔眼とやらで見えているらしい。

（なら、私は黒か白かしら……あるいは二種類？　驚くのも無理はないわよね）

なんて思っていたら、スフィーダが「んー」とためらいがちに言った。

「その、色んな色が混じりあった、ホーリーシットなドドメ色は一体何だい？」

「――なんて⁉」

「お嬢様、お言葉。それとお顔」

「あっ」

思っていたのと違う言葉に、思わず叫《さけ》んでしまったコーデリアがあわてて顔を引き締《し》める。そこへ追い討《う》ちをかけるようにスフィーダが続けた。

「ううん、ドドメ色だけじゃないね……。灰にまみれたダーティーなボロ布色にも視える し、下水道を走り回るエキセントリックなドブネズミ色にも視えるし……」

「あの、気のせいかしら。全体的にたとえがそこはかとなく汚《きたな》い気がするのですが」

リリーへの褒《ほ》めっぷりとは打って変わって、今度はずいぶんひどい言われようだ。

コーデリアはなるべく笑顔《えがお》を崩《くず》さないよう聞いた。――多少こめかみに青筋が浮《う》かんでいたかもしれないが。

「汚いというかドドメ色というか……。君の色はエキセントリックすぎてぞわぞわするんだよねぇ。見たことないよこんな色。しかも量が尋常《じんじょう》じゃないから、圧迫感《あっぱくかん》もすごいんだ。筋骨隆々《きんこつりゅうりゅう》の、縦にも横にも大きい牛が隣《となり》に座っている感じ？」

「それ直訳すると、私がムキムキの闘牛に見えるってことですわよね？」

ブフッ！　とリリーが吹《ふ》き出した。じとっとした視線を向けると、彼女はあわてて口を押さえたが、まだ肩《かた》がぷるぷると震えている。

「まあとにかく、これだけの魔力を持っている君が、ただの侍女とは思えないな。一体何者なんだい？　お嬢様」

リリーがあっ！　と叫ぶ。咄嗟《とっさ》に呼んだのを、しっかりと聞かれていたらしい。

コーデリアは呼吸を整え、落ち着いて話そうとした。

「……もし、正体を騙《かた》っていたことを怒《おこ》っているのでしたら、謝りますわ。私たちにも事情があり、すべてをお話しすることはできないのです」

「ううん、別にそのことでは怒っているわけじゃないよ。色に関しては純粋《じゅんすい》な感想」

「あ、そうなんですの……」

（闘牛は素《す》の感想ってこと？）

笑顔でけろりと言われて脱力《だつりょく》する。

「ご、ごめんなさいお嬢様……！　私……！」

隣ではリリーが謝りながらヒーヒー笑い出した。一応申し訳ない気持ちはあるらしい。

そんなコーデリアたちには構わず、スフィーダが悠々《ゆうゆう》と言った。

「どっちかというと、好奇心《こうきしん》を掻き立てられているって方が大きいかな。そんなおっかない魔力を持っている君が、なぜわざわざ変装してまでボクのところにやってくるんだい？」

「……でしたら、私の属性はわかるかしら？」

質問に、スフィーダがうーんと目を細める。

「……闇《やみ》魔法。でも、それだけじゃそんな色にはならないよね。……あれ？　驚《おどろ》いた。もしかして聖魔法もまじっているの？」

「ご名答ですわ」

途端《とたん》、スフィーダがギラギラと瞳を輝《かがや》かせて身を乗り出してきた。それからぺろっと唇《くちびる》を舐《な》めたかと思うと、興奮したように早口でまくし立てる。

「へーえ？　へぇ、へぇ～！　なるほどね！　なんとなく話が見えてきたよ。貴重な闇魔法使いといえばこの国でただひとり。さらに聖魔法まで備わっているってことは、さては子猫ちゃん、この間の王宮の事件にも関わっているね？　ボクは見たんだ、一瞬《いっしゅん》あの辺りにいろんな魔法が光ったのを」

事件のことを知っていて、なおかつすぐに結びつけられるあたり、スフィーダの要領と頭は悪くないらしい。

コーデリアはこの青年とじっくり対話するため、改めて向き合った。緑の瞳が揺《ゆ》らめきながら、コーデリアをまっすぐ見つめる。


後日。コーデリアは王宮の自室で、届いた二枚の告知新聞を見て喜んでいた。

「とても良い感じですわ！」

一枚はケントニス社に依頼《いらい》したもの、もう一枚はスフィーダ社に依頼したものだ。どちらの告知新聞にも文章とは別に、版画を使ったコーデリアの肖像画《しょうぞうが》も載《の》せてある。

コーデリアの声に、最近ここを執務《しつむ》室代わりに居ついてしまったアイザックが椅子《いす》から立ち上がり、何事かと覗《のぞ》き込む。

「……版画でもこんなに美しく表現できるのか。気高く、凛《りん》とした雰囲気《ふんいき》がとても綺麗《きれい》だ」

「ええ。ケントニス社は貴族階級に配りますから、気品を大事にしましたの」

「お嬢様《じょうさま》、こちらはスフィーダ社のですか？　微笑みがまるで聖母のようで素敵《すてき》です！」

両手を頬に当ててうっとりと言ったのはリリーだ。そこにジャンが口を挟《はさ》んでくる。

「聖母ぉ？　こっちの絵は詐欺《さぎ》だって言われるな。いてっ！」

すかさずリリーがジャンの耳を引っ張った。この数年、何かと四人で行動することが多かったこともあり、彼女もすっかりジャンに対する遠慮《えんりょ》がなくなっている。

「スフィーダ社は大衆向けだから、優《やさ》しそうに見えるようにしてもらいましたの」

言いながら、コーデリアは版画の出来栄《できば》えに感心した。

（あのスフィーダという男……きっちり求めた仕事をこなしてくるあたり、さすがね）

肖像画に求めるイメージはあらかじめ伝えてあったものの、版画職人の手配はそれぞれの新聞社に任せてある。規模が大きく、歴史もあるケントニス社が要望に応《こた》えるのは想定内だとして、スフィーダも相当腕《うで》のいい職人を見つけてきたらしい。

お得意の魔眼を使ったのだろうか。それとも色恋営業の方だろうか。


――結局あの後、コーデリアはスフィーダの不思議なペースに乗せられ、すべてを洗いざらい喋《しゃべ》っていた。

コーデリアが「どうしても正体は明かせないんですの」と言うと、向こうも「それじゃあボクの創作意欲《いよく》に火がつかない……。すべてのピースが美しく揃《そろ》ってこそ完成するファビュラスな世界を、一緒《いっしょ》に見たくないかい？」と謎《なぞ》の理論で言い張り、最後はアイザックに許可を取ってふたりめの聖女であることを明かしたのだ。

（なんだかんだ彼のやり口はうまいのよね。なんかこう、うなぎみたいにぬるぬるっとこっちの懐《ふところ》に入り込んでくるというか……）

同時にアドバイスは的確で理路整然としており、話してすぐに「この人はできる」とも感じ取っていた。

今回も新しい試みが多かったにもかかわらず、あっという間に人——ただしほとんどが女性——を集めて難なくこなし、腕利《うでき》きの版画職人を調達してくるあたり非常に優秀《ゆうしゅう》だ。

「……まあ、この出来栄えなら大丈夫《だいじょうぶ》なんじゃないか？」

ジャンの言葉は投げやりだが、彼は自分の認めないものには絶対にうなずかないため、これでも納得《なっとく》しているのだろう。コーデリアは満足そうに微笑《ほほえ》んだ。

出来上がってきた二枚の告知新聞は、書いてある内容は同じでも、載せている版画や言《こと》葉遣《ばづか》いを微妙《びみょう》に変えてある。貴族階級向けは、気品と教養を感じさせる文章で貴族たちのプライドをくすぐり、大衆向けは親しみやすさを感じさせる文章で構成している。

「でも……貴族の方々は、治療《ちりょう》会にいらっしゃいますかね？」

「〝治療会〟には来ないわ」

リリーの問いに、コーデリアはあっさりと答えた。

「平民が大量に来て、なおかつ無償《むしょう》を謳《うた》った治療会ですもの。貴族の矜持《きょうじ》からして、無償で施《ほどこ》しを受けるなんて恥《はじ》以外の何物でもないでしょう。——だからほら、ここを見て」

言いながら、コーデリアは貴族向けの告知新聞を指差す。

「ここ、『働きに賛同してくださる支援者《しえんしゃ》の方も募集《ぼしゅう》しております』って大きく書いてあるでしょう？　貴族の方には、スポンサー……じゃなくて、パトロンとして参加してもらう方が、お互《たが》い利点が多いのよ」

そう言うと、リリーは「なるほど！」とうなずいた。


コーデリアの計画はこうだ。

おおっぴらに行われる治療会は、身分問わず誰《だれ》でも来られるため、メインターゲットは平民。一方、外聞の理由から治療会に来られない貴族には、後の修道院や施療《せりょう》院訪問の際に、支援者として同行してもらうのだ。そうすれば聖女であるコーデリアと交流を持てる上、彼らも慈善《じぜん》事業に参加したと格好がつく。

「とは言え、貴族の方々をどれだけ味方につけられるのかは謎ですけれど……。王位への野心があるならひな派になるでしょうし」

言って、コーデリアは小さくため息をついた。

――先日、ついにふたりめの聖女が現れたという御触《おふ》れが発表された。

その際にどちらか一方を大聖女として議会投票で選ぶことも明かされ、巷《ちまた》ではどちらが大聖女になるかの話で持ち切りなのだという。

身分を隠《かく》して視察に行ったジャンの話によると、

「で？　どっちがどっちなんだ？」

「名前が長くてわかんねーな」

「ひとりは平民で、ひとりはお貴族様だって聞いたわよ」

「なら平民の方を応援しようかしらねえ。私たちのこともわかってくれそうだわ」

と、一般《いっぱん》市民の反応は概《おおむ》ねコーデリアの予想通りだったらしい。

（でも、ひなが一般市民のことをわかってくれるなんて考えは大間違《おおまちが》いよ……。あの子こそ、『パンがないならケーキを食べればいいじゃない』マインドで生きている子なんだから）

ひなの実態を知らずに噂《うわさ》している人たちの事を思うと、苦い笑いが出てしまう。

そんなコーデリアを回想から引き戻《もど》すように、アイザックが口を開いた。

彼は彼で、日々密偵《みってい》を使って貴族たちの動向を探《さぐ》ってくれているのだ。

「現状、まだほとんどの貴族が様子見を決め込んでいる状態だ。一部野心のある者たちは早々にヒナ派に回ったが、残りは条件次第《しだい》でこちら側に引き込める可能性が高い」

「でしたらやはり、あとは努力するのみですわね」

コーデリアは拳《こぶし》を握《にぎ》って気合いを入れた。努力だったら、こちらには女神《めがみ》様がくれたチートスキルがついている（はず）なのだ。

「それに、ヒナ派にはもうひとつ弱点が存在している」

「弱点？」

不思議そうに問い返したコーデリアに、アイザックが答える。

「聖女に決まった後だ。今は聖女コーデリアという敵を前にヒナ派の貴族たちが団結しているが、仮に聖女がヒナ殿《どの》に決まった場合、味方だった貴族たちはあっという間に王位を奪《うば》い合う敵に変わるだろう。もちろん私たちにも言えることではあるが、ヒナ派はさらに顕著《けんちょ》。既《すで》に、牽制《けんせい》や腹の探り合いが行われていると聞く」

「うっ……。嫌《いや》ですわね、今の味方が後の敵かもというのは」

（そんな人たちに囲まれるひなも、大変そうですわ……）

聖獣《せいじゅう》暴走事件から一か月。

ひなは元気にしているのだろうか。最後に見た、呆然《ぼうぜん》とした顔はいまだ忘れられない。

「あの……殿下《でんか》。つかぬことをお聞きしても？」

「何だ」

「ひなは、元気にしていますの？」

おずおずとその名を口に出すと、彼は一瞬面食《いっしゅんめんく》らったようだった。

「……調子は取り戻したみたいで、元気そうではある。最近はラヴォリ伯爵《はくしゃく》家の嫡男《ちゃくなん》といつも行動を共にしていると聞くが――会いに行くか？」

「あっいえ！　お話だけで十分です。正直あまり関《かか》わりたくない――じゃなかった、私が会いに行ってもひなも嬉《うれ》しくないと思いますし、元気にしているならいいんです」

コーデリアはあわてて手を振《ふ》った。気にしておいて何だが、今ひなに会っても、何をどうすればいいのかさっぱりわからない。

（それにしてもラヴォリ家の嫡男……。ヒーローの立ち位置にいてもおかしくないはずなんだけれど、全然思い出せないわ）

必死に記憶《きおく》を探ってみるが、残念ながら何も情報がなかった。どこぞの陰《かげ》のある男のように、知らぬうちに追加されたタイプかもしれない。

（それより！　今は新聞を配る準備をしなくては）

ふたりめの聖女発表の流れに乗るため、ケントニスとスフィーダの二社には大急ぎで配布の準備をしてもらっている。最初の告知新聞は王都のみの配布とは言え、部数を用意するだけでも結構大変なのだ。

（印刷をしてくれている間に、私も早くアレを仕入れなければ。それをつけてこそ、完成だものね）

コーデリアは早速《さっそく》出かける準備を始めた。

第四章　広報活動を始めましょう

「――さあ、いよいよ今日ね」

気持ちのいいスタートを予感させる青空を見上げながら、コーデリアは言った。

既に配信に関するすべての準備を終え、あとは昼時の新聞配信を待つだけ。

ケントニス社は貴族たちの家へ風魔法《かざまほう》を使って届け、スフィーダ社は売り子が広場や街角に立って、手作業で配るという流れになっている。

「楽しみですね、お嬢様《じょうさま》！　……あれ？　そのリボンは何ですか？」

リリーがコーデリアの持つリボンに気付き、興味津々《きょうみしんしん》で尋《たず》ねた。

「これ？　これは最後の仕上げよ」

そう言ってコーデリアがリボンを掲《かか》げてみせる。

なめらかな手触《てざわ》りのベルベットリボンは、コーデリアの瞳《ひとみ》と同じ深い海の色。そこに一滴《いってき》、彼女の愛用する薔薇《ばら》の香水《こうすい》を染《し》み込ませてある。

仕上げに、丸められた新聞にくるりとリボンを結べば完成だ。

（これで五感……とはいかないけれど、視覚、触覚《しょっかく》、嗅覚《きゅうかく》の攻め攻めリリースの完成よ！）

完成した新聞を掲げて、コーデリアはふふふと笑った。

この時代、新聞はほとんどが白黒の文字で埋《う》め尽《つ》くされている。

そこへ色付きの肖像画《しょうぞうが》をつけるだけでも、ぐっと人々の注目を集めやすくなる。絵は文章よりもずっとダイレクトに、視覚に訴《うった》えかけるからだ。

その上発表されたばかりの聖女の顔が載《の》っているとくれば、見たくなるのが人の心理。

トドメに〝聖女の瞳と同じ色の聖女愛用リボン〟で結び、〝聖女の愛用する香水〟を一滴垂らして触覚と嗅覚にも訴える。こうすることで、より具体的に聖女コーデリアを、実在する人物として想像しやすくなる効果があった。

（着想はもちろん、前世での推《お》し活動よ！）

アイザックの髪《かみ》色と目の色をイメージしたアクセサリーに、アイザックの香《かお》りをイメージした香水。それら〝推しアクセ〟に〝推し香水〟は、グッズを通して彼らをリアルに感じさせ、同時にますます愛着が湧《わ》くようになる。効果は前世の自分がばっちり体験済みだ。

（それにしてもお金の力ってすごい……。やり放題の超豪華《ちょうごうか》リリース、前世ではとてもじゃないけどできなかったもの）

文字の広告枠《わく》ではなく、単独の告知新聞配布。さらに二種類の色付き版画にリボン、香水、当日の人件費と、盛れるだけ盛り込んだ。

（予算上限のない超豪華リリースなんて、宣伝部の人に羨《うらや》ましがられちゃうわ！）

前世はひなのおかげで色々仕事に思うところもあったが、今世でこれだけ自由にやらせてもらえれば心残りも晴れるというもの。コーデリアはグッと拳を握った。

(後は成果ね)

リリースは配信がゴールではない。その後の効果測定をきっちり行い、次回に教訓を活《い》かしてこそ。

(当日実際にどれくらいの人が来るかもそうだけれど、その前にこの告知新聞の効果も知りたいわ。たいして興味を引けないのか、それともトレンドになるのか。一番怖《こわ》いのは、反感を買うことね)

いわゆる〝炎上《えんじょう》〟は、広報として最も避《さ》けたいことだ。

(この世界での炎上は、下手すると反乱とか革命とかに繋《つな》がっちゃうから、本当に気を付けないと……これ以上歴史を変えるのはごめんだもの)

コーデリアはぎゅっと手を握った。細心の注意を払《はら》っているとは言え、それでも認識《にんしき》が甘かったり、予測できなかったりする時もある。前世だと、広報じゃない社員がＳＮＳでうっかり発言をして大炎上……なんて話を聞いたこともあった。

(ケントニス社もスフィーダ社も反応をまとめてくれるとは言っていたけれど……やっぱり人から聞くだけではなく、直接視察に行きたいわね……)

「コーデリア、いるか」

そこへ、コンコンとノックの音とともにアイザックの声が聞こえる。

すっかりお決まりとなった訪《おとず》れに戸を開けると、彼は珍《めずら》しい格好で立っていた。

「あら？　殿下、そのお召《め》し物は一体？」

アイザックはいつものキッチリした王子服から一転、ラフに着崩《きくず》したシャツにベストという、若い貴族令息のような服を着ていた。

コーデリアが物珍《ものめずら》しげに眺《なが》めていると、彼が珍しくニッと笑う。その瞳はイタズラを企《たくら》む子どものようにキラキラしていた。

「君が作った新聞、どんな風に読まれているか気になるだろう。――こっそり街に行こう」

（さすが殿下……！　私が今一番やりたいことを提案してくださるなんて、有能ですわ！）

空気の読みっぷりに、コーデリアが心の中で激しく拍手《はくしゅ》を送る。

「嬉しいですわ！　でも……」

「でも？」

「変装だけじゃ厳しいと思いますの。私、肖像画も載せてしまいましたから……」

悲しきかな。顔を覚えてもらうために載せた肖像画は、そのままコーデリアが聖女だと気づかれてしまう可能性に直結していた。

ところが肩《かた》を落としたコーデリアとは反対に、アイザックの瞳がますます輝《かがや》きを強める。

「忘れたのか？　私は賢者称号《けんじゃしょうごう》の水魔法使いで、おまけに王族だ。一般《いっぱん》には知られていない魔法も教わっている」

　そう言って、彼がそばにいたジャンを呼び寄せた。それから素早《すばや》く手を動かし何か魔法をかけたかと思うと――。

「あ、あら……？」

　コーデリアはぱちぱちぱちとまばたきした。そばで見ていたリリーも、釣《つ》られるように目をぱちぱちしている。

　目の前には、確かにジャンと思《おぼ》しき人物が立っていた。

　だが。

「ジャン、ですわよね？」

「おう、俺だ」

　問いかければいつも通り生意気な声が聞こえてくる。にもかかわらず、その顔はどこか霞《かすみ》がかったようにぼやけており、ちゃんと焦点《しょうてん》を合わせられない。

　そのせいで、まるで風景に紛《まぎ》れてしまったその他大勢の人物のように、彼の存在感が極《きょく》端《たん》に薄《うす》くなっていた――ちなみに、最近彼の存在感がそもそも薄いのでは？　とは決して言ってはいけない。どうやらリリーいわく、地味に気にしているらしい――。

「すごいですわ！　これ、魔法の効果なんですの？」

「説明すると長くなるが、磨《す》りガラスと同じ効果を水で作り出している」

すごい！　と今度は本当に拍手しだしたコーデリアに、アイザックが照れたように言う。

「この魔法を使えば、近くでじっと見つめられない限りはまず私たちだとは気づかれない。……どうだろうか？　私と一緒《いっしょ》に、視察に行かないか」

「ええ、喜んで！」

コーデリアは満面の笑《え》みで答えた。


「あっ、来ましたわ！　来ましたわよ、でん……じゃなくて、アイク！」

大量の告知新聞を積んだ荷車が、広場の噴水《ふんすい》前に停《と》まる。それを見て、コーデリアはアイザックの服をぐいぐいと引っ張った。ちなみにアイクというのはアイザックの愛称《あいしょう》で、周りに正体を気づかれないため、今だけこの名で呼ぶことにしたのだ。

「荷車を引っ張っているのは売り子か」

「ええ！　それにしてもさすが大広場ですわね。日曜とは言え、こんなに人がいるなんて……。お祭りでも開催《かいさい》されているのかと思いましたわ」

コーデリアたちは今、王都で最も人が集まる大広場に来ていた。

色とりどりの石畳《いしだたみ》の上、シンボルである大きな噴水を中心に、昼休憩《きゅうけい》を取る人や散歩を楽しむ人、その人たち目当ての露天商《ろてんしょう》など、様々な人で賑《にぎ》わっている。

その階段の一角に、ふたりはこざっぱりとして動きやすい軽装で腰掛《こしか》けていた。はた目からは、若い貴族のカップルがデートしているようにしか見えないだろう。

「この時間帯は馬車の通行を制限しているから、ある意味軽いお祭りみたいなものだ」

その説明にコーデリアがうなずく。前世にあった歩行者天国のようなものだろうか。

「新聞を配るのにベストな時間ですわね……あっ。もう始まるみたいですわ！」

噴水前に陣取《じんど》り始めた売り子の男性を見てコーデリアがささやいた。それに応《こた》えるように、男性が声を張り上げる。

「さあさ！　寄ってらっしゃい見てらっしゃい！　先日発表されたばかりのふたりめの聖女コーデリア様が、なんと無償《むしょう》の治療会《ちりょうかい》を開くらしいぞ！　詳細《しょうさい》は無料新聞を！」

手を振《ふ》りながら朗々とした声で呼びかける様子はさすが売り子。声は喧騒《けんそう》の中でもよく響《ひび》き、周りにいた人たちが何事かと振り向く。

すぐに手に持っている告知新聞に、皆《みな》の視線が集まった。

「ただでいいの？　ひとつちょうだい」

「おもしろそうだな。俺にもくれ」

無料という言葉に釣られてひとり、ふたりとやってきたかと思うと、売り子はあっという間に人に囲まれて見えなくなった。

元々新聞が娯楽《ごらく》として重宝されているこの時代、中身がどうであれ、とりあえず無料ならばもらっておきたいという気持ちもあるのだろう。

もらったらその場で広告新聞を読み始める人も多く、コーデリアは固唾《かたず》を呑《の》んで彼らの反応を見守った。

「へぇえ、治療会。お金はいらないらしい。しかも誰《だれ》でもいいんだってよ」

「この間ぎっくり腰《ごし》やっちゃってまだ痛いんだけど、それも治してもらえるのかな？」

『小さな病気、ささいな不調でも構いません』って書いてあるぜ」

「この優《やさ》しそうなお嬢様《じょうさま》が治療してくれるってこと？　俺、行こうかな」

「あら、このリボン何かいい匂《にお》いがするわ」

「見て、聖女様の瞳《ひとみ》と同じ色なんですって。綺麗《きれい》な色ねえ」

「ねえこれ騙《だま》されたりしない？　治療会で変な壺《つぼ》とか買わされたりしない？」

「〝コーデリア〟って〝海の娘《むすめ》〟って意味らしいわよ。瞳の色が名前の由来なんですって」

「あたし見に行きたいわ。本当にこんな美人なのかしら」

各人各様の反応を見せながら、気がつけば周囲はみな聖女コーデリアの話題でいっぱいになっていた。告知新聞はあっという間に在庫がつき、補充《ほじゅう》されてもまたすぐさまなくなる。今や手に入れようとする人たちで列まで成していた。

「ひとまず、新聞は大成功というべきじゃないか？」

「ええ、私もそう思います！」

コーデリアにはふたりめの聖女という、ある意味では最強のネームバリューがある。

話の持っていき方さえ間違《まちが》えなければ、それなりに話題になるだろうとは思っていたが、蓋《ふた》を開けてみれば期待以上の反応だ。

それからふたりは、売り子のいる場所を順番に巡《めぐ》った。やはりどこに行っても人々はみな告知新聞を持っており、今や王都全体が、聖女コーデリアの話題で盛り上がっていると言っても過言ではない。

「やはり大盛況《だいせいきょう》になったな」

「こうなると予想していたんですか？」

コーデリアが意外そうな顔で尋《たず》ねれば、アイザックがうなずく。

「あの新聞の出来は素晴《すば》らしかったからね。文章には人柄《ひとがら》が出るというが、読んだ人たちも皆感じていたと思う。『聖女が自分に、気遣《きづか》いと思いやりをもって語り掛《か》けている』と。――告知新聞だけで、君を好きになる人が出てくるかもしれないと思ったほどだ」

思わぬべた褒《ぼ》めに、コーデリアの顔が赤くなった。

「殿下《でんか》にそう言ってもらえるなんて、光栄ですわ。皆様《みなさま》にも好評みたいで安心……」

そこまで言って、コーデリアははたと気付いた。

（というより、想定以上の効果が出ている気がするわ。これはもしかしたら大変なことになるかも……）

会場である王宮まで来られる範囲《はんい》は限られているとは言え、それでも王都には馬鹿《ばか》にならない人口がいる。同じことを心配したらしいアイザックがコーデリアに問いかけた。

「……当日、人が来すぎて対処しきれない可能性は？」

「……ありますわね。一応、状況《じょうきょう》によって入場制限を設けるとは書いてありますけれど……」

告知新聞には、人が来すぎた場合に備えて『重病人や老人、子ども、妊婦《にんぷ》を優先する』という注意書きなども書いてある。が、それで十分かどうかと言われると。

「……もう一度、警備人数の見直しをした方がいい気がしてきましたわ。それから殿下、ひとりで対処しきれなかった場合に備えて、水魔法《みずまほう》の使い手を増員しても？　あと……」

「今の私はアイクだ、コーディ」

「あっ！　そ、そうでしたわね、アイク」

コーデリアはあわてて言い直した。姿誤魔化しの魔法が発動しているとはいえ、周りにはたくさんの人がいる。何かのきっかけで正体がばれてしまう可能性もゼロではなかった。

「ここで話をするには人が多い。……行こう、いい場所を知っている」

アイザックはコーデリアの手を取ると、その場から歩き出した。

彼に連れられてやってきたのは、王都でもひときわ目立つ巨大《きょだい》な時計塔《とう》だった。

「あの、ここですか……？」

塔の扉《とびら》には大きな錠前《じょうまえ》がぶら下がっており、鍵《かぎ》なしには入れないことを示している。

が、アイザックはごそごそとポケットを探《さぐ》ったかと思うと、飴色《あめいろ》の鍵を取り出した。

「ここには時たま訪《おとず》れるんだ。人を連れてきたのは初めてだけれど」

慣れた手つきで開錠《かいじょう》すると、アイザックはコーデリアの手を引いた。そのまま塔の内側にぐるりと張り巡らされた階段を、手をつないだまま上っていく。

「時計塔の中って、こんな風になっているのですね」

螺旋《らせん》を描《えが》く階段から時折下を覗《のぞ》き込みながら、コーデリアは感心したように言った。

時計塔の中身なんて、前世でも見たことはない。初めて見る光景にわくわくした。

階段を上り切った後は、時計の装置がむきだしになった部屋がお目見えだ。巨大な歯車やロープが複雑に絡《から》み合っているのを横目に、アイザックはそこも通り過ぎて、さらに奥の階段へとコーデリアを連れて行く。

やがてふたりは、柵《さく》に囲まれた時計塔のてっぺんにたどり着いた。すぐ隣《となり》には青銅でできた大きな鐘《かね》があり、傾《かたむ》き始めた夕日に照らされてかすかに赤紫色《あかむらさきいろ》に染まっている。

柵の向こうに広がるのは、王都の街並みだ。見下ろすと、立ち話に興じる人や、窓から身を乗り出して洗濯物《せんたくもの》を取り込む人など、普段《ふだん》見ることのないたくさんの営みが広がっている。少し離《はな》れた場所には、先ほどまでふたりがいた広場や王宮も見えていた。

「すごい……！　こんな景色を見られるなんて、夢みたいですわ！」

頬《ほお》を撫《な》でるそよ風の感触《かんしょく》を楽しみながら、コーデリアははしゃいだ声を上げた。それからハッとして姿勢を正す。

「あっ。ごめんなさい、私ったら。治療会の話をしなくちゃいけないのに……」

ごそごそと手帳を取り出そうとするコーデリアの手を、アイザックが掴《つか》む。きょとんとして顔を上げると、彼が真剣《しんけん》なまなざしでこちらを見ている。

「……すまない。謝るのは私の方だ」

「殿下？」

「話をするためと言ったが、あれは嘘《うそ》だ。……ただ君にここを見せたかっただけなんだ」

そう言う彼の耳が、珍《めずら》しく赤くなっている。コーデリアは目を丸くした。

（えっ？　何その物語のヒーローみたいな台詞《せりふ》！　……いや殿下はまごうことなきヒーローなんだけど!!　そうじゃなくて、えーっと、もしかしてこれって、デートなの……？）

想定外の台詞に、みるみるコーデリアの顔が赤くなる。

（私の勘違《かんちが》いかしら……？　でも、普通〝おかん〟相手に時計塔に夕日なんていう、これぞな雰囲気《ふんいき》の場所に連れてこないわよね……？　うっ、アイザック殿下がいい子すぎて、可能性がなくもないどころか、むしろそっちの可能性が高いかも……？）

もしかしたら、アイザックに女性として意識されているかもしれない。いや、やっぱり違うかも。そのふたつの考えが、コーデリアの頭の中をぐるぐると回っていた。

「こうしてふたりで出かけるのは久しぶりだな」

「そ、そうですわね。ずっとバタバタしていましたから……」

（だっ！　だめだわ!!　こういう雰囲気に慣れてなさすぎて、まともに顔が見られない!!）

顔を赤くしたコーデリアに、アイザックがはにかんだように微笑《ほほえ》んだ。

「最近は、君の新しい姿をたくさん見た気がする」

言われてみれば、確かに今までにはない姿をアイザックに見せている。――聖女をビンタしたり聖獣《せいじゅう》をぶん殴《なぐ》ったりと、あまり褒められた姿ではないが。

「告知新聞のことも驚《おどろ》いた。君たちだけで乗り込んでいったと思ったら、あっという間に作り上げてしまって。新聞はもちろん知っていたが、あんな風に使うことなど、考えたこともなかった」

「それは……」

コーデリアは口ごもった。

（もしかしたら、今がチャンスなのかも……）

「殿下。……実は私には、前世の記憶《きおく》があるのです」

「前世？」

予想していなかった単語に、アイザックが眉《まゆ》をひそめる。

「ええ。信じてもらえないかもしれませんが、そこで私とひなは幼なじみだったのです」

コーデリアは前世のことをかいつまんで説明した。

女神によってこの世界に転生したが、前世は加奈という名前だったこと、ひなと幼なじみだったこと、ここことは全然違う魔法のない世界に住んでいたこと——。

ひと通り聞き終わったアイザックは、静かに言った。

「不思議なことがあるんだな……。この世界が、君の言う〝げーむ〟というものに登場するなんて」

「なかなか信じられないですわよね」

「でも、これで婚約破棄《こんやくはき》の話で君が動揺《どうよう》しなかったのにも納得《なっとく》がいった。あの時はただ私に興味がないのかと思っていたが、君は知っていたんだな。婚約破棄されるのを」

「興味がないなんてそんなわけありませんわ！　殿下は私の一番の推《お》し……じゃなくて、一番お慕《した》いしていますから」

「一番？　……二番がいるのか？」

「一番はフェンリル様です」

答えると、アイザックはなぜか笑った。それから、探るようにじっと覗き込んでくる。

「フェンリル様なら仕方がない。……他《ほか》は？　前世で君は、結婚していたのか？」

結婚という、あまりにも前世の自分とは縁遠《えんどお》かった単語に、コーデリアは思わず自嘲《じちょう》じみた笑《え》みを浮《う》かべてしまう。

「結婚なんてまさか。おかん……じゃなくて、私は男性に不人気ですもの。デートすら行ったことありません」

（そう、私は本当に男性に好かれないのよ……。殿下《でんか》も、私に懐《なつ》いてくださっているけれど、女性として見られているわけではない……）

現実を思い出して、コーデリアはぎゅっと唇《くちびる》を引き結んだ。

（デートっぽい、なんて浮かれている場合じゃなかったわ。私は私として、きちんと〝おかん〟の役割を果たさないと）

「だから殿下……私、頑張《がんば》りますわ！　殿下に〝本当の愛〟を差し上げられない分、パーフェクトな政略結婚相手として、あなたに王位と忠誠と、私の人生すべてを捧《ささ》げてみせます！」

早口でまくし立てるコーデリアとは反対に、アイザックが困惑《こんわく》の表情を浮かべる。

「待ってくれ、君は何を言っているんだ？　〝本当の愛〟？」

「ええ！　殿下はお優しくて、責任感のある方ですもの。今は私に、恩義を感じてしまわれたのでしょう？　大丈夫《だいじょうぶ》ですわ。そのあたりはきちんとわきまえております！」

「……？　コーデリア、まさか君は……」

　アイザックがそこまで言った時だった。

『おう。なにやらお取り込み中か？　青春だのう』

　突然《とつぜん》聞こえてきた声に、アイザックとコーデリアははじかれたように屋根を見上げる。塔のさらにてっぺん、屋根瓦《やねがわら》の上に寝《ね》そべるようにして、久しぶりに姿を見せた聖獣フェンリルが鎮座《ちんざ》していた。

「フェンリル様⁉」

　コーデリアは叫《さけ》んだ。

『何ぞ』

「屋根がつぶれます！　危ないから降りてきてくださいませ！」

　クイッと顎《あご》を上げて、威厳《いげん》を保って返事をするフェンリルにコーデリアは突《つ》っ込んだ。

　時計塔はレンガをベースにしっかり組んであるものの、何せフェンリルはあの巨体《きょたい》。屋根がいつどうなるかわかったものではない。

　そんなコーデリアの叫びに、フェンリルがうっとうしそうに鼻を鳴らす。

『ふん。我《われ》を誰《だれ》だと思っておる。それぐらい加減できるわ』

言うなりフェンリルは立ち上がり、トンッと屋根を蹴《け》った。そのまま地面まで真っ逆さま――かと思いきや、なんとコーデリアたちの目の前で停止してしまったのだ。

まるで見えない床《ゆか》でも踏《ふ》んでいるかのようだが、もちろんフェンリルの足元には足場も何もない。他の人から見れば、完全に浮いている状態だった。

『ほうらな』

フェンリルはまた得意げに顎を上げた。

「さすが聖獣……。ってそれはそれでやめてくださいませ！　目立ちすぎますわ！」

ただでさえ目を引く巨体が、時計塔《とう》の前に浮いているなんて、目立たない方が不思議というものだ。現に地上では、人々がこちらを指差しながら何事かとざわめいている。

事態を察知したアイザックが素早《すばや》くフェンリルの前に進み出た。

「フェンリル様、よろしければ王宮に。ここにいては皆驚《みなおどろ》かせてしまいます」

『ふむ、王宮とな……』

「専用のお部屋を用意してあります。それにフェンリル様がお好きだという例のアレも」

(例のアレ？)

不思議な顔をするコーデリアとは反対に、渋《しぶ》い顔をしていたフェンリルが、アイザックの言葉を聞いた途端《とたん》目の色を変えた。

『……ほう？　例のアレがあるのか？』

それから興味深そうに鼻をヒクヒクとさせる。

『結構結構。小僧《こぞう》、なかなか使えるようだな？　見直したぞ』

無言で頭を下げるアイザックの姿は、まるで優秀《ゆうしゅう》な臣下のようだ。

『では、我は先に行っておるぞ。お主らもぐずぐずせずに早く来るのだ』

フェンリルはそわそわしだしたかと思うと、待ち切れない、とでも言うようにヒュッとその場から駆《か》け去っていった。光を撒《ま》き散らしながら走るその姿はさながら地上に降りた巨大な流れ星。下にいた人々からワッと声が上がる。

「コーデリア、話の続きは今度ゆっくり話そう。今は、フェンリル様のもとへゆかねば」

(話の続き……もだけど、例のアレって何なのかしら？　王宮に行ったらわかるかしら？)

「はい！」

アイザックが差し出した手を取ると、コーデリアたちは急ぎ時計塔の階段を下り始めた。

『うむ、うむ。不思議な食感だが、新しいものもまた、いと旨《うま》しだな』

帰ってきた王宮では、大量のクッションに埋《う》もれながら、フェンリルがムシャムシャと何かを食べていた。口の端《はし》にはべったりとクリームのようなものが付いている。

「殿下、あれは……？」

「シュー・ア・ラ・クレームだ。最近はシュークリームとも呼ばれている」

説明するアイザックの前で、フェンリルが大きな口を開けて次のシュークリームにかぶりついた。コーデリアが知っているものよりだいぶ大ぶりに作られたシューがぶしゅっと潰《つぶ》れ、口の端からとろりと黄みがかったクリームがあふれる。バニラの甘い匂《にお》いが鼻をくすぐり、コーデリアはその匂いを胸いっぱい吸い込んだ。

「フェンリル様って……シュークリームを召し上がるんですのね」

勝手なイメージだが、狼《おおかみ》だから肉とかそういうものを好むのかと思っていた。

『ふん。我は高貴なる聖獣《せいじゅう》ぞ。肉などという生臭《なまぐさ》いものは好まぬ。時代は甘味よ。それにしても、いつぞや食べたケェキとか言うのもうまかったが、これはこれでうまいな』

「シュークリームに限らず、甘いもの全般が好物だと記してあった」

どうやら聖獣の好みは、王国の記録にもばっちり残っているらしい。コーデリアがリリース制作で駆けずり回っていた間、アイザックがせっせとフェンリル用の部屋を整えていたのは知っていたが……。抜《ぬ》かりない下調べにコーデリアは感心した。

それからハッとする。

「……と、言いますか、今までどこにいらしていたんですか!?」

フェンリルが呼び出されてから丸一か月。その間、一度も姿を見ていなかったのだ。

『ん？　ただの散歩だが』

フェンリルが口の端のクリームをべろりと舐《な》めながら答える。

（ただの散歩に一か月……。さすが聖獣、時間の感覚が人間とは違《ちが》うわ）

コーデリアは額を押さえた。

「あまりにフェンリル様を見かけなさすぎて、夢だったのかと思うほどでしたのに」

『我の降臨が夢だと？　だとしたら、それはまたずいぶんいい夢を見ているな』

（この聖獣、やたら自己肯定感《こうていかん》が高いわ……！）

コーデリアが顔をしかめる横で、フェンリルがカッカッと笑う。

『第一、そんなに会いたいなら呼べばいいだろう。お主は聖女なのだから』

「私は呼びましたわ！　でも、ずっと反応がありませんでしたわよ？」

実は騒動《そうどう》の後だけではなく、その後も何度かフェンリルを呼ぼうとしたことがある。けれどいつ呼んでも、フェンリルからうんともすんとも反応がなかったのだ。

『それはまことか？』

「ええ。アイザック殿下もその場で見ていました」

「確かに私も見ていたが……何も反応はなかった」

アイザックの証言を聞いて、フェンリルが『うーむ』と唸《うな》る。大きな鼻息で、コーデリアの前髪《まえがみ》がふわっと浮き上がった。

『おかしいのう。聖女が呼べば、我に聞こえるはずなのだが』

と言いながらも、フェンリルは次のシュークリームにかぶりつくことを忘れていない。

給仕《きゅうじ》を担当している女官が、あわてておかわりを取りに走っていく。

だんだん不安になってきて、コーデリアは恐《おそ》る恐る聞いた。

「あの……つかぬことをお聞きしますが、私って本当に聖女なんですの？」

もし今さら『すまぬ、我の間違いだった』なんて言われたら、色々な意味で立ち直れない。

『お主は間違いなく聖女だ』

だからそう言われて、コーデリアはほっと息をついた。心なしか、隣《となり》にいるアイザックも安心した顔をしている。

『だが言われてみれば、確かにお主の声が聞こえてきたことはないな。もうひとりの方は、何度も声が聞こえてきたものだが』

もうひとり、というのはひなのことだろう。

フェンリルと聖女の間にどういう仕組みがあるのかはわからないが、結びつきだけで言うなら、現状コーデリアはひなに劣《おと》っているらしい。

「あの……なんとか私の声が聞こえるようになる方法はないのでしょうか？　このままだといざという時、王国を守れなくなってしまいますわ」

聖獣フェンリルは、聖女の呼びかけに応じて立ち上がると言われている。それなのに聖獣に声が届かないとなると、聖女としての存在意義そのものが危《あや》うくなってしまう。

そんなコーデリアの心配をよそに、フェンリルはあっけらかんと言った。

『王国のことなら心配いらぬ。この国には我の結界が張ってあり、それを越《こ》えようとするものがいれば聖女がいなくとも我《われ》は起きるのだ』

それを聞いて、アイザックが感心したようにうなずいた。

「なるほど……。聖女が存命していない間の守りはどうなっているのか疑問だったのだが、そういう仕組みになっていたとは」

（前世にあったホームセキュリティみたいね。警報とかなったりするのかしら）

〝ホームセキュリティ・フェンリル〟を想像しながら、便利なシステムに感心する。

そしてコーデリアはもうひとつ聞こうと思っていた重要な質問を思い出した。

「それとフェンリル様。〝大聖女〟は本当に、私たち人間が決めてしまってよいのですか？」

それは、ずっとフェンリルに聞きたかったことだった。

聖女というのは、そんじょそこらの議員決めとはわけが違う。

今まで王ですら力の及《およ》ばない、神にのみ決定権があった非常に重要な役柄《やくがら》なのだ。

だというのに、フェンリルは人間の思惑《おもわく》などまるで気にせず、あっさりと答えた。

『ああ、よいとも。我《われ》に必要なのは聖女から捧《ささ》げられる魔力《まりょく》のみ。それが滞《とどこお》りなくもらえるのなら、我はどちらでも構わないのだ』

「聖女から捧げられる魔力、ですか？」

それは初めて聞く話だった。聖獣が聖女に仕えるというのは知っていたが、見返りとして何をもらっているのかは知られていない。

『そうとも。お主に会いに来たのもそのためだ。どれ、その魔力を味見させてもらおうか』

「きゃあ！」

言うなり、フェンリルはその大きな鼻面《はなづら》をコーデリアの顔に押し付けてきた。フンフンと鼻を鳴らしながら、耳元を嗅《か》ぎまわる。

「ちょっと、やめてくださいまし、くすぐったいで——きゃっ！」

けれど最後まで言い切る前に、横から伸《の》びてきた手がコーデリアの腕《うで》をつかみ、ぐいと引いた。バランスを崩《くず》して転びそうになるが、それをしっかりと支えてくれたのは手の主であるアイザックだ。

「殿下《でんか》……？」

引っ張られたコーデリアを、アイザックが横から抱《だ》きしめるような体勢になっている。

不思議そうに見上げれば、彼はいつもの無表情だった。だが青い瞳《ひとみ》は、警戒《けいかい》とも敵対とも言える感情をにじませてフェンリルに向けられている。

『……小僧《こぞう》、どういうつもりだ？』

フェンリルの抑《おさ》えた声音《こわね》に、アイザックがハッとしたように目を見開く。

「いや……。その……」

彼にしては珍《めずら》しく声が小さい。フェンリルの金の瞳が、すぅといぶかしげに細められていく。コーデリアも、ぱちくりと目を瞬《またた》かせてアイザックを見つめた。

「その……、フェンリル様は、オス、なのではないかと思い……」

ボソボソと絞《しぼ》り出すように出てきた声は、消え入りそうなほど小さい。

「オス？　フェンリル様はオスなんですの？　……そういう概念《がいねん》ありました？」

いまいち要領をつかめずに聞き返すと、フェンリルがこらえきれないと言うようにブハッと噴《ふ》き出した。突風《とっぷう》が顔面を叩《たた》く。

『ハハハ！　おぬし！　そうか！　何かと思ったらそういう……ハハハ！　青春だのぅ！』

それを聞いた途端《とたん》、アイザックがはじかれたようにコーデリアから飛び退《の》いた。

見れば、片腕を上げて隠《かく》しているが、隙間《すきま》からのぞき見える顔は真っ赤になっている。

「えっ？　どういうことですの？」

前脚《まえあし》をバンバンと床《ゆか》に叩きつけて笑うフェンリルと、顔を見られないようこちらに背を向けてしまったアイザック。

ふたりを見ながら、コーデリアは訳が分からず首をひねった。

『クハッ！　ハハハ！　説明してやろう、その小僧はな、オスである我に嫉妬《しっと》――』

「フェンリル様！」

言いかけたフェンリルに、すかさずアイザックが割り込んでくる。

「何ですの？　聞こえませんでしたから、もう一度」

コーデリアはきょとんとした。

「何でもない！　何でもないんだ！」

そう言って、アイザックが必死にフェンリルの口を押さえている。その顔は珍しく耳まで真っ赤だった。見たことのない姿に、コーデリアの目がカッと見開かれる。

（か、可愛《かわい》い！　可愛いわ!!　何の話か聞こえなかったけれど、殿下の恥《は》ずかしがっている姿はなんて貴重なの！　今すぐこの世界にカメラを実装して欲しい……!!　せめてしっかり目に焼き付けておかなければ！）

と思っていると、またフェンリルがカッカッと笑った。

『ふん、心配するでない小僧よ。我は聖獣《せいじゅう》。性別などありはせぬ。まあ、聖女とは特別な絆《きずな》で結ばれていることは否定しないがのう』

にやにやと口の端《はし》を上げて、フェンリルは『特別な絆』という単語を強調した。途端に、それまで顔を真っ赤にしていたアイザックが眉《まゆ》をひそめる。

「……特別な絆、と言うのであれば、私と彼女の絆も特別だと自負していますが」

『ほう？　特別ねえ……。夫婦《ふうふ》ならまだしも、そなたたちはまだ婚約者《こんやくしゃ》ではなかったか？

昨今では婚約破棄《はき》も流行《はや》っていると聞いたぞ？』

（人気投票といい婚約破棄といい、聖獣がどこからそんな情報を仕入れているのよ……）

コーデリアは突《つ》っ込みたい気持ちでいっぱいだった。

そんなフェンリルにアイザックが言い返す。

「私の心は流行が決めるのではない。私が決めることです」

『勇ましい言葉だのう。果たしてどこまでその言葉を守れるのやら』

「それは……」

「おふたりともそこまでですわ！」

これ以上放《ほう》っておくとキリがなさそうな気配を感じ、コーデリアは強制的に話を止めることにした。アイザックがばつの悪そうな顔になる。

「……すまない。私としたことがつい、声を荒《あら》げてしまった」

（そんな殿下も可愛くてグッドですわっ！）

心の中のいいねボタンを連打しつつも、コーデリアは咳払《せきばら》いした。

「それで、フェンリル様はなんでしたっけ？　魔力……をお渡《わた》しすればよいのでしょうか」

『ああそうだ、すっかり忘れておった』

悪びれた様子もなく、フェンリルがけろりと言う。

『本当は鼻と鼻をくっつけてもらう方が好きなのだが……うるさそうな奴《やつ》がいるからのう』

そう言ってフェンリルがちらりとアイザックを見れば、彼は即座《そくざ》に「ダメです」と返した。フェンリルが楽しそうにカッカッと笑う。

『ならば、味気ないがこっちにするか。ほれ聖女。手を差し出せ』

「こうでしょうか？」

言われるまま、手のひらを上にしてそっと差し出した。そこにフェンリルの湿《しめ》った冷たい鼻先がピッタリとくっつけられる。――やがて、何もしていないのに身体中の魔力が集まってきたかと思うと、それが手を伝ってどんどんフェンリルに吸い込まれていく。

『ふむ、やはり良質な魔力を持っておるな。生まれ持ったものというより、日頃《ひごろ》からよく磨《みが》かれてきたようだな。洗練されていて、かつまろやかな味わいがある。うむ、悪くない』

「ま、まろやか……？」

まるでソムリエのような口ぶりだが、フェンリルが味わっているのは紛《まぎ》れもなくコーデリアの魔力だ。自分が食べ物になってしまった気がして、なんとも言えない気持ちになる。

その後散々コーデリアの魔力を堪能《たんのう》してから、フェンリルは機嫌《きげん》よくツイと顔を上げた。

『うむ。もう十分だ。残りはせっかくだから、もうひとりの聖女からもいただくとしよう』

言うや否《いな》や、フェンリルは巨大《きょだい》な窓から飛び去っていく。

一方残されたコーデリアは、立ちくらみでふらりと体が揺《ゆ》れた。即座にすっ飛んできたアイザックが支えてくれなかったら、床に手をついていただろう。

「大丈夫《だいじょうぶ》か⁉」

「だ、大丈夫ですわ……。ただ、結構な魔力を持っていかれた気がします。これはまた修《しゅ》行《ぎょう》しないと、あの腹ペコさんの消費量に耐《た》えられる気がしません。……って殿下は何をなさっていますの？」

見れば、アイザックがハンカチを取り出してせっせとコーデリアの手を拭《ぬぐ》っている。先ほどまでフェンリルに差し出していた方の手だ。これでもかと言うくらい念入りに拭《ふ》いた後、アイザックは爽《さわ》やかな顔で言った。

「大丈夫だ。これで綺《き》麗《れい》になった」

（殿下、さりげなくフェンリル様をバイ菌《きん》扱《あつか》いしていません？）

突っ込みたい気持ちを、コーデリアはそっと飲み込んだ。

「いよいよこの日がやってきましたわね！　握手会《あくしゅ》……じゃない、治療《ちりょう》会日和《びより》ですわ！」

白を基調とした聖女服に身を包んだコーデリアが、部屋の窓から空を見ながら言った。

外は晴れやかな快晴——ではなく、空全体に薄《うす》い雲のベールがかかったような薄曇《うすぐも》りだったが、コーデリアにはかえって都合がいい。

強すぎる日差しは、時として毒にもなってしまうからだ。それに引き換《か》え、今の天気と気温ならば『聖女の治療会で熱中症《ねっちゅうしょう》が続出！』という見出しが新聞に載《の》る心配はない。

広報にとって、リスク管理も大事な仕事である。

「とはいえ、この人数では違《ちが》う事故が起きかねませんわね……。リリー、急ぎお父様に連《れん》絡《らく》してくださる？　整理のために、屋敷《やしき》の人手をありったけ貸していただきたいの」

「承知いたしました。すぐにご連絡いたします」

リリーを見送ってから、コーデリアは今度は王宮の広場を見下ろした。

時刻は治療会が始まる二時間前だというのに、既《すで》に王宮広場からはみ出るぐらいの人が来ている。ガヤガヤとした喧騒《けんそう》がこちらにまで聞こえてきそうな様子は、前世のアトラクションパークを思い起こさせた。

あらかじめ待機させておいた騎士《きし》たちが、きびきびと整列してくれたおかげで大きな混乱は起きていないが、報告によると広場に入りきらなかった人もかなりいるらしい。

「申し訳ないけれど、早くも人数制限をかけるしかないですわね」

制御《せいぎょ》不可能な人数になる前に手を打たねば。

そう思ったところで、部屋の扉《とびら》がノックされる。続いて顔を覗《のぞ》かせたアイザックとジャンに、コーデリアが手を合わせて喜ぶ。

「殿下《でんか》！　いいところにいらしてくださいました！」

「大盛況《だいせいきょう》のようだな。広場の外に追加で騎士を派遣《はけん》しておいたが、他《ほか》に必要なことは？」

「話が早くて本当に助かりますわ。早速《さっそく》ですけれど、いったん受付を停止しようと思いますの。例外として重病者やお年寄り、子どもと妊婦《にんぷ》はお通ししたいと思っております」

「わかった。では手配しよう」

続いてコーデリアはジャンにも顔を向けた。

「ジャン。長丁場になりそうですから、お手伝いが来たら希望者に準備したお水を配ってくださるかしら。それからお手洗い周りの案内係も数人お願い。もし急ぎ治療した方がよさそうな方がいたら優先的に連れてくるようにも伝えて」

「はいはい。水とトイレと重病人ね。承知いたしましたよ、聖女サマ」

「それからリリー、あなたにはプレス……じゃなかった、取材に来た記者たちの案内をお願いできるかしら？　とっても大事なお仕事だから、あなたに任せようと思うの」

「もちろんですお嬢様《じょうさま》！　粗相《そそう》のないよう、細心の注意を払《はら》いますっ！」

興奮したリリーが、しゃきっと背を伸《の》ばした。

〝イベントを開催《かいさい》して、それを取材してもらう〟

これもリリースと並んで、広報の大事な仕事だ。ケントニス社やスフィーダ社はもちろんのこと、ペルノ社やその他小さな新聞社にもぬかりなく招待状を送ってある。

彼らにはコーデリアが何をしているのか実際に見てもらい、この場に来られなかった人たちに会場の賑《にぎ》わいや空気感、コーデリアが記者の目から見て実際にどんな人物だったのかを届けてもらう大事な役割があった。

そんな彼らに、見るべき部分を案内するのがリリーの役目。もちろん、コーデリアがみっちりと研修してある。

皆《みな》がそれぞれの持ち場に行くと、王宮内はすぐにてんやわんやのさわぎとなった。

あっちに指示を出し、こっちに指示を出し。ようやくセレスタイトの間に着席した時には、コーデリアは乱れた息を整えるのにしばらくかかったほどだ。

戦いに備えて水を一口飲み、近くに座る各社の記者たちを見る。スフィーダ社からはもちろんスフィーダが、ケントニス社からは見知らぬ記者が、ペルノ社からは……。

(あら、あの人が来ているのね。意外と現場に出てくるタイプなのかしら)

打ち合わせの時にもいた、アイザックを上回る仏頂面《ぶっちょうづら》のリーヌスがいた。相変わらずクールな美形だ。

ちらっと横目で見てから、コーデリアはとびきりの営業用スマイルを浮《う》かべる。

「さ、治療会を始めましょう」

先頭に並んでいたのは、まだ十歳にも満たないであろう少年だった。報告によると、なんと日が昇《のぼ》る前から並んでいたらしい。

「ごきげんよう。私はコーデリアですわ。あなたのお名前は？」

「おれはクリフ！」

「クリフはどこが病気なのかしら。それとも怪我《けが》？」

「病気なのはおれじゃねえ。かあちゃんだよ」

少年のあっけらかんとした言葉にコーデリアは目を丸くする。

「お母様の？　……では、クリフのお母様はどこに？」

「おれの家」

きっぱり言い切った少年に、コーデリアは危《あや》うく椅子《いす》からずり落ちるところだった。

そんなことは気にせず、クリフは口から唾《つば》を飛ばしながら勢いよく体を乗り出す。

「かあちゃんはお腹《なか》に赤ちゃんがいるんだ！　でもすごく具合が悪そうで、最近はベッドから起き上がるのもつらいみたいでずっと寝《ね》てる」

「わかったわ。なら、こちらのお兄さんたちをお家《うち》に案内してくれる？　少し大変だけれど、お母様にはここに来ていただきましょう」

コーデリアは担架《たんか》を用意させ、ふたりの騎士をクリフとともに出発させた。そうして戻《もど》りを待つ間に次の治療に入る。

ふたりめは、働き盛りといった年齢《ねんれい》の若い男性だった。挨拶《あいさつ》もそこそこに、中指が不自然な曲がり方をした手をぬっと突《つ》き出してくる。

「直せるか？　骨折したんだが、ちゃんとした治療師に見せる余裕《よゆう》がなくて、放《ほう》っておいたら変な風に骨がくっついちまったみたいで……」

「見せてくださいませ」

その言葉に、男性が大人しく従う。コーデリアは不自然に曲がった指を握《にぎ》ると、そっと目をつぶって魔力を探《さぐ》った。

暗闇《くらやみ》の中に、人の形をした光が浮かび上がる。それはまるでレントゲンで映し出された骨の写真のようだ。

その状態で不自然に曲がってしまった箇所《かしょ》に触《ふ》れると、コーデリアは聖魔法《せいまほう》を流しこみ始めた。じわりじわりと、歪《いびつ》だった光の形が少しずつ整えられてゆき、目を開けるころにはすっかり元通りの形となっている。

「すごい……！　ありがとう。これで前みたいに仕事ができる！」

喜んで去って行く男性を、コーデリアはにっこりと見送った。

(出だしは予想外だったけれど、今回はいい調子ね！)

次に来たのは若い女性だった。恥《は》ずかしそうに、もじもじと手を差し出す。覗き込めば、人差し指の爪《つめ》の横に、切ってしまったらしい小さな切り傷が見えた。

「あのぉ……こんな小さな傷でもいいんですかぁ？」

「ええ、もちろんですわ。傷は傷ですもの」

手早くパパッと直すと、女性が頬《ほお》を赤らめる。

「えっとぉ……聖女様は本当に美人で……それに優《やさ》しいし……。あたし、応援《おうえん》してます」

それだけ言うと、恥ずかしくなったのか、女性は逃《に》げるようにしてそそくさと立ち去った。それを笑顔で見送ってから、コーデリアはひたすら治療を繰《く》り返していった。


「――はい、これで大丈夫《だいじょうぶ》ですわ。でも無茶《むちゃ》はしないでくださいませね」

「ありがたいねえ、痛みが嘘《うそ》みたいに引いたよ」

腰痛《ようつう》に困っていた老人は腰《こし》を重点的に治療《ちりょう》し、腱鞘炎《けんしょうえん》が治らないと嘆《なげ》く男性は手首に聖魔法を流し込む。すると傷ついていた細胞《さいぼう》や神経が、聖魔法で次々と再生していった。

「あのお……治してくれてありがとうございました。……ところで壺《つぼ》買えとか言ってきたりしませんよね？」

「あら、壺の人！」

「壺の人？」

「おほん、失礼いたしましたわ。こちらのお話です、ウフフ」

時折思わぬ再会に驚《おどろ》きながら、コーデリアの治療は順調に進んでいった。

軽いものではしつこい風邪《かぜ》や怪我、持病の神経痛などから始まり、重いものになると、切断してしまった指の再生や、失った視力の回復などまでできた。

「ふう、さすがにこれは大変ですわね……」

リリーにハンカチで額の汗《あせ》を拭《ぬぐ》ってもらいながら、コーデリアは水を飲んで息を整える。

つい先ほど、事故で下半身不随《ふずい》になってしまった男性の神経回路を癒《い》やし、歩けるようにしたばかりだ。

「すごいですね！　聖魔法は！　まさに奇跡《きせき》です！」

リリーが感極《きわ》まったように言う。

「本当、奇跡だわ」

コーデリアは体をさすりながら答えた。

聖魔法は、水魔法には不可能な〝失った体の再生〟など、奇跡としか言いようのない技《わざ》も使える。破壊《はかい》しかできなかった闇魔法とは大違《おおちが》いだ。

――ただし、重い治療になればなるほど、反動とも呼べる痛みや苦しみがコーデリアを襲《おそ》うのは予想外だった。

先ほどの男性は、事故の時に背中をひどく痛めたのだろう。彼が経験した痛みは治療の時、手を伝ってコーデリアの体に逆流してきていた。

（私が突然《とつぜん》痛がり出したら皆が驚いてしまうから、何事もないふりをしているけれど……正直、うめき声を上げなかったのを褒《ほ》めてほしいくらいしんどい痛みね）

ただでさえ聖魔法は魔力の消費が激しいというのに、痛みもあるなんて。

（でも……先ほどの男性も家族も、本当に嬉《うれ》しそうだったわ）

コーデリアは再び自分の足で立ち上がった男性と、その妻の表情を思い出した。

抱《だ》き合って泣きながら喜ぶふたりの姿は、見ているこちら側が思わず涙《なみだ》ぐんでしまうくらい感動的だった。後ろに並んでいる人たちも、何人かもらい泣きしたほど。目ざといスフィーダが、すぐさまふたりのインタビューに走ったのもある意味当然だった。

病気や怪我は、重ければ重いほど、必要な魔力や技術が違ってくる。

下半身不随を歩けるようにするレベルにまでなると、賢者《けんじゃ》クラスの水魔法使いに多額のお金を積んでようやく治療してもらえるかどうか。

その金額は、庶民《しょみん》が一生で稼《かせ》ぐほどの大金とも言われ、諦《あきら》めざるを得ない人も多い。

もとは売名のために始めた治療会ではあるものの、そういう人たちの助けになれることが、コーデリアにはとても嬉しかった。

（痛みなんて少し我慢《がまん》すれば消えるし、それより今まで無駄《むだ》に増やしてきた魔力が役に立ってよかったわ）

特に使い道が見つからないままませっせと底上げしてきた魔力は、聖女になってから目覚めた聖魔法にも使えるらしい。その上聖魔法は闇魔法とは比べ物にならないほど魔力の消費量が大きいため、鍛《きた》えていなかったらこの人数をさばけていたか怪《あや》しかった。

コーデリアが考えていると、少年の大きな声が響《ひび》く。

「聖女様！　かあちゃんを連れてきたよ！」

見れば、先ほど妊婦《にんぷ》の母親を迎《むか》えに行った少年クリフがこちらに駆《か》け寄ってきていた。

後ろでは、騎士《きし》たちが大きなお腹をした妊婦を担架に乗せている。

記者対応をしていたリリーが素早《すばや》く列を整理し、クリフの母親を椅子に座らせた。

「ごきげんよう。私がコーデリアですわ。お母様のお話はクリフから聞いております」

コーデリアが微笑《ほほえ》みかけると、妊娠《にんしん》中でふっくらとした、それでいてどこか顔色の悪い母親が申し訳なさそうに言った。

「すみませんねぇ、まさかクリフがここに並んでいたなんてあたしゃ知らなくて……。でも全然たいしたことじゃないんですよ。久しぶりの妊娠だったから体力がついていけてないだけで、聖女様に診《み》てもらうほどのことじゃ……」

「気になさらないでくださいませ。ご存じでした？　妊娠は病気じゃないなんて言いますけれど、あれは不調を治す薬もないから、体を大事にしなさいという意味なのですわ」

これは前世で、産休を取った女性に先輩《せんぱい》が言っていた言葉だ。

「でも聖魔法なら、その辛《つら》さを多少和《やわ》らげられるかもしれません。ぜひ私にお手伝いさせてくださいませ」

そう言って、コーデリアは彼女の手を取った。

それからいつものように魔力の流れを探り――ハッと目を見開いた。

お腹にいる胎児《たいじ》は、心臓こそ動いているものの、何かがおかしいことを、コーデリアは本能的に感じ取っていたのだ。

「……お腹《なか》に直接触れてもよろしいかしら？」

動揺《どうよう》を顔に出さないよう、微笑む。

「聖女様に触れていただけるなんて、ドキドキするねえ……」

許可を得て、そっと大きく膨《ふく》らんだお腹に触れて目をつぶる。暗闇の中にぼうっと浮《う》かび上がるのは母親の形をした光。そのお腹の中には、ひときわ強く輝《かがや》く胎児らしき光がある。

けれど。

（何かしら……この違和感《いわかん》は）

コーデリアに、医療に関する知識はない。また妊娠がどんなものかという知識もない。だと言うのに、『何かがおかしい』という気持ちだけが、強く頭の中に浮かんでいたのだ。

コーデリアは慎重《しんちょう》に探り続けた。

……やがてある一点にたどり着いて、ぴたりと手が止まる。

（赤ちゃんの体に……黒い穴が空いている？）

胎児の光は明るすぎるほどに明るいため、細部まではっきり見えるわけではない。それでも体と思《おぼ》しき部分に、一箇所、穴が空いたように光を失っているところがあった。

（位置的に、お腹かしら？）

直感が、これが違和感の原因だと告げている。

ならばと、コーデリアはすぐさま穴に聖魔法《せいまほう》を流し始めた。途端《とたん》、穴は多少の魔力と引き換《か》えにあっけないほど簡単に塞《ふさ》がった。もぞもぞと、小さな体がまるで喜んでいるかのように動く。同時に命の水が胎児の体を流れていくのを感じ取り、コーデリアは安堵《あんど》した。

（……なんとなくだけれど、もう大丈夫な気がするわ）

それから、だるさや疲労感《ひろうかん》がましになることを願って母体にも聖魔法をかけていく。

「ああ、体がすごく楽になったねえ……。本当にありがとうねえ」

そう言う母親の顔は、先ほどよりだいぶ血色が良くなっていた。コーデリアが微笑む。

「お礼ならクリフに。あなたのことを心配して、日の出前から並んでいたんですって」

「そうなのかい!?　てっきり、いつもの配達に行ったのかと思ったら……」

聞くと、彼らの家はパン屋を営んでいるらしい。朝、出来立てのパンをお得意様に配達して回るのがクリフの仕事なのだという。

「へへ。おれ、ほんとうは今日の配達、行ってないんだ。……おこった？」

イタズラを白状するように、クリフが両手をもじもじさせながら言った。母親が困った顔をしながら、手を伸《の》ばして少年をぎゅっと抱きしめる。

「まったくあんたって子は……怒るわけないよ。あたしのことを心配してくれたんだろう？　……ありがとうね、クリフ。おかげですごく楽になったよ。あんたのおかげだ」

ふくよかな母の胸に抱《だ》かれて、クリフが嬉しそうに目を細める。それは見ているこちらまで嬉しくなるほどの笑顔《えがお》で、周りの人たちも皆《みな》、ニコニコと親子を見守っていた。

「ありがとな、聖女……じゃなくて、コーデリア様」

別れ際《ぎわ》、少年は恥《は》ずかしそうにコーデリアの名を呼んだ。治療《ちりょう》で疲労《ひろう》はたまっていたが、その笑顔に、心の中がぽかぽかとあたたかな気持ちで満たされる。

(本当に、治療会を開いてよかった。自分の力が誰《だれ》かの役に立てることが、こんなに嬉しいことだったなんて)

コーデリアはひとり、静かに微笑んだ。

第五章　聖女ヒナ

「ふう……寝《ね》ても疲《つか》れがとれないなんて、久しぶり」

　翌日の昼。無事治療会を終えたコーデリアは、見ていた新聞を置いて椅子《いす》にもたれかかった。目の前でリリーがこぽこぽと優《やさ》しい音を響かせながら、酸味の強いお茶を淹《い》れている。疲労に効くというハーブティーで、アイザックからの差し入れだ。

　ケントニス社とスフィーダ社の朝刊には、治療会のことがデカデカと書かれていた。『聖女コーデリア、数百人を治療！』とか、『奇跡《きせき》！　失われた手足が再生！』とか、これでもかというくらい褒めちぎられている。残るペルノ社では、治療会の後に行われたコーデリアの合同インタビューは全カットされ、本当に最低限のことしか書かれていなかったが、まあ悪いことを書かれるよりはよっぽどいい。

　ひとまず治療会は大成功と言えた。

(唯一《ゆいいつ》問題があるとするなら、治療会で魔力を使いすぎて、疲労がすごいことね)

「お疲れ様ですお嬢様《じょうさま》！　昨日は立派な聖女っぷりでしたよ！」

「ありがとうリリー。あなたは大丈夫《だいじょうぶ》？　疲れは残っていない？」

「ええ、最後にお嬢様が聖魔法をかけてくれたおかげで、むしろいつもより体が軽いです！」

「それを聞いて安心したわ」

昨夜、治療会を無事に終えたコーデリアは、関係者全員をセレスタイトの間に集めた。

それからねぎらいとして、ひとりひとりに聖魔法をかけていったのだ。

おかげでリリーたちは元気そうだったが、聖魔法を使い続けたコーデリアだけは例外だ。

「お嬢様、アイザック殿下《でんか》に水魔法をかけてもらってはいかがですか？　もしかしたら体が楽になるかもしれません」

「それが、実はもうかけてもらったの。ただ殿下もおっしゃっていたのだけど、魔法による疲労に回復魔法をかけても、あまり意味がないのですって」

「そうなのですね。お互《たが》い魔法をかけあえれば永久機関ができると思ったのですが……」

「そこまでは甘くないってことね」

なんて言っていると突然《とつぜん》、ノックもなしに部屋の扉《とびら》が開いた。

またジャンですの？　と思って扉に目をやったコーデリアが、目を丸くする。


「ひな……？」

そこには、聖女服に身を包み、勇ましい表情のひなが立っていた。

ひなは無言でずかずかと入ってくると、ビシッとコーデリアに指を突《つ》き付ける。

「言っておくけどひな、加奈ちゃんには負けないから!! アイザック様だって、ひなが頑《がん》張《ば》っているところ見たら、惚《ほ》れ直してくれるかもしれないし！」

あれ以来ひなとは初めて会うのだが、どうやらすっかり元気を取り戻《もど》したらしい。

(それにしても『惚れ直す』は、一度惚れていることが前提にあるのよ、ひな……)

なんて野暮《やぼ》な突っ込みを心の中にしまっていると、ひながふんと鼻を鳴らした。

「ひなだって超《ちょう》強い助《すけ》っ人《と》をゲットしたんだから！ なんてったって王子様だもん！ あ、あと加奈ちゃん、アイザック様を独《ひと》り占《じ》めしないでよね!? ひなだって聖女なんだから!!」

(王子様って誰のこと?)

疑問に思いながらも、コーデリアは深くたずねなかった。

「……わかったわ」

アイザックも別に独り占めしているわけではないのだが、ひなの言う通り聖女を補佐《ほさ》するのはアイザックの役割でもある。ひながアイザックの協力を仰《あお》ぎたいと言うのなら、コーデリアにそれを断る権利はなかった。

「わかったなら、いいよ！ ひなだってやる気なんだってこと、覚えておいて！」

言うだけ言って満足したひなが、さらっと髪《かみ》をなびかせて部屋を出ていく。

「……突然宣戦布告だなんて、どうしたのかしら」

呟《つぶや》いたコーデリアに、リリーがヒソヒソと耳打ちした。こういう情報は、侍女《じじょ》として王宮内を駆《か》けずり回っている分、リリーの方が情報通なのだ。

「どうもラヴォリ伯《はく》にこってり怒られたようですよ。『このままだとお前は負けるぞ！』って怒《ど》鳴《な》り声が、廊下《ろうか》にまで聞こえてきたと他《ほか》の侍女が言っていました」

なるほど、と相槌《あいづち》を打っていると、今度はひなと入れ替《か》わりに書簡らしき何かを持ったジャンがあわてた様子で入ってくる。

「おい！　お前たち新聞を見たか!?」

後ろからは、何食わぬ顔でアイザックもついてきていた。

「ジャン、入室の前にちゃんとノックしてくださる？　仮にもここはレディの私室よ」

「そうですよ。またお嬢様にジャガイモって呼ばれても知りませんよ」

リリーが呆《あき》れ顔で言う。コーデリアは続けた。

「それに新聞なら見ましたわ。ケントニス社もスフィーダ社も、朝刊に治療会のことを書いてくれていましたもの。ペルノ社以外は、とても好意的な内容でしたわ」

言いながらコーデリアは机の上の新聞をぽんと叩《たた》いたが、彼の望む答えではなかったらしい。ジャンが吠《ほ》えた。

「問題はそこじゃない。聖女ヒナだよ。さっき配られたこれ、見ていないのか？」

言うなり、ジャンは手に持っていた書簡をぐいっと突き出した。

コーデリアがめんどくさそうに受け取り、巻かれていたミルクティーカラーのリボンをほどいてくるくると広げていく。途端《とたん》にふわっとスズランの甘い香《かお》りが鼻をくすぐった。

横から覗《のぞ》き込んだリリーが、すぐさま顔を青ざめさせる。

「……お嬢様、これって!?」

叫《さけ》んだリリーの頭を、ジャンが「やっとわかったか」と言いながら、ぺしぺしと叩く。

新聞の見出しにはこう書かれていた。

『来《きた》る日にちに、王宮で聖女ヒナが無償《むしょう》の治療会を開催《かいさい》！』と。そのあとにはひなの肖像《しょうぞう》画《が》が並び、どこかで見かけたような文面がつらつらと続いている。つまり——。

「お前、治療会の内容をまんま真似《まね》されてるぞ！」

ジャンの声が、部屋に響《ひび》き渡《わた》った。すぐさまリリーが叫ぶ。

「どうしましょうお嬢様!?　これ、お嬢様が発行した告知新聞にそっくりですよ！　リボンや香水《こうすい》まで真似されています！」

「あ、でもリボンは瞳《ひとみ》の色じゃなくて髪色みたいですわ。黒の瞳だから黒いリボンも素敵《すてき》だと思うのだけれど、ひなはあまり好きじゃないのかしら……」

ミルクティーカラー、もとい、やや茶色がかったクリーム色のリボンを見ながらコーデリアは言った。

「いやそんなのんびりしてる場合か。どっからどう見ても、これお前がやった治療会の真似だろ。いいのかよ」

「そうですよお嬢様！」

珍《めずら》しくジャンとリリーが意気投合していることに驚《おどろ》きながらも、コーデリアは答えた。

「別に構いませんわ。ケントニス卿《きょう》から、事前に発行していいか聞かれていましたもの」

「そうなのか⁉ ……ってことは、殿下も知っていたんですね⁉」

ジャンがくわっと目を見開いてアイザックを見ると、彼は涼《すず》しい顔でうなずいている。

――実は治療《ちりょう》会の数日前、ケントニス卿とスフィーダの両者から連絡《れんらく》が来ていたのだ。

いわく、ひなの後ろ盾《だて》であるラヴォリ伯爵《はくしゃく》から、コーデリアの告知新聞をまるっと真似たものを発行したいと言われたのだとか。

スフィーダの方は「真似っこには、パッションを感じないからお断りだよぉ」と断ったため、その役割をそのままペルノ社が引き継《つ》いだのだろう。

一方、ケントニス卿は商売人。ラヴォリ伯爵から存分にふんだくった上で、一応コーデリアにもお伺《うかが》いを立てに来たというわけだった。

「まあ、まさかこれほどまでに一緒《いっしょ》だとは思いませんでしたけれど、著作権や専売特許があるわけでもないし、了承《りょうしょう》したんです」

「……お嬢様はそれでよかったのですか？」

リリーが不安そうに聞いてくる。

「もちろん、気持ちだけで言うなら真似されるのはすっごく嫌《いや》ですわ。でも先日の治療会、人数制限で治療できなかった人も多かったでしょう？　ひなの治療会が開催されるなら、そういう人たちにとっても助かると思ったのよ」

「それは……確かにそうですね……」

「それに、ひなもなかなかやりますわ。見て、ここに『来場者全員に聖女ヒナの版画入り絵葉書プレゼント！』って書いてある。これは効果的だと思うわ」

基本的にプレゼントと言うのは、どんなイベントでも喜ばれる。

絵葉書なら、絵画が買えない民《たみ》にとってはそれだけで嬉《うれ》しいし、そうでなくてもまだグッズの少ないこの時代、形に残るものなら見るたびにそのイベントを思い出せるからだ。

「どうしましょうお嬢様《じょうさま》！　私たちも何かプレゼントを付けますか!?」

差を付けられると心配しているのだろう。あわてるリリーに、コーデリアは微笑《ほほえ》んだ。

「いいえ、しないわ。ここで変に張り合うのは違《ちが》うもの。際限なくプレゼントしなくてはいけなくなるし、『聖女コーデリアを知って欲しい』という本来の趣旨《しゅし》からもはずれてしまう。私たちはプレゼントではない部分で差別化を図《はか》らないと……あっそれよりも」

コーデリアはあることを思い出してハッとした。

「殿下の仕事を増やしてしまったのは申し訳ありませんわ……」

しゅんとしながらコーデリアは言った。

そんなコーデリアの罪悪感を払《はら》うように、アイザックが穏《おだ》やかな口調で言う。

「私が怒《おこ》るはずがない。元々ふたりで歩んでいこうと決めたんだから」

「殿下……！」

「それにしても、私を呼ぶとはヒナ殿《どの》も不思議なことをする。私にとっては敵情視察になるから構わないが、彼女たちは内情を知られても平気ということなのだろうか」

（それは、ひながまだ殿下《でんか》のことを諦《あきら》めていないから……）

それを伝えるべきかどうか悩《なや》んでいると、ふとジャンの姿が目に入ってハッとする。

アイザックが動くということは、ジャンも駆り出されるということ。仕事を増やしてごめんなさい、と謝ろうとしたところで、彼が平然としているのに気づいた。

「あ、あら……？　てっきり不満を言われるかと思ったのですけれど、その様子だと怒っていないようね？」

「それくらいの仕事は覚悟《かくご》の上だ。……それに、聖女コーデリアサマがあれだけ頑張っているのに、俺が文句言っていられるかよ」

言うなり、ぷいっと顔を背《そむ》ける。コーデリアが驚いていると、リリーがニコニコしながら背伸《せの》びしてジャンの頭をぽんぽんと叩いた。

「ジャン様も成長しましたねっ！」

「お前の背はちっとも伸《の》びてないけどな。いてっ」

なんてふたりのやりとりをほほえましく見ながら、コーデリアが次の話題に移る。

「そうなると、ひなの治療会とは別に、私たちも今後の予定を立てなくては」

治療会が一度成功したからといってハッピーエンドというわけではない。

大事なのはこれからの積み重ね。立場が人を作るという言葉があるが、コーデリアが大聖女となるためには、彼女自身が聖女にふさわしい行動をとらなければいけないのだ。

「幸い、貴族の方でも何人か一緒に施療院《せりょういん》訪問をしたいという申し出も来ておりますし、殿下とジャンがひなの治療会に携《たずさ》わっている間、私たちはそちらを進めましょう」

「はい！　お嬢様！」

コーデリアはリリーと顔を見合わせて、力強くうなずいた。


「コーデリア様、お会いできて嬉しいですわ。以前からとてもお美しかったですけれど、最近はますます磨《みが》きがかかってまばゆいほど。聖女の気品とでも言うのかしら」

「まあ、ありがとうございます。私こそ、施療院にご一緒できてとても光栄です。侯爵《こうしゃく》夫人が来てくださったおかげで、どんなに心強いことか」

施療院での治療を早々に終えて、コーデリアたちはウフフ、オホホ、と互《たが》いに営業用スマイルを浮《う》かべてお世辞を言い合っていた。相手は環境《かんきょう》大臣の夫人で、聖女コーデリアの慈善《じぜん》事業支援者《しえんしゃ》でもある。

（環境大臣は元々エフォール王家を支持している上に、ご夫人には頭が上がらないと聞いたことがあるわ。社交界での発言力もありますし、奥様をしっかり捕《つか》まえなければ）

などと腹の中で考えていると、侯爵夫人がおっとりと、それでいてどこか探《さぐ》るような目で話しかけてくる。

「そういえばアイザック殿下はお元気にしていますの？　ずいぶん仲睦《なかむつ》まじいご様子だと伺っておりますが」

「実は……残念ながら最近お会いできていませんの。王都の治療会準備で忙《いそが》しいようで」

コーデリアは白状した。途端に、夫人の目がキラリと光る。

「まあ！　じゃあ噂《うわさ》は本当だったんですのね！」

「噂？」

聞き返すと、侯爵夫人は扇《おうぎ》で口を隠《かく》しながら、体を寄せて小声でささやく。

「……これはお友達のお知り合いの息子《むすこ》さんの婚約者《こんやくしゃ》から聞いた話なのですけれど、どうやらヒナ様がアイザック殿下をずっと放さないのですって。何かあればすぐに『アイザック様、アイザック様』で、殿下がいないとろくに進行しないのだとか。ラヴォリ伯爵様が愚痴《ぐち》をこぼすほどだそうですわよ」

「まあ……」

初めて聞く情報に、コーデリアは目を丸くした。

確かに、ひなの治療会を手伝うことになってから、アイザックに会う機会は激減している。ようやく会えたと思ったら、大体いつも疲《つか》れた顔をしているから大変なのだろうとは察していたが、そこまでとは。


施療院での慈善活動を終えたコーデリアは、自分の部屋には戻《もど》らずアイザックの部屋へと向かった。手には夫人たちからもらったお土産《みやげ》のクッキーを持っている。

彼の部屋につき、ノックしようとしたところで、中に先客がいるのに気付いた。しかも、扉《とびら》がうっすら開いている。

（あら、開けっ放しなんて不用心な……）

いけないと思いつつ、ついつい中を覗《のぞ》き込む。そこで見た光景に、コーデリアは目を丸くした。――中でアイザックとひなのふたりが楽しそうに寄り添《そ》っていたのだ。

「アイザック様見てください。ひなも、ちゃんと聖魔法《せいまほう》が使えるようになったんですよ！」

「……すごいな。魔力の消費量も、尋常《じんじょう》ではないと聞くのに」

アイザックはいつも通り無表情だったが、その表情に以前のようなこわばりはない。コーデリアと話す時のように、リラックスした雰囲気《ふんいき》だった。

「ふふっ。だってひな、アイザック様のために頑張《がんば》ったんです」

とびきりの笑顔《えがお》で、ひなが微笑む。輝《かがや》くような表情は明るく可愛《かわい》く、まさに聖女らしいともいえるキラキラした笑みだった。

「見ててくださいね、アイザック様。今度こそひなのこと、好きになってもらいますから」

瞳《ひとみ》を潤《うる》ませ、ひながアイザックを見上げる。

「聖女殿……。あなたは頑張っていると思うが、私は」

「言わないで！」

何か言いかけたアイザックに、ひなが抱《だ》き付いた。今にも泣きだしそうな表情は、見ているコーデリアがドキッとするほど切なく色っぽい。

あわてて押し返そうとするアイザックに、ひながかすれた声で言った。

「お願い！　ひなが頑張っていると思うならせめて……今だけはこうさせて……！」

アイザックは眉間《みけん》にしわを寄せ、それから諦めたようにぱたりと手をおろす。

(殿下は優《やさ》しいもの……あんな言い方をされたら、断れないに決まっているわ……)

そう思いながら、コーデリアがふらふらと後ずさりする。

――ひなが聖女として現れた直後、ふたりが仲睦まじく過ごしているという話は聞いていた。それだけでも胸が痛かったけれど、直接目で見たことは、一度もなかった。

でも、今は違う。

ふたりはコーデリアの目の前にいる。目の前で、ひながアイザックに抱きついている。

(『今だけはこうさせて』。……私には考えつかないような台詞《せりふ》だわ。それに、さすがひな。泣きそうな顔まで可愛い……)

涙《なみだ》をこらえる姿は、思わず守ってあげたくなるほどいじらしく可憐《かれん》だ。普通《ふつう》の男性があんな風に抱きつかれたら、好きになってしまうに違いない。

(さっきも楽しそうに話していたし、ひなが、脅《おど》しじゃなくて正攻法《せいこうほう》で飛び込んできたら……。今さら殿下がひなを好きになったり、しないわよね……?)

考えながら、コーデリアの脳裏《のうり》に蘇《よみがえ》るのは前世の記憶《きおく》。

——かつての加奈も、実は〝おかん〟とからかわれながらも、男の子と少しだけいい雰囲気になったことがあった。

だが、ひなが現れた瞬間《しゅんかん》、彼らの態度はガラッと変わる。

見たこともないほど目を輝かせたかと思うと、今度は興味を失った目で加奈に言うのだ。

『やっぱ、恋愛《れんあい》するなら守りたくなる子だよな』

心臓がドクドクと嫌《いや》に脈打つ。

コーデリアはぐっと唇《くちびる》を噛《か》むと、その場から逃《に》げ出した。

やがて訪《おとず》れた、聖女ヒナの治療《ちりょう》会。

その日は雲ひとつない、清々《すがすが》しい秋晴れの日だった。加えて日差しは柔《やわ》らかく、さらりとした気温も相まって、絶好の治療会日和《びより》と言えるだろう。

窓から見える王宮の広場には、コーデリアの治療会と同様、たくさんの人たちがつめかけている。違《ちが》うのは、今日は皆《みな》、聖女ヒナに治療してもらうために来ていることだった。

「うわあ……。改めて見るとすごい人ですね。あの人数をおひとりで治療したなんて、お嬢様《じょうさま》は本当にすごいです！」

「ひとりじゃないわリリー。許可が取れた軽症《けいしょう》の人たちは、水魔法使いの方が治してくれたもの。それにアイザック殿下《でんか》にも手伝っていただいたわ」

言いながら、コーデリアは紅茶を一口飲んだ。ひなの治療会とかぶらないよう色々ずらしたため、今日は丸一日空いている。思えばこうしてゆっくり過ごすのは久しぶりだ。

(本当に治療会を開催《かいさい》したということは、ひなも聖魔法が使えるようになったのね)

以前、フェンリルが暴れてアイザックが怪我《けが》をした時、ひなは聖魔法を使えなかった。

だが、この間アイザックの部屋でひなを見た時、彼女は聖魔法の練習を頑張っていると言っていた。こうして実際に治療会を開いているということは、習得したのだろう。

(そう、アイザック殿下の部屋でお話していたものね……)

先日の光景を思い出して、ずんと気持ちが重くなる。

「お嬢様？　どうされました？」

リリーに問われて、コーデリアはハッとした。

「だ、大丈夫《だいじょうぶ》よ。……それより、ひなも聖魔法が使えるようになった今、いよいよ私たちも何か別の方法で差別化を図《はか》らないと」

そう言うと、コーデリアはペンと紙を引っ張り出してうんうん唸《うな》り始めた。

「愛想《あいそ》で勝てる気がしないなら、圧倒《あっとう》的魔力量を生かして量で勝負するべきかしら？」

ああでもない、こうでもないと差別化戦略について話し合っていると、廊下《ろうか》からバタバタとせわしない足音が聞こえてくる。

かと思うと、ノックもそこそこに息を切らしたジャンが入ってきた。彼が無礼なのはいつものことだが、珍《めずら》しく焦《あせ》った顔にコーデリアのみならずリリーも何事かと目を丸くする。

「おい、聖女。殿下からの要望だ。今すぐ聖女服に着替《きが》えて治療会に来い」

「ちょっと、突然《とつぜん》何なんですの。順序だてて説明を——」

「聖女ヒナが治療会から逃げた」

「ええっ⁉」

ジャンの言葉に、コーデリアとリリーの叫《さけ》びが重なった。

「……すぐに着替えますわ。リリー、急ぎ準備を」

「は、はい！」

(一体何が起こっていますの⁉)

一瞬で、部屋の中は騒然《そうぜん》となった。

急いで聖女服に着替えて部屋を出ると、廊下で待っていたジャンが険しい顔のままずんずんと歩き出す。コーデリアたちは置いて行かれないよう、必死についていった。

「ジャン、ひなが逃げ出したってどういうことですの？」

「そのまんまの意味だよ。治療会が始まった当初から雲行きが怪《あや》しかったんだが、なんとか重症人《じゅうしょうにん》の治療が済んだと思ったら、手洗いに行くと言ってそのまま消えちまったんだ」

「……もしや誰《だれ》かにかどわかされたわけじゃないでしょうね⁉」

コーデリアの言葉に、リリーの顔がサーッと青ざめる。

「いや、自分の部屋に閉じこもっているのを侍女《じじょ》が見つけた。今は殿下が説得に当たっているが、かたくなに出てこようとしない。このままだとまずいことになるから、お前を呼びに来たんだ」

事件性はないことにほっとしつつ、代わりにため息が出た。

(治療会を投げ出すって、一体何をやっているの……⁉　どれだけまずいことになるか、

わからないわけじゃないでしょうに)

前世で社内タレントとして活躍《かつやく》していたひなは、誰よりもそのリスクを承知しているはず。にもかかわらず、逃亡《とうぼう》とは。

(これはさすがに、説教をしにいかないといけないかもしれないわね……)

コーデリアひとりにしわ寄せがきている分にはまだいい。けれど、治療会にはたくさんの人が関《かか》わっている。ヒナのために会場を整えてくれた人や、ヒナに会いたくて来ている人。そして当然、切実な症状を抱《かか》えてやってきた人もいるだろう。

その全員を無責任に放《ほう》り投げたことは、聖女として許されることではなかった。

「皆様《みなさま》、今から私〝コーデリア〟がひなの代わりに治療を担当させていただきますわ」

乱れた息をなんとか整えてコーデリアは席に着いた。

(できればこの世界では尻《しり》ぬぐいなんてしたくなかったけれど、せっかく来てくれた人たちを悲しませるわけにはいかないものね。……ただし、悪いけれどひな。あなたの治療会、私が利用させてもらうわよ)

コーデリアはにっこりと、聖女スマイルを浮《う》かべて治療を始めた。

その日の夜。なんとか来場者をさばき、コーデリアは満身創痍《まんしんそうい》となっていた。

ぐったりとカウチソファにつっぷしていると、控《ひか》えめなノックがしてアイザックとジャンが入ってくる。コーデリアはどきりとした。

――ひなとアイザックの会話を目撃《もくげき》して以来、初めて彼に会うのだ。

（ど、どうしよう……もしアイザック様の態度が……冷たくなっていたら……）

あわてて姿勢を正すと、アイザックが「いいんだ、楽にしていてくれ」と声をかける。

そう言った彼の顔は、どこかやつれて覇気《はき》がない。

緊張《きんちょう》するコーデリアには気づかず、アイザックが疲れた顔のまま言う。

「今日は助かった。君がいてくれなかったら大変なことになっていただろう。そして巻き込んですまない。聖女を補佐《ほさ》する立場として、私がヒナ殿《どの》を説得できていれば……」

「いいえ、殿下のせいじゃありませんわ。気になさらないでくださいませ。それに、私だってただで協力していたわけじゃありませんもの」

「そうなのか？」

不思議そうな顔をするアイザックに、コーデリアが微笑《ほほえ》む。

「明日《あした》の新聞には、きっとこう書かれますわ。『治療会で聖女ヒナ逃亡！　聖女コーデリアが代打で治療！』と」

「疲《つか》れましたわ……」

「聖女ヒナの評判はダダ下がり、逆にコーデリアサマの評判はダダ上がりってことだな」

コーデリアとジャンの言葉に、アイザックは納得《なっとく》したようにうなずいた。

「なるほど、そういう」

「今回の騒動《そうどう》は、むしろ私たちにとって幸運だったかもしれません。いつの時代でも信用はとても大事なもの。だって信用は、お金では買えませんもの」

だからこそ企業《きぎょう》は、人を雇《やと》いお金を払《はら》ってでも自社の『信用』を築き上げようとする。

その最も大きな役割を担《にな》うのが、広報だった。

「ひなだって、それがわからないわけがないのに……。彼女は今、どうしているんですの？」

コーデリアの問いに、アイザックがため息をついて首を振《ふ》る。それだけでなんとなく想像がついた。

「相変わらず部屋に閉じこもって誰とも口を利《き》こうとしない」

「そんな……」

もし今回、コーデリアがいなかったら大変なことになっていただろう。下手すると、王家や聖女の威信《いしん》に関わる炎上《えんじょう》案件にまで発展していたかもしれない。

だと言うのに、当の本人は閉じこもりだなんて。

「……私、一度ひなとちゃんと話をしようと思います」

「お？　キャットファイトでもするのか？　それとももとどめを刺《さ》しに？」

茶化《ちゃか》すジャンに、コーデリアが吠《ほ》える。

「そんなことしませんわよ！　話をしに行くんです、は・な・し！」

その言葉に、今度はアイザックが心配そうに目を細める。

「ヒナ殿と？　……大丈夫なのか？　君は極力、彼女と関わりたくないのだろう？」

「そうも言っていられませんわ。今日のようなことがまた起きるかもしれませんし……」

そこでいったんコーデリアは言葉を切った。

「……それに、聖女同士、一度きちんと向き合わないといけないかもしれません」

今までひなからずっと逃《に》げ続けてきたが、ある意味前世からの因縁《いんねん》ともいえる仲。女神《めがみ》がふたりを同じ世界に転生させたのも、何か理由があるのかもしれない。

コーデリアが考えていると、アイザックが心配そうに身を乗り出した。

「話し合いは大事だが……その前に、君の体は大丈夫《だいじょうぶ》なのか？　前回の治療《ちりょう》会でもひどく疲れていただろう。体に異変は？　どこか痛いところは？」

「私は大丈夫ですわ。少し疲れていますけれど、何日かすれば元通りになりますもの」

アイザックの顔が曇《くも》る。安心させるつもりで言ったのだが、逆効果だったらしい。

「回復に何日もかかる……。それほど体を酷使《こくし》しているのか」

「そ、そういう意味では……！」

どう取り繕《つくろ》うべきかあわてていると、アイザックが後ろのジャンに合図した。よく見ると、ジャンは手に何やら大量に抱えている。

「ほとんど君に教えてもらったものだが、疲労《ひろう》や心労に効くというものをありったけかき集めてきた。他《ほか》に何か欲しいものがあれば言ってくれ」

「殿下《でんか》ぁ。どう見ても持ってきすぎですよ」

ジャンが抱えているのは、リラックス効果のあるハーブティーや滋養強壮《じようきようそう》に効くと噂《うわさ》の食べ物。ほかにも果実にクッキー缶《かん》にお菓子缶《かしかん》にと、てんこ盛りだ。

「それから、これも飲むといい」

ジャンの言葉は無視して、アイザックが胸元《むなもと》のポケットから、ピーコックブルーの液体が入った小瓶《こびん》を取り出す。

「私が作ったエリクサーだ。少しだが、魔力《まりよく》回復の効果もある」

「殿下が作ったエリクサー⁉　そんな貴重なもの、一生保存しておきたいですわ！　……じゃなくて、ありがたくいただきます」

ふたりが変な顔をしたので、コーデリアはあわてて大人しく飲むことにした。

瓶《びん》を受け取り、ガラスの蓋《ふた》をつまんでひねる。キュポン、と心地《ここち》よい音を聞いてから、縁《ふち》にそっと唇《くちびる》をつけた。

流れ込んできたエリクサーの甘みは優《やさ》しくまろやかで、ほんの少しだけ前世のスポーツドリンクを思い起こさせる。疲れた体にエリクサーが染《し》みわたるのを感じながら、コーデリアはほう、とため息をもらした。

「おいしいですわ……！　心なしか、体がぽかぽかしてきました」

薬とは思えないおいしさに、うっとりしながら言う。それを見たアイザックは、どこに隠《かく》し持っていたのか、服のあちこちから同じ小瓶を大量に取り出した。

「まだたくさんある。足りないのなら、君のためにいくらでも作ろう」

「い、一本で大丈夫ですわ殿下！」

「だめだ。持っていてくれ。周りの人たちに配っても構わないし、治療会の足しにしてもらってもいいから」

断ろうとしたものの、珍《めずら》しく強い調子で言いきられてしまい、結局コーデリアは両手にエリクサーを抱えるはめとなった。実際、魔力を回復できる薬はこれ以外にほとんどないため、非常に助かるのだが……。

ちら、とコーデリアがアイザックを見る。

（……よかった、殿下はいつも通りに見えるわ。今までと変わらず優しい）

かつて加奈を〝おかん〟と呼んだ男の子たちのように、興味を失った冷たい瞳《ひとみ》になっていない。彼の澄《す》んだ青い瞳はいつも通り、優しくコーデリアを見つめている。……いやむしろ多少熱っぽい気がして、コーデリアはあわててアイザックに詰《つ》め寄った。

「って、殿下も無茶《むちゃ》されていませんか!?　心なしか瞳が潤《うる》んでいますわ！」

「……いや。大丈夫だ」

指摘《してき》されて、赤くなったアイザックがぷいっと顔を背《そむ》ける。

「本当に大丈夫ですの⁉　顔まで赤くなっていますわ。やっぱり発熱を……！」

コーデリアが詰め寄ると、隣《となり》でなぜかジャンが腹を抱《かか》えて笑い始めた。

「何⁉　何ですの⁉　笑っている場合があったらお医者様を呼んできてくださる⁉」

コーデリアがキッとにらむと、ジャンが涙《なみだ》をぬぐいながら、なおもヒーヒー笑っている。

「殿下も大変ですねぇ」

「……いや、今はこれでいいんだ。いずれすべてが落ち着いたら、その時は……」

「何ですかそれ。すげえ意味深！」

「えっ⁉　何の話ですか⁉」

その日、詰め寄るコーデリアと恥《は》ずかしがるアイザック、それからげらげら笑いつづけるジャンの三人の声は、部屋の外まで聞こえていたという——。


「やぁ、治療会ぶりだね子猫《こねこ》ちゃん！　相変わらずの圧倒的《あっとう》ドドメ色で遠くからでもすぐわかったよ。ここまで来るともはや芸術だね！　そしてそこにいるのはもしやアイザック王太子殿下では？　いやあ、ずっとお近づきになりたいと思っていたんだ。これはいよいよボクにも運が向いてきたってことかな!?」

部屋に入るなり、口を挟《はさ》む間もなくスフィーダがものすごい早口で喋《しゃべ》った。聞いているだけで舌を噛《か》みそうなのだが、よどみなく言い切っている辺り実によく回る舌だ。

コーデリアが密《ひそ》かに感心していると、アイザックが王族らしく鷹揚《おうよう》にうなずいた。

「貴殿《きでん》の話は聞いている。コーデリアの告知新聞づくりに協力してくれたそうだな。その節は感謝している」

「おお、ありがたきお言葉。殿下は噂にたがわず、なんと凛々《りり》しい方でいらっしゃるのでしょう！　清らかな泉に流れる聖水のごとき清麗《せいれい》さ、あふれる優雅《ゆうが》な気品はまさに王族の鑑《かがみ》！　――ぜひ今度一日密着取材をさせていただいても？」

「密着取材は構わないが……需要《じゅよう》はあるのだろうか」

「なんと！　その謙虚《けんきょ》さもまたビューティフルですが、殿下はご自分の価値をわかっていらっしゃらないようですね。需要に関しては、間違《まち》いなく新聞がミラクルな売り上げを叩《たた》き出すとだけ言っておきましょう」

「本当ですわ！　私なら最低でも十部は欲しいところです！　紙は傷《いた》みやすいですから！」

拳《こぶし》を握《にぎ》って熱く語ると、スフィーダとアイザックが一斉《いっせい》にこちらを見た。ハッとして、コーデリアは急いで咳払《せきばら》いする。

「そ、それで、お願いしていた情報を聞かせていただいても？」

「もちろんさ！」

言うなり、スフィーダは机の上にいくつもの資料を広げた。

そこに書いてあるのはすべて、ひな――正確にはエルリーナ――のことだった。

コーデリアはアイザックをスフィーダに紹介《しょうかい》する代わりに、現世《エルリーナ》のひなを調べてきて欲しいと頼《たの》んでいたのだ。スフィーダが読み上げる。

「聖女ヒナの戸籍《こせき》上の名前はエルリーナ。名字はなし。小さな農村の出身で、聖女として王宮に上がるまでは父と母の三人暮らし」

コーデリアはうなずいた。ここまでは『ラキ花』の設定通りだ。

「だ・け・ど。……どうも、彼女は昔からずいぶん村で煙《けむ》たがられていたようだねぇ。というより、ひどくいじめられていた」

「本当ですの？」

コーデリアは眉《まゆ》をひそめた。

原作の『ラキ花』では、エルリーナは村人と良好な関係を築いていたはず。

スフィーダの言う〝いじめられていた〟なんてエピソードは聞いたことがない。

「彼女、小さいころからとんでもないわがままレディだったみたいでね。その上風変わりな発言ばかりするせいで、魔女なんじゃないかって言われていたんだ。聖女に選ばれて魔女の話は消えたけれど……両親ともども、村から追い出される寸前までいっていたらしい」

「そんな……」

コーデリアは絶句した。

（確かにひなは、前世でずっと女子から嫌《きら》われていたわ。でも男子には何を言っても嫌われたことなんてなかったのに……）


思い返せば、初めからおかしかった。


ヒロインであるはずのひながアイザックから拒否《きょひ》され、一番得意な年代であるはずの国王にも必殺〝お願い〟が効かない。どちらも前世のひなからは考えられないことだ。

（そういえば、この世界にやってきた時、女神《めがみ》様に私たちの設定を間違えたと言われていたわね。もしその設定とやらが、ひなの魅力《みりょく》や好感度に関《かか》わることだったら……？）

コーデリアが、もしアイザック好《す》きな人に何かお願いされたら喜んで応《こた》えようとするだろう。

だが同じお願いでも、相手が全然知らない人だったら……断る確率が一気に上がる。

推測でしかないが、〝女神が間違えた設定〟に関してそう考えると辻褄《つじつま》が合うのだった。

（やはり一度、ひなと直接話をした方がいいわね……）

男なら誰《だれ》もが彼女にひざまずいていたのは前世の話。

もしひなが今もそのままの感覚で生きてきたのだとしたら……。

初めて、彼女の苦悩《くのう》が見えた気がした。


コーデリアは王宮の廊下《ろうか》を歩いていた。目指すはトルマリンの間、ひなの部屋だ。

彼女は治療会《ちりようかい》の日以降、部屋に閉じこもって出てこないらしい。

今も部屋にいるはず……と思ったコーデリアは、目当ての部屋にたくさんの人が詰めかけていることに気付いた。

おまけに、何やら怒鳴《どな》り声まで聞こえる。

「何があったの？」

一番近くに立つ侍女《じじょ》に声をかけると、気付いた侍女があわてて頭を下げた。

「実は、ラヴォリ伯爵《はくしやく》様がカンカンに怒《おこ》っていらっしゃって……！」

見れば確かに、部屋の中で怒鳴っているのは以前会議で見たラヴォリ伯の姿だ。

「聖女殿《どの》は一体何を考えているんだ!?　私があれだけ金をかけてやったのに、一番大事な時に、よりによってその場から逃《に》げ出すとは!!」

口から唾《つば》を飛ばしながら、ラヴォリ伯爵が見たことがないぐらい顔を真っ赤にしている。

「あちらの聖女を見てみろ!!　民衆が求める聖女の働きをこなして、貴殿が空けた穴もきっちり埋《う》めて評判を上げている！　だと言うのに、貴殿は口を開けば『アイザック様、アイザック様』ばっかりではないか!!　男のことしか考えていないのか!?　問題ありだとは思っていたがまさかここまでとは!!」

ものすごい剣幕《けんまく》だが、言っている内容は正論だった。一方のひなはベッドに座り、しゃくり上げながらぼたぼたと涙をこぼしている。

「泣けばすむというものではないのだぞ聖女殿!!　これはとんでもない恥《はじ》さらしだ!!　貴殿にはことの重大さがわかっているのか!?」

ラヴォリ伯が乱暴にひなの腕《うで》を掴《つか》んだ。このままだと暴力に発展しそうな気配を感じて、コーデリアはあわてて止めに入った。

「落ち着いてくださいませ。気持ちはわかりますが、皆様《みなさま》が見ていらっしゃいますわよ」

その声にラヴォリ伯は我《われ》を取り戻《もど》したようだった。

辺りを見回し、気まずそうな顔で大きなため息をつく。

「……とにかく、このままではだめだ。今後もし改善の余地が見られないのであれば、私はこの戦いから降りることも考えさせてもらう」

それはつまり『このままだと見捨てるぞ』と言っているも同然だった。

ラヴォリ伯が立ち去ると同時に、蜘蛛《くも》の子を散らすように見物人たちも散っていく。

部屋に残されたのは、泣き続けるひなとコーデリアのふたりだけ。

「ヒッ……ヒック……」

ひなは目を真っ赤にし、鼻水を垂らし、本気で泣いていた。こんな泣き顔を見るのは、子どもの頃《ころ》以来かもしれない。

「……大丈夫《だいじょうぶ》？」

（いえ、どう見ても大丈夫ではないんだけれど）

尋《たず》ねながら自分で突《つ》っ込む。

本当は、ひなにビシッとひとこと言ってやるつもりで来た。だが既《すで》にラヴォリ伯がこれでもかと怒鳴っていたため、これ以上追い打ちをかけるのはさすがに心が痛む。

コーデリアは小さくため息をつくとベッドに座り、ひなの背中を優《やさ》しくさすり始めた。

ひなは一瞬《いっしゅん》ビクッと震《ふる》え……それから子どものように「うわあああん」と声を上げて号泣《ごうきゅう》し始めた。何か、スイッチが入ってしまったらしい。

そんなひなを見守りながら、コーデリアはずっとその背中をさすっていた。

……そうしてどのくらい経《た》ったのだろう。気が付けばひなの泣き声は少しずつ小さくなり、やがてすすり泣きに変わり、最後は静かになった。

頃合《ころあ》いを見計らって、コーデリアが声をかける。

「……あなたのそんな顔、久しぶりに見たわ」

コーデリアの言葉に、ひながぷいと顔を背《そむ》けてボソボソ呟《つぶや》く。

「……ひな、もうどうすればいいかわかんない。だって何もかも、全然違《ちが》うんだもん」

それから長年の不満を吐《は》き出すように、一気にまくし立てた。

「みんなひなの言うこと聞いてくれないし、いじめてくるし、そのせいでこっちのママとパパを困らせちゃうし、アイザック様も振《ふ》り向いてくれないし、加奈ちゃんも変わっちゃったし、聖魔法《せいまほう》は痛いし！　ひなが何をやっても……全部うまくいかないよ……！」

言って、がっくりと肩《かた》を落とす。その華奢《きやしや》な背中は、絶望に打ちひしがれていた。

「ひな……」

やはりひなは、今まで通りの生き方をしてきたのだろう。

前世のようにわがままを言い、前世のように、なんでもうまくいくと思っていた。――けれど現実は違う。色々なことが変わったこの世界では、今まで通りではだめだったのだ。

「……あのね、ひな」

コーデリアがそっと声をかける。

「私たちはそれぞれ〝加奈〟と〝ひな〟の記憶《きおく》を持っているけれど、同時にもう加奈でもひなでもないのよ。私はコーデリアだし、あなたはエルリーナだわ。ふたりとも、ラキセン王国のルールで生きていかなければいけないのよ。それに……」

コーデリアはもうひとつ、ずっと考えていたことがあった。

「前世でも、もしかしたらひなの状態は普通《ふつう》じゃなかったのかもしれない」

「どういうこと？」

ひなが、ムッとしたように下唇《したくちびる》を突き出す。

「あのね、普通はねだれば何でも手に入るわけじゃないの。たしかにひなは可愛《かわい》いけど、それにしたって尋常《じんじょう》じゃなかったわ。——ひな、この世界に転生した時に、女神様から何か言われなかった？」

「女神様？」

ひながうーんと首をひねる。コーデリアはじっとひなの言葉を待った。

「……もしかして、あの真っ白な女の人？　神様っぽい感じの」

「ええ、その人よ。私は女神様に言われたの。前世での私たちの設定を間違えたって。一体何の設定かまでは聞く余裕《よゆう》がなかったけれど……」

「ああ、それだったら魅力値とかなんとかって言ってたよ。加奈ちゃんの分も、間違えてぜーんぶひなに入れちゃったって」

「えっ!?　そうなの!?」

(そんな話、聞いていないけれど!?)

当然と言わんばかりのひなの答えに、コーデリアはガバッと身を乗り出した。

その反応に気をよくしたのか、ひながすました顔で答える。

「突然《とつぜん》転生とかわけわからないこと言われて納得《なっとく》いかなかったから、ひな、問い詰《つ》めたの。そしたら色々教えてくれたよ」

「あの状況《じょうきょう》で!?　メンタル強っ……。私はそんな余裕なかったわ……」

「だってひどいと思わない？　ひなは楽しく生きてたのに、突然死んで人生やり直せって言われても納得できないよ」

「確かにそうだけれど……。もしかしてそれも言ったの？」

「言ったよ。そしたら、『今ならあなたをもう一度生き返らせることもできるけど……』って言われて」

「生き返らせられるの!?」

コーデリアはクワッと目を見開いた。そんな情報も、もちろん初耳。

つくづく、問答無用で転生コースだった自分とは大違いだ。ひなが続ける。

「でもね、『魅力《みりょく》値が異常に上がってしまったせいで、このままだとたくさんの人が道を踏み外してしまう。今生き返っても、あなたは一年後に会長殺しの容疑者として警察から追われたあげく、恋情《れんじょう》をこじらせた上司に刺殺《しさつ》されるけどいい？』って聞かれたの」

「情報量が多い！　そして結末がえぐい！」

明かされる怒涛《どとう》の真実に、コーデリアは我慢《がまん》しきれず突っ込んだ。

「そんな死に方、絶対嫌《いや》じゃない？　だからひな、しょうがなく受け入れたの。最初はヒロインに生まれて悪くないなって思ってたのに……みんな冷たいし、アイザック様は振り向いてくれないし、聖魔法は信じられないほど痛いし、貴族のおじさんはやたら厳しいし」

「おじ……ラヴォリ伯爵のことね？」

「あの人、聖魔法がどれだけきついか全然わかってないんだよ。なのに加奈ちゃんがやってるからってひなにもやらせようとして……」

ブツブツとひなは恨《うら》みがましく言った。コーデリアは同意する。

「確かに、聖魔法ってすごいけれど、その分尋常じゃなくきついものね」

婚約破棄《こんやくはき》に備えてせっせと魔力を増強してきたコーデリアですら、治療会《ちりょう》はとてつもなく疲《つか》れる。さらに重傷の治療ともなると、患者《かんじゃ》の感じた苦痛が術者にも流れ込んでくるため、見た目以上に過酷《かこく》だ。ひなが逃《に》げ出したくなる気持ちもわからなくなかった。

「ひなだって、ちゃんと治療会やろうと思ってたんだよ。でも、まさかあんなに痛いなんて……！　体が、バラバラになっちゃうかと思った。なのにあれをもう一度、ううん。人が来る限り何度も経験しなきゃいけないのかって思ったら……！」

言いながら、またひなの目にじわりと涙《なみだ》がにじむ。コーデリアが背中をさすると、ひなはキッとこちらをにらんだ。

「ひな、実は加奈ちゃんの治療会だってこっそり見てたんだよ。でも加奈ちゃんは全然平気そうだったよね!?　なんでひなだけこんなに痛いの!?　ずるいよ！」

「私も、すっごく痛いわよ。気合いで顔に出していないだけで」

コーデリアの言葉に、ひなが目を見開く。

「……そうなの？」

「ええ。この間の治療会で手を生やした時は自分の手が千切れるかと思ったし、重い肺の病気を治した時は私が血反吐《ちへど》を吐くかと思ったし、脊髄《せきずい》の損傷を治した時はそれこそ背中の骨が砕《くだ》けたかと――」

「ごめんなさいひなが悪かったからそれ以上はやめて!! 聞いているだけで痛くなるよ!!」

違う意味で涙目になったひなが、叫《さけ》び声を上げながら両耳を押さえる。

「本当、聖魔法ってすっごく過酷よね。なんか思ってたのと違うっていうか……」

遠い目をしたコーデリアの言葉に、ひなが涙目でこくこくとうなずく。

（本当はこのことも、リリースを出して国民に知ってもらう方がいいのかもしれない。聖魔法の治療は痛みをともなうと。……でも）

リリースを出せば、世間は「聖魔法はこんなに大変なのか」と知ってくれるだろう。

だが同時に、「痛い思いをして治療してくれているのか」という罪悪感を治療者に植え付けることにもなる。それは、コーデリアが望むところではなかった。

（聖女は、皆《みんな》にとってただただ希望であって欲しいわ……。『何かあったら聖女が助けてくれる』。そう思われて、民《たみ》たちの精神的支柱になってこそ、〝聖女〟だと思うのよ）

過去にも聖魔法使いや聖女たちがいたにもかかわらず、痛みを伴《ともな》うという事実が知られていないのは、もしかしたら皆同じようなことを考えていたのかもしれない。

コーデリアが考えていると、ひながぽつりと言った。

「……じゃあひなが痛いって逃げた時も、加奈ちゃんはずっとみんなの治療してたってこと？　痛い思いをしながら？」

こくりとうなずくと、ひながまたむくれたように下唇を突《つ》き出す。

「……だったら、ひなだけ、子どももみたいじゃん……」

「あらっ!?　とうとう気付いたのね!?　……っていけない。本音が出てしまいましたわ」

あわてて口を押さえると、涙目でぷるぷる震えたひながコーデリアをキッとにらんだ。

「ひっ！　ひなだって、これから……！」

そこまで勢いづいてから、またがっくりと肩《かた》を落とす。

「……今さら、やりなおせると思う？　ひな、みんなに嫌《きら》われてるし、治療会も逃げ出しちゃった……」

その姿が本当に小さな子どものようで、コーデリアは思わずくすくすと笑った。

「失敗は誰《だれ》にでもあるわ。時間はかかるかもしれないけれど、ひなが本気で真面目《まじめ》に頑張《がんば》っていれば、いつか理解してくれる人は現れると思うの。……もし本当にやり直したいのなら、私も手伝うし」

控《ひか》えめに最後の言葉を付け足せば、ひなが意外そうな目でこちらを見る。

「……加奈ちゃんが手伝ってくれるの？　ひな、てっきり加奈ちゃんは昔からひなのこと嫌いなんだと思ってた」

指摘《してき》に、コーデリアがギクリと体をこわばらせた。

「べ、別に嫌いってわけじゃないのよ、多分。確かにちょっと避《さ》けていたけれど……」

言いながら、それとなく目を逸《そ》らす。まさかひな本人にそのことを指摘される日が来るとは思わなかった。

「ふうん、そうなんだ……」

気にしているのかいないのか、いまいち感情が読み取れない返事だ。

「と、とにかく！　本当にその気なら、これから頑張ればいいのよ。取り急ぎ、治療会の規模はラヴォリ伯《はく》と相談し直しましょう。無理して治療会を開催《かいさい》したところで、不幸しか呼ばないもの。言いづらいなら、私と殿下《でんか》も間に入るわ」

「本当に……？」

「ええ」

うなずいてから、コーデリアは考えた。

(なんだか自分で厄介《やっかい》ごとを増やしてしまったような気がしなくもないけれど……でも、流石《さすが》にこのままでは、あんまりだもの)

ひなは転生してからの十数年、ずっと苦しんでいた。

慣れない生活を強《し》いられ、さらには以前と同じことをしているのに、持ち上げられるどころか嫌われていじめられてしまう。ひなにとっては何もかも訳が分からなかっただろう。

その結果、子どもじみた振《ふ》る舞《ま》いをしてしまい、ますます人が離《はな》れていく。

そんな彼女を、コーデリアは放《ほう》って置けなかった。

(ひなだって、魅力値が間違っていなかったら、前世であんな振る舞いはしていなかったはず。ある意味ひなも女神《めがみ》様の被害者《ひがいしゃ》。だったら、やり直しの機会があってもいいと思うの)

そんなコーデリアの気持ちを知ってか知らずか、ひなが手をもじもじとさせる。

「……ひなね。本当は、が、頑張りたいの……。うまくできるかわかんないけど……」

コーデリアは微笑《ほほえ》んだ。

「それだけで十分よ。ただし、本気で頑張るつもりなら私は厳しいわよ？　毎日の鍛錬《たんれん》はもちろん、治療会を逃げ出すのは絶対禁止！」

「わ、わかった！」

一生懸命《いっしょうけんめい》うなずくひなを見て、またコーデリアがにっこりと微笑む。

「……少しずつ、ゆっくり始めていきましょう。私は今日のところは戻《もど》るけれど、ひなはいったんご飯を食べて、身なりを整えてきなさいな。ひどい顔よ？」

「う……わかったよ」

しぶしぶうなずくひなを見て、コーデリアは立ち上がった。

そうして部屋を出ようとした直前、ひながぽつりと言う。

「……ひなは加奈ちゃんのこと、結構好きだったんだよ」

思わぬ告白に、コーデリアが振り返る。

「なんだかんだ加奈ちゃんだけは、いつもひなの話を真面目に聞いてくれてたんだもん。

……嫌われているの知ってたから、あんまり話しかけないようにしてたけど」

言って、ふいと窓の方を向いてしまう。その耳は少し赤くなっている。

「……ありがとう。私たちの関係も、きっとこれからやり直せるわ。もちろんいい方向に」

そう言って、コーデリアは微笑んだ。


「加奈ちゃん、次の治療会、いつにする？」

きゃるるん、と変な効果音が聞こえてきそうな調子で、ひながコーデリアに抱《だ》きついた。

「えっと、それはラヴォリ伯爵《はくしゃく》とも相談して……っていうかその前に聞いてもいいかしら？　なぜひながここにいるんですの？」

ここはコーデリアの自室。部屋の中にはいつも通り、コーデリアとアイザック、ジャン、リリーに加え、なぜかひなの姿があった。

しかも皆が皆、大きめの文机《ふづくえ》を囲むように座っているものだから、広い部屋の中で、コーデリアの周りだけやたら人口密度が高い。

「だって加奈ちゃんが手伝ってくれるんでしょ？　ひなのこと」

何の邪気《じゃき》もない満面の笑《え》みで返され、コーデリアは手で顔を覆《おお》いたくなった。

（確かに手伝うって言ったけれど、まさか昨日の今日でやって来るとは思わなかったわ）

朝、突然《とつぜん》現れたひなに皆が仰天《ぎょうてん》した。アイザックはいつもの無表情だったが、ジャンとリリーは珍獣《ちんじゅう》を見るような目つきを隠《かく》しもしない。

「もちろん手伝いますわよ。ただ何事も順序というものがあるでしょう？　まだラヴォリ伯にも話をつけていませんし」

「……お願い、今だけここにいさせて。だって部屋にいるとあの人がやってくるの……。ひな、あの人がすっごく苦手で」

「あの人？」

ひなの部屋にやって来ると言えばラヴォリ伯爵と、告知新聞の打ち合わせのために来るペルノ社のリーヌスぐらいしか思いつかない。

（他《ほか》に誰がいたかしら……）

コーデリアが首をひねったところで、突然廊下《ろうか》から、日常には不釣《ふつ》り合いなほど朗々とした声が聞こえた。まるでオペラ歌手が歌っているようだ。

「ああ、我が親愛なる聖女ヒナよ！　姿が見えないと思ったらここに隠れていたんだね？　というわけで聖女コーデリア様！　どうか僕の入室をお許しいただけるだろうか！」

扉越《とびらご》しでも聞こえる張りのある声に、皆の視線が一斉《いっせい》にコーデリアに集まる。同時に、ひながコーデリアに強くしがみついた。

「うそ、ここまで来たの⁉　加奈ちゃんあの人だよ！」

「……ラヴォリ伯爵の令息か」

どうやらアイザックは、声だけで誰か思い当たったらしい。名前を聞いた途端《とたん》、ジャンがうへぇと顔をしかめる。

「そ、そんなにひどい人なんですの？」

ラヴォリ伯爵令息については、イケメンだがやたらキザだとか、無類の女好きだとかという噂話《うわさばなし》は聞くが、直接的な接点はない。

やがて外にいる騎士《きし》から事情を聞いたリリーが、そっと耳打ちをしてくる。

「聖女ヒナ様を捜《さが》しに来たという理由だったので、女官も案内せざるを得なかったようです。……どうしましょう、お断りいたしますか？」

コーデリアは一瞬悩《いっしゅんなや》んだが、すぐさま顔を上げた。

「いえ、せっかくですしお会いしましょう。幸いこちらにはたくさん人がいますし。ひなはソファの後ろに隠れていてくれる？　殿下、お通しして構いませんか？」

「構わない。ちょうど私も彼に言いたいことがある」

コーデリアが立ちあがり、出迎《でむか》えの態勢をとる。

リリーがうなずいて扉を開けると、すぐさま滑《すべ》り込むようにして、貴族にしてはやたら体格のいい男性が入ってきた。

「ああ、お招きいただき恐悦至極《きょうえつしごく》！　本日はお日柄《ひがら》も良く、美しき聖女コーデリア様におかれましても、一度お会いしたいと長年ずっと——」

「ごきげんよう、ラヴォリ伯爵令息様」

いえ、私は招いていないですわ、と心の中で突《つ》っ込みながら、コーデリアは長い口上をぶった切るよう被《かぶ》せ気味に挨拶《あいさつ》した。

「ハハハ、嫌《いや》だなあ令息だなんてまるで他人のようだ。僕のことはぜひサミュエルとお呼びください」

「……それでは、サミュエル様と呼ばせていただきますわね」

他人のようじゃなくて他人なのですけれど！　ともう一度心の中で突っ込んで、コーデリアはあいまいな笑みを浮《う》かべた。

（出会って数秒ですけれど、早くも胸焼けしてきましたわ……）

サミュエルは背が高く、顔も正統派イケメンと言えなくもない彫《ほ》りの深い顔立ちをしている。だが、いかんせんその毛量豊かすぎる下まつげのせいか、はたまたラグビー選手のような、貴族にしては筋骨隆々《きんこつりゅうりゅう》すぎる体格のせいか、圧迫感《あっぱくかん》が尋常《じんじょう》じゃない。そのうちキラッという効果音とともに、歯が光り出しそうなほどだ。

（……ん？　筋骨隆々で圧迫感があるって、そういえばスフィーダが前に言ってた私の特《とく》徴《ちょう》と一緒《いっしょ》じゃない……？）

嫌な事実を思い出して真顔になる。もしかしてスフィーダの目には、コーデリアもサミュエルみたいに見えているのだろうか。だとしたらものすごく嫌だ。

（というか、こんなヒーローいたかしら？）

必死に〝下まつげバチバチカテゴリー〟に分類されたヒーローを思い浮かべるが、どれも当てはまらない。……他に下まつげバチバチなヒーローがいるかはさておき、ヒーローが多すぎるのも困りものね、と心の中でため息をつきながらコーデリアは切り出した。

「それで……サミュエル様はひなを捜しにいらしたのでしたっけ？　申し訳ないのですけれど、お役には立てないと思いますわ。せっかくですが、お引き取りいただけるかしら」

「ああいや、ヒナ様もそうですが、この機会にぜひコーデリア様にもご挨拶をさせていただければと思い。――僕は以前から、あなたとお近づきになりたいと思っていたんですよ」

ギラリと瞳《ひとみ》を光らせて、サミュエルが一歩近づいてくる。

「なかなかお近づきになれず歯がゆい思いをしておりましたが、こうして目の前に立つあなたは、遠目で見る何十倍も美しい！　冬の女神《めがみ》を思わせるきりりとした佇《たたず》まいに、心地《ここち》よく耳をくすぐる澄《す》んだ声音《こわね》。そして何より、すべてを吸い込みそうな深い青の瞳に僕の心はもう釘付《くぎづ》け――」

熱に浮かされたように、サミュエルがずかずかと近づいてくる。あまつさえ、大きな手をコーデリアに伸《の》ばしてくるではないか。

（ちょっと！　この方、何を考えているの⁉）

どうやら彼には、部屋にいるアイザックやその他の人物は見えていないらしい。コーデリアが逃《に》げ腰《ごし》になったところで、サミュエルの前にすばやくアイザックが立ち塞《ふさ》がった。

「……ラヴォリ伯爵令息殿《どの》。私の婚約者《こんやくしゃ》に何か用があるのなら、代わりに聞こう」

それは真冬の風のように、芯《しん》から凍《い》てついた声だった。

（殿下《でんか》……？）

コーデリアは、そんな彼の様子に目を丸くした。

今のアイザックは後ろから見てもわかるほど、全身から怒《いか》りのオーラを放っている。

「お……っと、失礼！　殿下もいらっしゃったのですな！　いや～ハハハ！　僕としたことが、聖女コーデリア様の美しさに目を奪《うば》われて気付くのが遅《おそ》くなってしまい……」

「そうとも。コーデリアは美しいだろう」

（えっ⁉　美しい⁉　まさか褒《ほ》めてくださったの……⁉）

怒《おこ》った彼の声は怖《こわ》いくらいなのに、ついそんなことに喜んでしまう。

「それと、君に東の王宮の立ち入り許可を与《あた》えた覚えはないのだが、一体誰《だれ》に断ってここまでやってきているんだ？　父上か？」

「そ、それは……その、ヒナ様を捜すために……！」

「ならば次回からは東の王宮に来る前に、必ず、私に、許可を取るように。……いいな？」

一文字一文字を、ゆっくりと、ドスの利《き》いた声で強調しながら、アイザックがサミュエルに詰《つ》め寄った。

「ヒ、ヒィッ！」

サミュエルが震《ふる》え上がる。

無理もない、こんな彼の姿を見るのはコーデリアですら初めてだった。

(殿下は普段《ふだん》、どんなことをされても怒ったりしないのに……なんて珍《めずら》しい)

そこへコンコンとノックの音がして、皆《みな》が一斉に振《ふ》り向く。

リリーが扉《とびら》を開けると、そこにはひなの治療《ちりょう》会を手伝っているペルノ社のリーヌスがいた。彼は明らかに怒っているとわかる、冷たい声で言う。

「ようやく見つけましたよサミュエル様。今日はグリダル大教会での治療会について、打ち合わせするはずでは？」

「あっそうそう！　打ち合わせね！　いやぁ僕としたことが失礼！　今すぐ行こう！　皆《みな》

様《さま》もまた今度！　あっヒナ様を見かけたら来るように伝えてくださあ〜い！」

渡《わた》りに船とばかりに、サミュエルはリーヌスの言葉に飛びついた。

やがて彼の巨体《きょたい》が扉の向こうに消えたのを見て、その場にいた全員の口からため息が漏《も》れる。ソファの後ろに隠れていたひなもそろそろと顔をのぞかせた。

「……あの人、断っても断っても毎日来るの」

「それは……ものすごく大変でしたわね」

コーデリアは心の底から同情した。

聖女の部屋には使用人と護衛が控《ひか》えているため、乱暴なことはされないとは言え、あの調子でずっと詰め寄られていたらうっとうしいことこの上ない。

「貴族のおじさんにも、打ち合わせならリーヌスさんだけでいいって何回も言ったけど、全然聞いてくれないし」

「ラヴォリ伯《はく》ならむしろ、ふたりを近づけさせたがるでしょうね……」

ラヴォリ伯爵《はくしゃく》の狙《ねら》いは王位。流石《さすが》に自分自身が聖女の相手に選ばれるとは思ってはいないだろうが、ちょうどいい年齢《ねんれい》の息子《むすこ》なら話は別。あの下まつげ令息に、聖女の心を射止めるようけしかけているのは容易に想像できた。

「……もし、あの人から逃げたくなったらいつでも来るといいわ。殿下が釘《くぎ》を刺《さ》してくれたおかげで、もうここには来られないと思いますから」

コーデリアの提案にひなが一瞬《いっしゅん》きょとんとし、それからふふっと笑う。

「……加奈ちゃん、昔からなんだかんだ優《やさ》しいよね」

「そうだったかしら？」

「うん。高校の時も、こわーい女の先輩《せんぱい》に呼び出された時に守ってくれたの、男の子たちじゃなくて加奈ちゃんだったよ」

「そういえばありましたわね……。というかそんなことだらけで忘れていましたわ……」

ひなの尻《しり》ぬぐいをしすぎてもはや覚えていないことも多い。それが嫌で離《はな》れたいと思っていたのだが……今は少しだけ、状況《じょうきょう》が変わっていた。

（だってひなは今、前を向こうとしているもの）

以前のひなならば、痛いのなんて絶対ヤダ！　と治療会を突っぱねていただろう。けれど今は、まだまだ甘ったれな部分はあるものの、自分にできることを探そうとしている。

（それなら、もう少しだけ手伝ってもいいと思うの。……なんて思うのは、甘いかしら？
でも私、女の子には基本的に優しくしたい派なのよね）

それからのひなは、ジャンに「憑《つ》き物が落ちたみたいだな」と言われるほど真面目《まじめ》に頑《がん》張《ば》っていた。コーデリアに教わりながら魔力《まりょく》の鍛練《たんれん》を続け、治療会は人数をかなり絞《しぼ》った小規模なものにする代わりに、頻度《ひんど》を上げてこまめに開催《かいさい》する。

さらにひな本来の明るさを取り戻《もど》したおかげなのか、はたまた改心して頑張っている姿が皆の心を打ったのか、気づけば世間では少しずつ『聖女ヒナはだめな子だけど、一生懸《いっしょうけん》命《めい》頑張っている姿が応援《おうえん》したくなる』という評判を聞くようにもなっていた。

「治療会から逃亡《とうぼう》した直後は、『あ、これは子猫《こねこ》ちゃんの勝ちかな』って思ったけれど、最近は一概《いちがい》にそうとも言えないというか、油断してたら刺される気がするんだよねぇ」

コーデリアの部屋で、街角調査のアンケート結果を見ながらスフィーダが言った。

アイザックも、ジャンとともにその紙を見ながら口を開く。

「街角調査の結果と連動するように、貴族たちの支持も動いている。皆はっきりとは口にしないが、どちらが勝ち馬か、慎重《しんちょう》に見極《みきわ》めようとしているようだ」

彼の言う通りだった。

この間ひなに激怒《げきど》していたラヴォリ伯も、相変わらずせっせとひなを支援している。ということは、彼から見てひなにまだ勝機が残っているのだろう。

「お嬢様《じょうさま》、もしや敵に塩を送ってしまわれたのでは……！」

そばで不安そうな顔をしているリリーに、コーデリアは微笑《ほほえ》みかけた。

「大丈夫《だいじょうぶ》よリリー。それぐらいで負けるのなら、最初から私の努力不足ということ。貴族たちの動きが読めないというだけで、街角調査だってまだまだ私たちが有利よ。それに、今回のためにちゃんと差別化の手も打ってあるわ」

その言葉に、リリーの顔がパッと明るくなる。

「さすがお嬢様です！　今度は一体どんなことを⁉」

「と言ってもまたリリース……じゃなくて、声明文を出しただけなんだけれど」

コーデリアは説明した。

「今回は〝聖女コーデリアからの手紙〟を各新聞社に送ったの。内容はひとことで言うと、『聖女コーデリアは、王としてアイザックを推《お》すと発表する』よ」

これは別に、アイザックのことが好き！　と公開告白しているわけではない。

「ひなは殿下に拒否《きょひ》されて、いまだ誰を選ぶかわからない状態でしょう。そこに、私は聖女になったら間違《まちが》いなくアイザック殿下を選ぶと発表することで、ひなとの違いをアピールしているの。民《たみ》たちの中にも、殿下を支持する層は必ずいるはず。その方たちを取り込むのが、今回の狙いよ」

「なるほど……！　誰かわからないぽっと出の男が王になるより、最初の予定通りアイザック殿下が王になるって保証してもらった方が、安心ですもんね！」

「そういうことよ」

　コーデリアは微笑んだ。

「殿下が長年王太子としてたゆまぬ努力を続けてきたのは民たちも知っていること。この間のエリクサー配りも殿下の評判を上げるのに役立ちましたし、私たちがふたりで頑張っているってことを、知ってもらおうと思ったの」

「とてもいい案だと思う」

　アイザックが微笑み、ジャンが尋《たず》ねる。

「で、実際評判はどうだったんだ？」

「ペルノ社は相変わらずだけれど、それ以外はすべて掲載《けいさい》されましたわ」

「ペルノ社って本当にヒナちゃん贔屓《びいき》だよね〜。向こうの治療会、今は全部ペルノ社が密着しているらしいよ？　ま、ボクは子猫ちゃん贔屓だけど」

　ばちん、とウィンクしながらスフィーダが言う。

　ちなみにこれはコーデリアへの愛の告白ではなく、贔屓する代わりに新聞に載《の》せるネタを提供しろという意味が込められている。

「でも、それだけで足りるのか？　あと二週間なんだろ？」

　ジャンがぽつりと呟《つぶや》いた。

　議会投票が行われる建国祭まで、あと二週間。

　街では祭りと大聖女決定のふたつのイベントに向かって準備が始まり、それにともなって人々の熱気がじわじわと上がっている。

「まだ議員たちへの挨拶回り《あいさつまわ》が残っていますが、大きなことはすべてやりきりましたわ。あとはたゆまず腐《くさ》らず、できる努力を続けていくことが大事です！」

言いながら拳《こぶし》を握《にぎ》ると、いつの間にかアイザックが隣《となり》にやってきていた。そのまま彼がどこかためらいがちに切り出す。

「いよいよ佳境《かきょう》に入ってきたが……私は君が心配だ。〝聖女〟という仮面を被《かぶ》り続けるのは、生易しいものではない。たまには休んだ方がいいと思うのだが」

「もしかして、夜間対応のことを心配しておられるのですか？」

――実は最近、コーデリアは夜中にもたびたび治療をしていた。

子どもが高熱を出した、あるいは母親が倒《たお》れたなど、急ぎの聖魔法を求めて訪ねてくるものは多い。軽いものは当番制で待機している水魔法使いが対応するのだが、手に負えない患者《かんじゃ》はすべてコーデリアのもとへ運び込まれる。

この数日は立て続けに重病患者が運び込まれてきたせいで、少し寝不足《ねぶそく》だったのだ。

「でしたら大丈夫ですわ。多くても一日ひとりですし、治療会《ちりょう》に比べればほとんど疲労《ひろう》はありません。……ただ、そうですわね。気張りすぎてもいけませんし、お言葉に甘えてたまにはのんびりさせていただこうかしら」

言ったそばから、あくびが込み上げてくる。手で口元をそっと覆《おお》い隠《かく》すと、アイザックが目を細めた。それから、長くしなやかな指がコーデリアの前髪《まえがみ》をかき上げ、ラピスブルーの瞳《ひとみ》と視線がぶつかる。

　思わぬ至近距離《きょり》に、コーデリアの胸がドキッと跳《は》ねた。

「そうした方がいい。私たちも今日は邪魔《じゃま》しないよう、もう退散するとしよう。それから後で君の好きなお茶を届けさせる。……あと新作のタルトも」

「ふふ、いいですわね。その時は一緒《いっしょ》に食べましょう」

　コーデリアが微笑めば、アイザックが照れたようにふいと目を逸《そ》らす。こう見えて甘いものが大好きな彼は、しかしそれを恥《は》ずかしく思っているらしい。

『何やら楽しそうな話をしているな。新作の〝たると〟とやら、我《われ》も食べてみたいぞ』

　そこへ、つむじ風とともにフェンリルの声が響《ひび》いた。風に巻き上げられる髪《かみ》を押さえながらコーデリアが振《ふ》り向く。

「フェンリル様は相変わらず神出鬼没《しんしゅつきぼつ》ですわね。……いえ、褒《ほ》めていませんわよ？」

　フフンとばかりに顎《あご》を上げるフェンリルを見て、コーデリアがすかさず付け足す。

　アイザックはコーデリアから離《はな》れ、フェンリルに敬礼した。

「もちろん、フェンリル様の分も用意いたしましょう」

『そうかそうか。お主の舌は信用できるからな。楽しみにしておるぞ』

　ほくほく顔のフェンリルを見る限り、アイザックとフェンリルは食べ物の好みが似ているようだ。というより、コーデリアの与《あずか》り知らぬところで、いつの間にかふたりはずいぶんと仲を深めていたらしい。

『それから』

そこで、急にフェンリルの態度が変わった。

いつもおちゃらけている聖獣《せいじゅう》にしては、珍《めずら》しく真面目な顔だ。

『主《ぬし》ら、気をつけよ。最初は気のせいかと思ったが、何かきな臭《くさ》い気配を感じる』

「えっ？」

予想していなかった単語に、その場の全員がフェンリルを見る。

「きな臭いって、どういうことですの？」

『うむ。お主の匂《にお》いが強すぎてなかなか気づけなかったのだが……』

(待ってその言い方だと私が匂うみたいじゃない？　その言葉はいただけないわ……！)

けれどフェンリルの真剣《しんけん》な表情に、コーデリアは口を出し損ねた。

『……近くに、闇《やみ》魔法使いがいるようだな』

「闇魔法使い？　この国には現在、コーデリア以外に存在しないはずだが」

ピクリと反応したのはアイザックだ。その顔は険しく、隣に立つジャンも明らかに緊《きん》張《ちょう》した顔になっている。——当然だ。闇魔法使い自体は犯罪でもなんでもないが、存在を申告《しんこく》しないのは、重大な罪となる。それを行わず隠しているということは……。

「何やら事件の匂いがしてきたね？　でも闇魔法使いなんていたかなあ……」

言いながらスフィーダが考え込んでいた。確かに、彼の魔眼であれば、誰《だれ》がどんな魔法使いかはひとめでわかるはず。なのに、そのスフィーダですら知らないとは。

コーデリアがぎゅっと手を握る。前世で『ラキ花』をプレイした時のことを思い出していたのだ。

(そういえば、ルートによっては物語終盤《しゅうばん》で色々な敵が攻《せ》めてくることがあったわ。アイザックルートではコーデリアがラスボスだったけれど、もうとっくにシナリオからはずれているもの。メトゥス帝国だけでなく、誰が来たっておかしくない……)

本来だったら、フェンリルがいるおかげでどんな敵が来たってシナリオのスパイス程度にしかならない。けれど、コーデリアには大きな欠点があった。

(相変わらず私とフェンリル様は、お互《たが》いの声を感知できないのよね……)

聖女として致命的《ちめいてき》とも言える問題は、いまだ解決の糸口を見つけられていない。

(ひなもいるし、結界もあるけれど……やっぱり不安だわ)

同じ聖女であるはずなのに、片方は聞こえて、片方は聞こえない〝声〟。

改善方法がわからない以上、それが何か深刻な事態を引き起こさないよう、コーデリアには祈《いの》ることしかできなかった。

そんな不安を見透《みす》かしたように、アイザックがそっとコーデリアの手を取る。

「大丈夫《だいじょうぶ》だ。フェンリル様の結界は強い。それに、私たちもいる。何か起きたとしても、必ず守ってみせよう」

「何弱気になってんだ。この間、国を守るために聖獣をぶっ飛ばしてたじゃねーか」

（そ、そういえばそうでしたわ）

聖獣が国を滅《ほろ》ぼすのなら、その聖獣をぶっ飛ばしてやると息巻いていたのは他《ほか》でもないコーデリア自身だ。思い出して顔が赤くなる。

「えっ何⁉　そんなおもしろい話があるならボクにも聞かせてよ！」

すぐさまネタになりそうな匂いを嗅《か》ぎつけたスフィーダが身を乗り出す。

「ななな、何でもありませんわ！」

暴走していたとはいえ、聖獣をぶっ飛ばしたことが知られたら、今まで築き上げてきたイメージが台無しだ。あわてるコーデリアに、アイザックが助け船を出す。

「その話はまたいつか。とりあえず、今は少し休むといい。他の皆《みな》は私が責任持って連れて行こう」

言うなり、アイザックはまだぶーぶー言うスフィーダを部屋の外に追い立て始めた。

さらになんだかんだ理由をつけて、フェンリルも連れて行くことに成功している。

その気遣《きづか》いに感謝しながら、コーデリアは久々にゆっくりと腰《こし》を下ろすことにした。

最終章　大聖女

それから十日後。建国祭を間近に控《ひか》えたある日の深夜。

コーデリアはふと、何かの気配を感じてパチリと目を覚ました。

部屋は真っ暗で静まり返り、大きな時計は午前二時を指している。てっきりまた夜間対応で誰かが呼びに来たのかと思ったが、他に人の気配はない。

もう一度寝《ね》ようとしたものの、なぜか不思議と胸騒《むなさわ》ぎがした。少し夜風に当たってから寝ようとカーテンを開けたところで、コーデリアが目を細める。

「……あれは何……？」

深夜にもかかわらず、王都のはずれの空が朱色《しゅいろ》に染まっていた。

ここから見えるのはごく小さな面積だが、この距離からでも見えるということは、現地ではもっと大きい何かが起こっているということ。

コーデリアは急いでガウンを羽織ると、廊下《ろうか》に控えていた護衛たちとともにアイザックの部屋へと走る。そして彼の部屋にたどり着く前に、廊下でたくさんの騎士《きし》を引き連れたアイザックに出くわした。

「殿下《でんか》！　一体何が……！」

「貧民街の火事だ。それもかつてない規模の。……君は部屋で待っていてくれ」

アイザックの声は切羽詰《せっぱつ》まっていた。彼が直々に出かけるということ自体、ことの重さを物語っている。

「いいえ、私も行きます！　怪我《けが》人もいるでしょう。聖魔法を使えるものはひとりでも多い方がいいですわ。もちろん、ひなも」

コーデリアが言うと、アイザックは険しい顔をしながらもうなずいた。

「私は一足先に行く。いいか、来る時は必ず護衛の騎士たちと一緒に来るんだ。決してひとりでは行動しないように」

「大丈夫ですわ、それなら私、最強の護衛を連れて行きますから」

「最強の護衛？」

「フェンリル様ですわ」

コーデリアは自信満々に言い切った。


「ふわぁ……」

「起こしてごめんなさい、緊急《きんきゅう》事態なの。ひなじゃないとフェンリル様の居場所もわからないし、手伝ってくれる？」

「加奈ちゃんがそういうなら行くよぉ……ムニャ」

『相変わらず、なぜ主の声だけは届かぬのだろうな？　我《われ》も色々試《ため》してみたのだが』

寝ぼけ眼《まなこ》のひなに、心配そうな顔のリリー、それにコーデリアの三人という、あまり見ない組み合わせを乗せた馬車が深夜の道をひた走る。その隣《となり》を、馬ぐらいの大きさになったフェンリルが並走していた。

「それにしても、大火なんてただごとじゃないですね。現地に水魔法使《みずまほうつか》いはいなかったのでしょうか？」

不安そうに聞いてきたのはリリーだ。

通常、ラキセン王国で火事が大ごとになることは滅多《めった》にない。石造りの家が多い上に、水魔法使いたちが各地に点在しているため、すぐ消火にあたれるからだ。

「火元は貧民街らしいの。まだ木組みの住宅が多く残っているし、水魔法使いも少なかったはずよ……。それにしても殿下まで駆《か》り出されるなんて、よっぽどだわ」

言いながら、コーデリアは小窓のカーテンを開けた。濃紺《のうこん》のはずの夜空が、今や燃え盛る炎《ほのお》によってあかあかとした朱色に染められている。こんな光景は見たことがなかった。

焼かれた家屋の焦《こ》げた臭《にお》いに、煤《すす》混じりの煙《けむり》っぽい空気。そして家を失った人々のどよめきで、現地は混乱を極《きわ》めていた。エプロンに飼い犬を突《つ》っ込んで立ち尽《つ》くす女性に、体を寄せ合って震《ふる》える大家族。皆荷物を持ち出す余裕《よゆう》はなかったらしく、ほとんどが寝巻き一枚とも言える服装のままだ。

コーデリアはキョロキョロと辺りを見回した。それから目当ての人物を見つけて叫《さけ》ぶ。

「アイザック殿下！」

彼はたくさんの騎士と魔法使いに囲まれて、厳しい顔で何か指示している最中だった。

「殿下、怪我人はどちらに？　私とひなが向かいますわ」

「すまない、助かる。怪我人ならあちらの救護本部にまとめているはずだ。私はこれから消火作業に走る。君たちもくれぐれも気をつけてくれ」

「わかりましたわ！」

コーデリアはうなずくと、すぐさま救護本部と呼ばれた場所へ走る。

そこでは水魔法使いたちが治療《ちりょう》に当たっており、コーデリアとひなが現れると大歓迎《だいかんげい》された。消火できるのが水魔法使いだけのため、治療に必要な人員が確保できていなかったのだという。

「ひな、軽傷者の治療をお願いできるかしら」

「はーい」

「重傷者はどこに？　私が行きます」

「こちらです！」

案内された先には、目を覆《おお》いたくなるような光景があった。あまりに火傷《やけど》がひどく、生きているのが不思議なほどの人さえいる。

その中に、コーデリアは見覚えのある顔を見つけてヒュッと息を呑《の》んだ。

（うそよ……そんな、彼であるはずがない……！）

信じたくなくて、震える足取りで近づいていく。恐《おそ》る恐る顔を覗《のぞ》き込んで、コーデリアは今度こそ悲痛な叫びを上げた。

「クリフ！」

それは、初めての治療会に来てくれたパン屋の少年だった。

「そんな……！　なんてひどい」

あまりの痛ましさに、コーデリアが口を押さえる。

彼の状態は直視しているのがつらいほどひどかった。子どもで体が小さいことも災《わざわ》いしたのだろう。火傷は下半身から胸にまで及《およ》び、その目は閉じられてピクリとも動かない。

そばで赤子を抱《かか》えたクリフの母親が嗚咽《おえつ》しながら言った。

「クリフが……妹のおもちゃを取りにいこうとして下敷《したじ》きに……ううっ」

「クリフ、しっかりするんだ！　クリフ！」

父親が必死に名を叫び、彼の頬《ほお》を叩《たた》いているが反応はない。

コーデリアはすぐさま駆け寄ると、なりふり構わずありったけの聖魔法を注ぎ始めた。

途端《とたん》に、燃え盛る見えない炎がコーデリアに襲《おそ》いかかる。

クリフの感じた痛みがコーデリアに逆流してきているのだ。内臓を焼く、壮絶《そうぜつ》な痛みに我慢《がまん》しきれず、うめき声が漏《も》れる。

（でも、クリフはもっと痛かったのよ。これくらい……！）

こぼれそうになる涙《なみだ》を堪《こら》え、コーデリアは一心不乱に魔法を注ぎ続けた。

じわり、じわり。必死でやっているうちに、聖魔法の注がれた細胞《さいぼう》が、一粒《ひとつぶ》、また一粒と再生していく。そうして赤黒く焼かれた皮膚《ひふ》が少しずつ、まるで浄化《じょうか》されるように、柔《やわ》らかな白肌《しらはだ》へと蘇《よみがえ》っていった。

――やがてコーデリアが手を離《はな》す頃《ころ》には、彼の皮膚はすっかり健《すこ》やかな色を取り戻《もど》していた。

ゆっくりと、閉じられていたまぶたが開かれる。

「……かあちゃん……？　おれ……」

「ああ、クリフ！　よかった！　本当に、よかったっ……！」

目を覚ましたクリフに、周りからワッと歓声《かんせい》が上がる。顔をくしゃくしゃに歪《ゆが》ませた両親が、むせび泣きながらきつくクリフを抱《だ》きしめた。コーデリアが胸を撫《な》で下ろす。

（……よかった。彼を助けられて）

この火傷を治せるほどの水魔法使いは、アイザックを含《ふく》め、皆《みな》消火活動に駆り出されてしまっている。

もしコーデリアたちがここに来ていなかったら……恐《おそ》らく彼の命はなかっただろう。

「コーデリア様、ありがとうございます！　本当になんてお礼を言ったらいいのか……！　この御恩《ごおん》は一生忘れません……！」

クリフの父が涙をこぼしながら頭を下げる。コーデリアは微笑《ほほえ》んだ。

「私こそ、本当によかったですわ。クリフを助けられたことは何よりの誇《ほこ》りです。あとはご家族の皆様が支えてあげてください。私は他《ほか》の方も治療しなければ」

数は多くないが、クリフよりひどい状態の者もちらほらいる。コーデリアはクリフの両親にひとことふたこと言葉をかけると、今度はそちらの治療に当たった。

そうしてコーデリアとひなが治療に走り回っている最中にも、ドォンと、どこかで建物が崩《くず》れる音が聞こえる。どうやら消火は難航しているようだった。

（殿下も怪我をされていないといいのだけれど……）

ひと通り重傷者の治療を終え、コーデリアが汗《あせ》を拭《ぬぐ》った時だった。

明るく輝《かがや》く真っ白な巨体《きょたい》が、ふわりとコーデリアの横に降りてくる。フェンリルだ。

『あちらに小さい子どもが埋《う》もれている。早く助けなければ死ぬぞ』

「どこですの!?」

仰天《ぎょうてん》して聞き返せば、フェンリルが素早《すばや》く駆け出す。ついてこいという意味だろう。

仕方なくコーデリアはスカートの裾《すそ》を持ち上げて走り出した。

「というか、見つけたのならフェンリル様が助けてくれてもいいんですのよ⁉」

『それがな……子どもは手加減が難しいのだ。助けるはずがうっかり嚙《か》みちぎってしまった、とかになってしまいそうでのう』

「聞いたのをものすごく後悔《こうかい》しましたわ！　わかりました、私が助けます！」

逃《に》げ惑《まど》う人々とは逆の方向へ、フェンリルとコーデリアはひた走った。

やがて人気《ひとけ》がなく、燃え盛る家だけが残る地域に走り出る。

「どこですの⁉」

『あの家の裏の壁《かべ》と壁の間に、子どもが挟《はさ》まっておる』

「あそこですわね？　他に人はいないんですわよね？」

『おらぬ』

「それなら……失礼いたしますわ！」

言うなり、コーデリアは体内の闇《やみ》魔法をかき集め始めた。

（久々だから、加減を注意しないと！　間違《まちが》えたら街の一角どころか街そのものが吹《ふ》き飛んでしまうから……慎重《しんちょう》に力加減を調整して……！）

ゴッという音とともに闇魔法を放つと、目の前にぽっかり、コーデリアたちが通れるだけの空間ができる。そこを走っていくと、フェンリルの言っていた通りの場所に、確かに女の子がいた。意識を失っているらしく、隙間《すきま》に挟まったままぐったりとして動かない。

（あの壁を豪快《ごうかい》にぶっ壊《こわ》したいところだけれど、それだと女の子が下敷きになってしまうわ。あの子だけ取り出せるように、周囲の壁を慎重に壊さないと）

闇魔法を加減しながら、さながらガスバーナーのように指先から放ち、少しずつ少しずつ壁を壊していく。

少女までたどり着くと、コーデリアはすぐさま小さな体を抱《だ》き上げた。

（大丈夫《だいじょうぶ》！　まだ息はあるわ。それなら聖魔法《せいまほう》で回復できるはず……）

「コーデリア！　そこにいるのか⁉」

少女を抱え、元来た道を戻ろうとしたところでアイザックの声が聞こえる。

「殿下《でんか》！」

嬉《うれ》しさにパッと顔を上げた直後だった。

頭上でガラガラガラという音とともに、崩れた家屋のかけらが降ってくる。咄嗟《とっさ》にコーデリアは少女をかばうように抱え、その場にしゃがみ込んだ。

――が、予想していた衝撃《しょうげき》は降ってこない。

「大丈夫か⁉」

恐る恐る顔を上げれば、コーデリアの頭上に水で作られた防御《ぼうぎょ》魔法が張られていた。以前アイザックが使っていた魔法だ。

駆《か》け寄ってきたアイザックが、心配そうに少女ごとコーデリアを抱き寄せる。

彼の纏《まと》うほの甘いラベンダーと、煙《けむり》っぽさが混じりあったような匂《にお》いに包まれて、コーデリアは知らず止めていた息をほうと吐《は》きだした。

「怪我《けが》はないみたいだな、よかった……」

「殿下のおかげで助かりましたわ……！」

「君がフェンリルと一緒《いっしょ》に行ったと聞いて駆けつけてみれば……。間に合ってよかった。本当に心配したんだ」

『小僧《こぞう》は心配性《しょう》だな。我《われ》がついていると言っているだろうに』

のんびりとフェンリルが言った。

見れば、先ほどコーデリアの上に落ちてきた瓦礫《がれき》がふよふよとそばに浮《う》いている。どうやらフェンリルも守ってくれていたらしい。

「万が一ということもあるでしょう。フェンリル様も、呼ぶ時は私を呼んでください。彼女を危険な場所に行かせたくない」

『わかった。なら次からは小僧をお使いに行かせよう』

こんな時でも相変わらずのんきなフェンリルに、コーデリアは脱力《だつりょく》しそうになる。

「と、とりあえず、この子の親を捜《さが》しましょう。きっと心配しているわ」

幸い、少女は煙を少し吸い込んだだけで、聖魔法をかけるとすぐに目を覚ました。抱き抱えたまま本部に戻ると、ジャンと話していた若い夫婦《ふうふ》が泣きながら駆け寄ってくる。

「ちょうどその子を捜していたんだ」

抱き合う親子を見ながら言ったのはジャンだ。

火災現場でジャンの火魔法が活躍《かつやく》することはあまりない。その代わり怪我人の救出や人捜しなど、多岐《たき》にわたる仕事を任せられていた。

ジャンが、キビキビとアイザックに報告する。

「すべての現場に水魔法使いを派遣《はけん》したので鎮火《ちんか》は時間の問題です。フェンリル様にも協力してもらい、他に取り残された人がいないか捜索《そうさく》中ですが、今のところ死者はゼロです」

「よし。引き続き、人命救助に全力を尽《つ》くしてくれ」

『死者はゼロ』。その言葉にコーデリアは胸を撫で下ろした。

そんな彼女とは反対に、ジャンの顔は暗いままだ。

「……ですが、気になることがあります」

「なんだ」

アイザックの目が細められる。

ジャンの表情からして、いいニュースではないことを感じ取ったのだろう。

「現在調査中ですが、火元となる複数の場所で魔力反応が確認《かくにん》されました。――恐《おそ》らく、人為的《じんい》に火がつけられています」

ヒュッとコーデリアが息を呑《の》んだ。彼の言葉が意味するところはひとつ。

今回の大火は、誰《だれ》かが放火したということだ。

アイザックの顔が険しくなる。

「……以前フェンリル様が言っていた〝闇魔法使い〟かもしれないな。あるいは、反体制派、宗教組織、聖女に対する過激派集団か……。いずれにしろ、早急に調査が必要だ。今夜は長くなる。それから聖女らの護衛を倍に増やせ」

「はっ」

いつになく厳しい声でアイザックが言い、ジャンが答える。緊迫《きんぱく》した空気に何も言えずにいると、アイザックが着ていた上着を脱《ぬ》ぎ、ふわりとコーデリアの肩《かた》にかけた。

「物騒《ぶっそう》な話を聞かせてしまってすまない。念のため、今日はもう王宮に戻《もど》っていてくれ。君も疲《つか》れているだろう。……重傷者は皆助かったと聞く。君のおかげだ、よく頑張《がんば》った」

そう言われた途端《とたん》、体が思い出したかのように疲れを訴《うった》え始めた。

ほんのりあたたかい上着に包まれているせいもあるかもしれない。急激にまぶたが重くなってきたのを感じて、コーデリアは大人しく提案に従うことにした。

「ではお言葉に甘えて、私は一足先に帰らせていただきますわ、ひなも一緒に……」

言いながらひなの姿を捜して、コーデリアは目を丸くする。見れば、治療《ちりょう》を終えたらしいひなが、救護本部の端《はじ》っこに丸まってすやすやと眠《ねむ》っていたのだ。

(寝《ね》ていたところを叩《たた》き起こしてしまったものね。聖魔法もかなり使ったでしょうし)

「ジャン、悪いけれどひなを馬車まで運んでくれないかしら？　なるべく起こさないように——って、あ、れ……？」

そうジャンに頼《たの》もうと顔を向けた瞬間《しゅんかん》、思いがけずぐにゃりと視界が歪《ゆが》んだ。

そのまま足から力が抜《ぬ》け、支えを失った人形のように、体がかしぐ。

「コーデリア！」

かろうじてアイザックが抱きとめてくれたことはわかったものの、そのまま暗闇に引きずり込まれるように、コーデリアはぷつりと意識を失った。

目を覚ました時、体は鉛《なまり》のように重かった。

(これは……発熱しているのかしら……)

感じるのは、発熱した時特有の体の重さに、関節もあちこち痛い。

どうにか頭を動かして辺りを見回すと、隣《となり》にコーデリアの手を固《かた》く握《にぎ》ったままベッドに突《つ》っ伏《ぷ》しているアイザックがいた。

時刻は昼だろうか。外からはやわらかな日が差し込んでいる。

「お嬢様《じょうさま》！　お目覚めになったのですね！」

ぼうっとしているコーデリアの耳に、リリーの泣きそうな声が聞こえた。それから彼女はコーデリアの足元に駆け寄ってきたかと思うと、おいおいと泣き始めたではないか。

「だ、大丈夫よ、リリー」

（そういえば、最初に転生の記憶《きおく》が蘇《よみがえ》った時は、ばあやがこうして泣いていたわね……）

いつぞやのばあやとリリーの姿が重なり、思わず懐《なつ》かしくなってしまう。今頃《いまごろ》ばあやは、屋敷《やしき》で元気に父の尻《しり》を叩いているだろうか。

「コーデリア！」

リリーの声につられるように、アイザックが飛び起きた。その目は赤く充血《じゅうけつ》している。

「大丈夫か⁉　痛いところは？　苦しいところは⁉」

「大丈夫ですわ。少し、熱っぽいだけです」

言うと騒《さわ》がれそうだったので、関節の痛みは黙《だま》っておいた。

コーデリアの穏《おだ》やかな顔に、アイザックが詰《つ》めていた息を吐き出す。

「何人かの専門家に見てもらったが、疲労《ひろう》からくる風邪《かぜ》だと言っていた。……だが聖女には回復魔法が効きにくいらしい。私も何度か魔法をかけてみたが、あまり効果はないようだな……」

「えっ？　聖女ってそういう設定にされてるんですの？」

コーデリアは驚《おどろ》いた。

（回復魔法《まほう》に耐性《たいせい》があるって、厄介《やっかい》ね。奇跡《きせき》みたいな魔法をバンバン使っている対価みたいなものかしら……）

フェンリルのセキュリティ機能といい聖女の回復魔法耐性といい、この世界にはまだまだ知らないことが多いようだ。

のんきにそんなことを考えていると、アイザックが悔《くや》しそうに顔を歪ませる。

「……すまない、君に無茶《むちゃ》をさせてしまったのは私だ。今日だけじゃない、あの日から、君にはずっと無理を強《し》い続けている」

「殿下《でんか》？」

彼の言いたいことがわからず、コーデリアがきょとんと聞き返す。

それに答えるように、アイザックがコーデリアの手をぎゅっと握った。

「コーデリア。私は君とずっと一緒にいたい。この先ともに生きるなら、君だけだと決めている」

「えっ⁉　は、はい！　喜んで⁉」

突然《とつぜん》の告白に、コーデリアはあわてふためいた。

（これ、熱が見せている夢じゃないでしょうね!?）

本当に夢じゃないか確かめるために一、二発ほど自分の頬《ほお》を引っ叩《ぱた》きたいところだが、両手を握られているためそれも叶《かな》わない。

「……だが、君には苦労をかけてばかりいる。私はただ、そばで君が笑っているのを見ていられれば、それでよかったのに」

「殿下……」

切実な光をたたえた真剣《しんけん》な瞳《ひとみ》が、まっすぐコーデリアを射貫《いぬ》く。

「……コーデリア、君が望むなら、もうこれ以上頑張らなくてもいいんだ。もし大聖女に選ばれたら、君は今後〝王妃《おうひ》〟と〝聖女〟のふたつの仮面をかぶって生きていかなければならない。それがどれだけ君に負担を強いることになるのか、私は知っている」

コーデリアが息を呑む。

それはアイザックが長年、王太子という仮面を被《かぶ》り続けてきたからこそ言える言葉だった。王妃であり聖女という立場の重さを、彼は改めて警告してくれているのだ。

――けれど。

コーデリアはふっと微笑《ほほえ》んで、今度はアイザックの手を包むように握り直した。

「心配してくださっているんですね。ありがとうございます。それもこれも、私が不甲斐《ふがい》ないせいですわね」

「違《ちが》う！　君が謝ることではない。元はと言えば私が無理強《むりじ》いを……」

「いいえ。無理強いじゃないですわ、殿下。私は……私の意志で大聖女を目指そうと思ったんです。それは殿下のためではなく、私自身の幸せのためですわ」

ひとことひとことに想《おも》いを込めるように、コーデリアがゆっくりと言葉を紡《つむ》ぐ。

「私は、殿下が王として国を治める姿を、ずっと隣で見ていたいんです。わがままなのは私の方ですわ。あなたの妻になるだけじゃ飽《あ》き足らず、あなたに王になっていただきたいんですもの。あなたの治める、ラキセン王国を見届けたい。それが私の願いです」

それは嘘偽《うそいつわ》りのない本音だった。

優《やさ》しく、それでいて賢《かしこ》いアイザックは慈悲《じひ》深い良き王になるだろう。そんな彼が治める国はきっと今以上に豊かで、平和になるに違いない。

(原作では見られなかった〝その後の世界〟を、私は殿下と一緒《いっしょ》に見たい……)

――願わくは、いつか死がふたりを分かつ時まで、アイザックと一緒にいられたら。

「殿下はひとつ勘違《かんちが》いなさっています。殿下が王になるために私が役に立つのなら、それは苦労ではなく、幸せと言うのですわ。こんなに嬉《うれ》しいことはありません」

「コーデリア……」

アイザックの瞳が、切なげに揺《ゆ》らめいた。

「……ならば私も誓《ちか》おう。王になった暁《あかつき》には、必ずこの国をどこよりも良い国へと導いてみせる。飢《う》えや戦いのない、安寧《あんねい》の時代を築くと。——けれどこの命だけは、君のために捧《ささ》げると言わせてくれ」

真剣そのものの瞳に、コーデリアは顔が赤くなるのを感じた。こんな情熱的な言葉は生まれて初めてだ。まるで乙女《おとめ》ゲームのワンシーンみたいだと思う。

（……みたいじゃなくてまさに乙女ゲームの世界でしたわね！　サラッとあんな台詞を言えるなんて、王子って生き物は怖《こわ》いですわ……！　そばにはリリーもいますのに）

そういうリリーは、壁《かべ》のそばに控《ひか》えながら必死に気配を消そうと努めていた。

もっとも、見開かれた目が爛々《らんらん》と光っている上に、小鼻も膨《ふく》らんで、主人に負けず劣《おと》らずアイザックの言葉に興奮していたが。

（というか今のって、まるで愛の告白じゃ……？）

そこへ、ノックもなしに扉《とびら》を開けた人物がいた。

「加奈ちゃんが起きたって本当⁉」

ひなだ。

（相変わらず計ったかのようなタイミングの良さ……いや、悪さと言うべきかしら⁉）

くぅっと声を漏《も》らすと、アイザックが不思議そうな顔をする。

「どうして君は、コーデリアが起きたことを知っているんだ？」

「え？　サミュエルさんが教えてくれたよ。それより！　体調には気をつけないとダメだよ加奈ちゃん！　体調管理も仕事のうちって、お仕事で散々言われたでしょ？」

「う。それは、そうですわね……。殿下にも心配をかけてしまいましたし……」

「……まあ、ひなの分も、加奈ちゃんが頑張《がんば》ってくれたからなんだけどね」

その後続いた言葉に、コーデリアは思わず顔を上げてまじまじとひなを見つめた。

途端《とたん》、ひなが唇《くちびる》を尖《とが》らせる。

「な、何よ。これでも一応感謝してるんだからね。加奈ちゃんがひどい怪我《けが》人を全部引き受けてくれたこと。……あれ、痛いし苦しいし、大変だったでしょ」

「……すごい。まさか、やってもらうのが当たり前だったひなが、お礼を言うなんて……」

つい、子を見守る母のようなしみじみとした気持ちになってしまう。

一方のひなは、拗《す》ねたように頬を膨らませた。

「もう！　ひなだって子どもじゃないんだから。……ていうか、うん。すごいのは加奈ちゃんだよ。めんどくさい鍛錬《たんれん》ずっと続けてるし、治療《ちりょう》会だって、ひなじゃあの人数絶対にさばけないし……。ひな、まだ大聖女を諦《あきら》めるつもりはないけど、正直、加奈ちゃんが大聖女に選ばれてもしょうがないかなって、思ってるんだよ」

「ひ、ひな？　一体どうしちゃったの？」

(今日は殿下といいひなといい、激しいデレのターンなのかしら⁉)

状況《じょうきょう》についていけず目をぱちぱちと瞬《またた》かせていると、ひながぷいと顔を背《そむ》けた。

「別に。……たまには言っておこうかなって思っただけ。それより、ひなはそろそろ用事があるから！　っていうかアイザック様も、今は加奈ちゃんの体調が良くないんだから、あんまり長居しちゃダメだよ？」

アイザックに対する今までの執着《しゅうちゃく》はどこへやら。まるで友達に接するようなざっくばらんな口ぶりに、コーデリアだけではなくアイザックまでもが目を丸くした。

「……ヒナ殿《どの》の言う通りだな。今の君に必要なのは休息だ。ゆっくり休むといい。また後でこよう。その前に、これを」

アイザックが差し出したのは、彼の瞳と同じ色のネックレスだ。先端《せんたん》で光るのは濃紺《のうこん》のラピスラズリで、夜空に瞬く星のように、上品な金色がところどころに散っている。

それを、アイザックがすばやくコーデリアの首につける。

「まあ！　ありがとうございます、とても綺麗《きれい》ですわ。……それにしても珍《めずら》しいですわね、殿下がネックレスをくださるなんて」

アイザックは装飾品《そうしょくひん》でも何でも、永遠にコーデリアに贈《おく》り続けようとする癖《くせ》がある。放《ほう》っておくと宝石箱が大変なことになるため、口を酸《す》っぱくして「お礼はお菓子《かし》で！」と言い続けてきた。そのおかげで、最近は宝石類を見ないようになっていたのだが……。

「君が嫌《いや》がるのは知っているが……これだけは私だと思って肌身離《はだみはな》さず持っていてくれ」

(『私だと思って肌身離さず』なんて、相変わらずサラッとそういうことを言う……！)

熱か、照れか、あるいはその両方に、コーデリアは顔を赤くした。

(それにしても熱なんて本当に久しぶり。少し頑張りすぎたのかしら)

やがてアイザックとともにひなたちが退出し、部屋の中にひとりになったところで、コーデリアは大きな息をついた。

胸元《むなもと》で輝《かがや》く雫《しずく》形のラピスラズリをつまみ、光に照らす。

こっくりと深みのある濃紺色が、静かに輝いていた。

(ひとまず、もうあんな事件が起こらないといいのだけれど……)

――けれど、コーデリアの不安はすぐに的中してしまうこととなる。


どれくらい寝《ね》ていたのだろう。

すっぽりと布団《ふとん》にくるまり、うとうととまどろみを繰《く》り返した後、不意にコーデリアは目を覚ました。

（熱が下がったのかしら？）

相変わらずまとわりつくような怠《だる》さはあるものの、頭ははっきりしている。体を起こして窓を見れば、太陽はすでに王都の向こうに隠《かく》れ、アメジスト色の空が急速に夜の帳《とばり》を下ろそうとしていた。

（こういうの、逢魔《おうま》が時って言うのかしら……）

混じり合う朱色《しゅいろ》と紫《むらさき》の色合いは、ゾクッとするほど美しい。見ているだけで心を連れ去られてしまいそうなくらいだ。

その妖《あや》しい美しさに魅入《みい》られる前に、コーデリアはあわてて視線を部屋に移した。が、いつもならそばに控えているリリーがいない。見ると、ベッド側のデスクに水差しと空のコップが置いてあったので、自分で水を入れて飲む。

乾《かわ》いた口内に甘い水が染《し》み渡《わた》り、コーデリアはほっと一息ついた。

「……あら？」

と、そこへ、窓ガラスをすり抜《ぬ》けて緑色の鳩《はと》が音もなく入り込んできた。

風魔法《かぜまほう》で作られた、手紙を運ぶ魔法伝書鳩《でんしょばと》だ。それ自体は、珍しくもなんともない。貴族間の手紙はもちろんのこと、告知新聞などを配布する際にもこの伝書鳩を使うからだ。

だが。

（執事《しつじ》や侍女《じじょ》を通さずに、私に直接……？）

貴族の間では、よっぽど親しい相手でもない限り、部屋に直接伝書鳩を飛ばすのはマナー違反《いはん》となる。場合によっては密通だと咎《とが》められてもおかしくないほどの行為《こうい》なのだが、送り主にまったく心当たりがなかった。アイザックやひなであれば直接部屋に来るだろうし、知り合いの礼儀《れいぎ》正《ただ》しい令嬢《れいじょう》やご婦人たちも、当然そんなことはしない。

（一体、誰《だれ》から？）

警戒《けいかい》しながら右手を掲《かか》げると、手首にふわりと緑の鳩が着地する。

かと思うと、つむじ風のしゅるるという音とともに鳩は一通の書簡へと姿を変えた。結ばれている緑のリボンを解き、書簡を開く。

そこには、こう書かれていた。

＝＝＝＝＝＝＝＝＝＝＝＝＝＝＝＝＝＝＝

聖女ヒナは我々《われわれ》が預かっている。彼女の命が惜《お》しければ、一時間以内にひとりでグリダル大教会に来ること。もし時間までに来なかったら、聖女ヒナには二度と会えなくなると思え。また、誰かにこのことを話したり、不審《ふしん》な動きをしたりしても、同じことになる。

我々は常にお前のことを見ている。そのことをくれぐれも忘れるな。

＝＝＝＝＝＝＝＝＝＝＝＝＝＝＝＝＝＝＝

そして手紙の言葉を裏付けるかのように、見覚えのあるミルクティーカラーの髪《かみ》が一房《ひとふさ》、手紙に入っていた。

「……う、嘘《うそ》でしょ——!?」

コーデリアは叫《さけ》んだ。叫ばずにはいられなかった。

あの火事からたったの一夜しか経《た》っていないと言うのに、もうこの展開だなんて。

呆然《ぼうぜん》としていると、手をジュッという音とともに痛みが襲《おそ》った。

「……あつっ！」

コーデリアが持っていた手紙を落とす。見れば手紙が発火していた。

じじ、と燃えた手紙がシーツを焼いて穴を開ける。

「お嬢様、いかがなさいました？」

そこへ、扉《とびら》が開く音とともに、軽食が載《の》ったワゴンを押しながらリリーが部屋に戻《もど》ってきた。咄嗟《とっさ》に枕《まくら》でシーツの焦《こ》げ跡《あと》を隠す。

「な、なんでもないのよ。それよりリリー、ちょっとひなを呼んできてもらえないかしら？　伝えたいことがあって」

「はい！　お待ちくださいませ」

コーデリアが頼《たの》むと、リリーがすぐさま部屋を出ていった。

（とりあえず、本当に攫《さら》われたか確認《かくにん》しなければ……。もしかしたら、普通《ふつう》にいたりする

かもしれないし⁉︎）

が、そんな淡《あわ》い期待は、戻ってきたリリーによってすげなく打ち砕《くだ》かれる。

「ヒナ様はまだお出かけしているそうですよ。帰ったら連絡《れんらく》をくれるよう、言付けを頼んでおきました」

リリーの明るい声に、コーデリアは頭を抱《かか》えたくなった。

彼女の様子からするに、まだひなのことは発覚していないらしい。もしかしたら、攫われたばかりなのかもしれない。

（手紙に書いてあることはやっぱり本当なのかしら⁉︎　確かにあの髪には見覚えがあるし、朝もどこかに出かけるって言っていたもの……。というか護衛の騎士《きし》たちは何をしていたの⁉︎　あとフェンリル様は⁉︎）

あわててフェンリルを捜《さが》しに行こうと立ち上がりかけ、ピタッと動きを止める。

（だ、だめよ……！　手紙には監視《かんし》していると書いてあったわ。スフィーダみたいに魔眼持ちがいるのかも。フェンリル様は目立つし、下手に動いてひなに何かあったら……）

コーデリアは唇《くちびる》を噛《か》む。ぐるぐると、思考だけが空回りしていた。

（と言うか、一時間以内って全然時間がないわよ⁉︎）

相手から考える時間を奪《うば》い去り、不利な契約《けいやく》を迫《せま》るのは悪徳商人がよく使う手だ。

わかっているのに、今はその手に乗らざるを得ないのが悔《くや》しい。

コーデリアは決意したようにすっくと立ち上がった。

「リリー。私、とってもお腹《なか》が空《す》いたわ。もっとお料理を持ってきてくれる？」

「はい！　何か食べたいものはありますか？　喉《のど》通りのいいゼリーにしましょうか？」

「いいえ、今日はとびきり辛《から》いのをお願い。食べると泣いちゃうくらいの」

「辛いもの、でございますか……？」

リリーが不思議そうに首をかしげる。それもそのはず、普段のコーデリアは、辛いものをまったくと言っていいほど食べないのだ。そんなリリーの背中を急《せ》かすように押す。

「そう、とびきり辛いもの。ああ、早く食べたいわ。お願いよリリー。時間がかかってもいいから、たくさんお願いね！」

「は、はい！　すぐに聞いてみます！」

パタパタとリリーが駆《か》け去っていくのを確認すると、コーデリアはひとりでてきぱきと着替《きが》え始めた。以前町娘《まちむすめ》に扮《ふん》した時のような、ごくごく簡素なワンピースだ。

それから廊下《ろうか》に立つ護衛騎士たちにも声をかける。

「お願いがありますの。殿下《でんか》のためにお花を用意したいから、あなたは何か花束を見繕《みつくろ》ってきてくださらない？　そっちのあなたは流行のお菓子《かし》を買ってきてくれないかしら。どうしても今すぐに必要なの」

今までこんな頼み事をしたことがないため、護衛騎士たちは戸惑《とまど》っていた。

けれど聖女直々の頼みでは断れるはずもない。

彼らを体《てい》よく追い払《はら》ってから、コーデリアはそっとマントを羽織って王宮を抜け出し、ひとりグリダル大教会へと向かった。

「うう、夜の教会ってこんなに怖《こわ》いところでしたっけ……」

秋にもなると、日が暮れる速度は格段に上がる。つい先ほどまで太陽の名残《なごり》を感じさせる濃《こ》い紫色《むらさきいろ》が残っていたのに、コーデリアが教会にたどり着く頃《ころ》には、すっかり闇色《やみいろ》一色に染まっていた。

ひやりとした風が頬《ほお》を撫《な》で、コーデリアは羽織ったマントの上から体をぎゅっと抱える。

それから、そびえ立つ大教会の扉に、恐《おそ》る恐る手をかけた。ギィ……と扉の軋《きし》む音が辺りに響《ひび》き渡る。

グリダル大教会は、王都でも有数の大教会だ。祭礼の時などは人で賑《にぎ》わっているが、今は誰もいない。大きく厳《おごそ》かな教会である分、静まり返った時の空気は重く、怖いくらいだ。

「指示通り、ひとりで来ましたわよ」

魔法で灯《とも》された壁《かべ》の灯《あか》りだけがチラチラと動く中、暗い室内に向かって問いかける。

だが、静まり返った教会で返事をする者はいない。コーデリアは慎重《しんちょう》に歩みを進めつつ、いつでも発動できるよう、闇魔法《まほう》をかき集めていた。

(驚《おどろ》いたはずみで教会を丸ごと吹《ふ》っ飛ばさないよう、気をつけなくちゃ)

一歩ずつ歩みを進めていくうちに、木でできた長椅子《ながいす》の最前列に、誰《だれ》かが座っているのが見えた。

その人物は前を向いていて頭と背中しか見えないが、暗闇でもわかる金髪《きんぱつ》に、やたらゴツい肩幅《かたはば》は確かに見覚えがあった。

コーデリアは息を吸い込むと、彼の名前を呼びながら駆け出した。

「……サミュエル様、あなたがこれを企《たくら》んだんですの!?　……って、あら？」

勇んだ先に待っていたのは、事件の首謀者《しゅぼうしゃ》サミュエル――ではなく、座ったまま口からよだれを垂らし、間抜《まぬ》けな顔で眠《ねむ》りこけているサミュエルだった。

「ちょっと、なんであなたがここで寝《ね》ていますの。起きて！　起きてくださいまし！」

ペシペシと顔を叩《たた》いてみるが眠りは相当深いようで、まったく起きる気配がない。

返ってきたのは、ンゴゴ、という気の抜けるいびきだけ。

コーデリアは、バチンバチンと、もはやビンタと言っても差し支《つか》えないほどの力でサミュエルの頬を叩き始めた。

「起きて！　ひなはどこにいますの!?」

「ヒナ様ならこちらだ」

低い男の声がして、コーデリアは弾《はじ》かれたように振《ふ》り向いた。見れば、コーデリアが入ってきた扉に立ち塞《ふさ》がるように、ひとりの男が立っている。

――長く伸《の》びた黒色の髪《かみ》に、長い前髪《まえがみ》で隠《かく》された片目。こんな暗い場所でも金色の瞳《ひとみ》は発光するかのように光り、その美貌《びぼう》と相まって、美しい悪魔みたいだった。

「あなた……！　リーヌス！」

そこには、ペルノ社のリーヌスが立っていた。

「首謀者はあなただったのね……！　ひなは無事なの⁉」

「ヒナ様はこちらにいる。心配なら見に来ればいい。そこの男と同じように眠っているが」

言われて、コーデリアは警戒《けいかい》しながらそっと歩みを進める。

男の後ろ、教会の扉近くにはもうひとつ小さな部屋があった。

リーヌスもここに隠れていたのだろう。開け放たれた扉から見えるのは懺悔《ざんげ》室だ。こぢんまりとしたスペースには、サミュエルと同じように座ったまま眠るひなの姿があった。

「ひな！」

「おっと、それ以上は近づかないでいただきたい」

コーデリアが駆け寄ろうとした瞬間《しゅんかん》、ふたりの間を遮《さえぎ》るように真っ黒な雷《かみなり》がその場に落ちた。驚いたコーデリアが後ずさる。

（この魔法……闇魔法だわ！）

雷にも見える衝撃波《しょうげきは》は、四元素のどれにも属さず、闇魔法使いだけが使えるそれだった。

（フェンリル様が言っていた闇魔法使いは、この人だったのね！　スフィーダの魔眼すらあざむくなんて、何者なの……!?）

コーデリアはじり……とリーヌスとにらみ合った。

「なぜ私を呼び出したの？　あなたの目的は何？」

リーヌスが、その言葉を待っていたかのように目を細める。

「私の望みは単純ですよ、聖女コーデリア。あなたが大聖女になった暁《あかつき》には、夫として私を選んで欲しいのです。約束していただけるのなら、聖女ヒナに危害は加えません」

「狙《ねら》いは王位ね。ただあなたもわかっているでしょうけれど、答えは『いいえ』よ」

「ならば、あなたを排除《はいじょ》する他《ほか》ありませんね。残念です。私なりの温情だったのですが」

コーデリアが彼を選ばないことなど、彼自身わかりきっているようだ。たいして残念がる様子もなく、腰《こし》に下げた小剣《しょうけん》を引き抜く。

「魔法を使いたいところですが、痕跡《こんせき》からバレてしまいますからね。あなたは、錯乱《さくらん》したサミュエルによって殺されたことにしましょう。それにしても聖女とはもろいですね。奇《き》跡《せき》のような魔法を使えるのに、自分自身は回復魔法を受け付けないなんて」

淡々《たんたん》とした口調で言うリーヌスをにらみつけ、コーデリアは声を張り上げた。

「あら、お忘れかしら！　私は賢者称号《けんじゃしょうごう》の闇魔法使いよ？　そんな簡単に殺されてたまるものですか！」

「残念ながら、あなたには抵抗《ていこう》できませんよ。肝心《かんじん》のフェンリルも、実は呼べないのでしょう？　ヒナ様が教えてくれました。こう見えて私たちは、意外と仲が良いのです」

（ひ、ひな……それは漏《も》らしてほしくなかったですわ！）

コーデリアは思わずうめいた。ひなの告知新聞はペルノ社が作っていたため関《かか》わりがあるのは知っていたが、まさかそんなことまで喋《しゃべ》っていたなんて。

口止めしておけばよかったと後悔《こうかい》するも、時すでに遅《おそ》しだ。

「そして一番の理由は、あなたがお人好《ひとよ》しすぎるところです」

リーヌスがそう言った直後、教会の中から「うぅ」という男のうめき声が上がった。

見ると、まだ目覚めていないサミュエルを、全身黒ローブの男が締《し》め上げている。サミュエルの喉元《のどもと》には、ギラリと煌《きら》めく刃《やいば》が当てられていた。

「私には何人か同志がいるのですが、彼もそのひとりです。国のためなら、人を殺すのにも躊躇《ためら》いがない。もしあなたが抵抗するようであれば、まずは気の毒ですがサミュエルに犠牲《ぎせい》になっていただかないと」

（そっちを人質《ひとじち》にしてくるの⁉　ひなじゃなくて⁉）

などと大変失礼なことを思いつつも、今度こそコーデリアは動けなくなった。守りのために攻撃《こうげき》すれば、サミュエルを殺すとリーヌスは言っているのだ。

狙い通りコーデリアの動きを封《ふう》じ込めたリーヌスが、ゆっくりと歩み寄ってくる。

追い詰《つ》められたコーデリアは、精一杯《せいいっぱい》の牽制《けんせい》として叫《さけ》んだ。

「そもそも、私を排除したとしても、ひながあなたを選ぶとは思えないけれど！」

「その話、これから死ぬあなたに関係ありますか？」

揺《ゆ》さぶりをかける目的だったが、冷静にかわされてしまった。

（どうしましょう！　刺《さ》されそうになった瞬間に闇魔法で弾く!?　でもそれだとサミュエルの命が……！）

コーデリアが必死に考えを巡《めぐ》らせているうちに、リーヌスが一歩踏《ふ》み出す。

と思った次の瞬間、月光に煌《きら》めく銀の刃が目の前で光った。

「きゃあっ!!」

コーデリアは咄嗟《とっさ》に、両手に闇魔法をまとわせて身をかばった。

（…………って思ったけれど意外と痛くないわ!?）

叫び声を上げたものの、予想に反していつまで経《た》っても痛みはやってこない。

恐る恐る目を開けた先で見たのは、いくつもの水の鎖《くさり》に体を縛《しば》られ、驚きに目を見開いたリーヌスの姿だ。

「くっ……！　なんだこれは！」

リーヌスが忌々《いまいま》しげにつぶやいて鎖を引きちぎろうとする。けれど水の鎖は、金属のようにガチャリと音を立てるだけで、彼を固く捕《と》らえて放さない。

(これは……殿下《でんか》の魔法⁉)

以前、フェンリルと戦った際にアイザックが使用した水魔法だ。

「コーデリア！」

同時に教会の扉《とびら》が大きく開け放たれ、騎士《きし》を引き連れたアイザックが飛び込んでくる。

「殿下！　サミュエル様が！」

あわててサミュエルの方を見て、コーデリアは目を丸くした。

先ほどまでサミュエルと黒ローブの男が立っていた場所には、頬《ほお》に返り血を浴びたジャンが立っていたのだ。

「ちょっと斬《き》ったけど、命はあるはずだ。……多分」

ぐい、と血を拭《ぬぐ》いながらジャンが飄々《ひょうひょう》と言う。

いつの間に教会内に忍《しの》び込んでいたのだろう。そういえば、こう見えてかなり優秀《ゆうしゅう》な騎士だったことを思い出す。そして相変わらず、サミュエルはぐーぐーと寝息を立てていた。

ここまで起きないのもある意味才能だ。

コーデリアの無事を確認《かくにん》したアイザックが、厳しい顔でリーヌスに向き合う。

「既《すで》に周囲は包囲され、仲間はすべて捕らえた。残るはお前だけだリーヌス。……いや、本当の名は、ディートリヒ・オルロ・サン・ザノーヴァ」

（ザノーヴァ？）

その名には聞き覚えがあった。

かつてラキセンの近隣国《きんりんこく》として存在し、数年前にメトゥス帝国《ていこく》に攻め滅《ほろ》ぼされた国の名前。

「ザノーヴァ最後の王子は戦《いくさ》の中で命を落としたと聞いていたが……密《ひそ》かに生き残り、ラキセン王国に身を隠していたとは。狙いは聖女を利用し、ラキセン王国を亡《な》きザノーヴァ王国の後釜《あとがま》に、といったところか」

（なるほど、この人にはそんなストーリーが用意されていたのね。『ラキ花』ヒーローだけあって、元王子という肩書《かたが》きも納得《なっとく》だわ。……ってもしかして、以前乗り込んできたひながが言っていた〝王子様〟って、リーヌスのことだったの⁉）

明かされる過去に、リーヌス改めディートリヒは、くっと口の端《はし》を歪《ゆが》めた。

「……そこまで調べがついているのなら、今さら隠す意味もない」

ズズズ、とディートリヒの体から発せられるのは黒い魔力《まりょく》。

次の瞬間、リーヌスを捕らえていた水の鎖がパァンとはじけ飛んだ。

リーヌスの闇《やみ》魔法が、水の鎖を破壊《はかい》したのだ。

「ディ……ディートリヒ殿下！　我々《われわれ》のことは構わずお逃《に》げください！」

ジャンが捕らえていた黒ローブの男が叫んだ。すぐさまジャンが男を殴《なぐ》って黙《だま》らせる。

「家族は殺され、残るザノーヴァ王家は私ひとり。悪いが、大人しく捕《つか》まるわけにはいかない」

言うなり、彼はいくつもの闇魔法の砲弾《ほうだん》を放った。

それはアイザックたちが立つ方向に降り注ぎ、うわあ！ という声とともに何人もの騎士たちが倒《たお》れる。

アイザックとジャンは咄嗟に魔法の盾《たて》を張って直撃《ちょくげき》は免《まぬか》れたものの、その表情は険しかった。

ジャンが縛り上げた男を放《ほう》り捨て、吠《ほ》えながらリーヌスに斬りかかっていく。

「闇魔法使い相手だろうと、好き勝手やらせてたまるかよっ！ こっちは日頃《ひごろ》、お前よりよっぽどおっかない闇魔法使いを相手にしているんだ！」

（それってもしかして私のこと!?）

だがコーデリアが突《つ》っ込む前に、ジャンはディートリヒの放った闇魔法によって剣ごと弾《はじ》き飛ばされた。彼の闇魔法はコーデリアから見るとまだまだ可愛《かわい》いものだが、それでも闇魔法は闇魔法。ジャンが押し負けるあたり、威力《いりょく》はかなりのものらしい。

そこへ、すかさずアイザックが水魔法を叩《たた》き込む。

突如《とつじょ》大量に現れた水の槍《やり》が、目にもとまらぬ速さで次々と襲《おそ》い掛《か》かる。それを、目を見開いたディートリヒがバッと手を振《ふ》ると、再び数え切れぬほどの黒い砲弾が放たれた。

空中でぶつかった水の槍と闇の砲弾が、爆発《ばくはつ》音を起こしながら相殺《そうさい》しあう。ぶわっと巻き起こった風が、頬を殴りつける。

次の瞬間《しゅんかん》、ディートリヒの横から突然《とつぜん》、グワッと牙《きば》を剝《む》いたフェンリルが姿を現した。

「っ⁉」

だが、ディートリヒを捕らえたかと思ったフェンリルの牙は、宙でガチン‼　と空ぶる。

間一髪《かんいっぱつ》、コーデリアの隣《となり》に飛び退《すさ》ったディートリヒが避《よ》けたらしい。

「……さすがに分が悪いな」

アイザック、ジャン、フェンリルのふたりと一匹《ぴき》を見ながら、ディートリヒが呟《つぶや》いた。

かと思うと、追い詰められた金色の瞳《ひとみ》がギラッとコーデリアを捕らえ、彼の手がコーデリアに伸《の》びて来る。

「ぐっ……‼」

大きな手に首を絞《し》められ、コーデリアはうめいた。

「こうなったらお前を人質にして……！」

「コーデリア‼」

切羽《せっぱ》詰《つ》まったアイザックの声が聞こえる。

（わ、私を人質にして逃亡《とうぼう》劇でも始めるつもり⁉　うっ……呼吸、が……！）

苦しさにコーデリアがもがいたその時だった。

ビュビュッ‼　と風を切る音がして、絞められていた首がふっと解放されたのだ。

「げほっ！　げほっ……！」

「コーデリア！　今のうちに逃げるんだ！」

その声に、せき込みながら見上げれば、ディートリヒの体を水の鎖が締《し》め上げていた。

「小賢《こざか》しい……！　水魔法など、すぐに破壊できる！」

ディートリヒが、すぐさま水の鎖を破壊しようと、闇魔法を発動させる。

だが、そこで叫んだのはコーデリアだった。

「殿下！　ナイス鎖ですわ！」

コーデリアはぐっとお腹《なか》に力を込め、拳《こぶし》に魔力を集中させていく。

「闇魔法で私に勝とうだなんて……百年早いんですわよー!!」

そう叫びながら、コーデリアは渾身《こんしん》の右手ビンタ——死なない程度にちょっぴり闇魔法を添《そ》えて——を叩き込んだ。

ドォン!!　という音とともにディートリヒの体が吹《ふ》っ飛び、壁《かべ》に亀裂《きれつ》を作ってめり込む。

(まずい。思ったよりも威力が出た)

「うお！　これ、あいつ生きているか!?」

危惧《きぐ》していたことをジャンに指摘《してき》され、コーデリアはサーッと青ざめた。

そこへ駆《か》け付けたアイザックが、ぐったりとして動かないディートリヒの脈を取る。

「……大丈夫《だいじょうぶ》だ。かろうじて息はある。回復すれば戻《もど》るだろう」

その言葉に、コーデリアは心底胸を撫で下ろしたのだった。

「──念のため防御魔法《ぼうぎょ》をかけておいてよかった。怪我《けが》はないか？　よく見せてくれ」

事件の犯人たちを収容し、部屋に戻ってくるなり、アイザックは足早に駆け寄って来た。

両手でしっかりコーデリアの頰を包み、検分するように体のあちこちを見ている。

そこに、やれやれという顔をしたジャンが腕《うで》を組みながら言う。

「やばいのは明らかに聖女コーデリアサマよりディートリヒの方だと思いますよ殿下ぁ」

その指摘にギクリとしつつ、コーデリアは咳払《せきばら》いした。

「わ、私は大丈夫ですわ。……というか、いつの間に防御魔法をかけてくださっていたんですの？　全然気づきませんでした」

「君にあげたネックレスがあっただろう？　襲われたら魔法を展開するよう、細工をしておいたんだ」

「殿下……それって魔道具ですわよね!?　それもすさまじく貴重な！」

サラッと言っているが、今のところそんなことができる魔道具は、コーデリアですら聞いたことがない。下手すると歴史が変わるほどの物を作っておきながら、アイザック本人は至って淡々《たんたん》としていた。

「これ、量産に成功したらとんでもないことになりますわよ！　貴族階級はもちろん、市民階級だってどれだけ助かるか……！　ああなんて広報のしがいがある！」

興奮するコーデリアをよそに、アイザックがほっとしたように言う。

「怪我はないようだな、よかった……。ヒナ殿《どの》の失踪《しっそう》について探《さぐ》っている時に、君までいなくなったと聞いて心臓が止まるかと思った」

「あ、ご、ごめんなさい」

魔道具に興奮している場合ではない。コーデリアがあわててアイザックに向き直る。

「というか、ヒナの失踪はご存じでしたのね？」

「失踪を予測していたわけではないが、何か起きるのではないかと警戒《けいかい》していたんだ。フェンリル様の言葉もあったし、何より君が目覚めた時、違《ちが》う部屋にいたヒナ殿がどこからか情報を手に入れていた。あれで、君が監視《かんし》されていることを知った」

「そういえばそんなこともありましたわね……」

あまり深く気に留めていなかったが、確かにそう言われるとそうだ。

「ごめんなさい。私、もしかして余計なことをしてしまったのかも……!?」

「そんなことはない。君が大人しく従ってくれたおかげで、我々は怪《あや》しまれずに尾行《びこう》ができたんだ。……それに、見張らせておいた部下より、何も知らないリリー殿の方が早く異変を知らせに来たよ」

アイザックの言葉に、コーデリアは微笑《ほほえ》む。

リリーは良くできた侍女《じじょ》だ。普段《ふだん》まったく辛味《からみ》を好まない主人が急に「辛いものが食べたい」と言い出したら、なぜなのか理由を考えるだろう。

そして主人を安心して任せられるアイザックに、必ず報告しに行くと踏《ふ》んでいた。

その思惑《おもわく》通り、見事仕事をしてくれたらしい。

にこにこしながら見つめあっていると、ひょいとジャンが顔を覗《のぞ》かせた。

「って言ってますけど殿下《でんか》ぁ、散々『コーデリアを囮《おとり》にするなんて』って騒《さわ》いでいましたよね？　俺が止めなかったら、準備が整う前に突入《とつにゅう》しそうな勢いでしたよね？」

アイザックが気まずげに目を逸《そ》らす。

「それは……いくら我々《われわれ》が尾行しているとはいえ、罠《わな》とわかっているところに彼女をひとりで行かせるなんて……！　夜道も暗いし……！」

「敵より殿下を抑《おさ》える方が大変でしたよ。聖女コーデリアサマが教会に入った途端《とたん》、すごい勢いで突っ込んでいこうとするし」

アイザックが誤魔化《ごまか》すようにゴホンと咳払いした。

「そ、それよりディートリヒのことだ」

それからきりっとした顔で続ける。

「関係のない数多《あまた》の民《たみ》たちを命の危機に晒《さら》し、さらに聖女の誘拐《ゆうかい》と殺害を目論《もくろ》んだ罪は重い。本来なら極刑《きょっけい》──となるが、同時に彼が元王子なのも間違いない。結論が出るのは少し先になるだろう」

ディートリヒは、仮にも亡国の王族。既《すで》に国は滅《ほろ》んでいるとは言え、彼を即座《そくざ》に処刑《しょけい》すればメトゥス帝国《ていこく》に忖度《そんたく》したと言われる可能性もある。

外交的、人道的な面で慎重《しんちょう》に協議を重ねなければいけなかった。

(それもそうよね……)

考え込んでから、コーデリアはふと気づいた。部屋には助け出されたひなもいるというのに、先ほどから彼女の声をひとことも聞いていない。

見ると、部屋の隅《すみ》にうなだれたひながしょんぼりと座っていた。

「ひな、大丈夫？　もしかしてどこか怪我でもした？」

「……ううん。ひな、リーヌスさんはいい人だと思ってたの。王子様だってことは知ってたけど、ゲームでだって、最後は聖女と結ばれて『今度こそ私の国を守ってみせる』って言っていたんだよ……。それがまさかこんなことをするなんて……」

その言葉に、コーデリアはようやくひなが落ち込んでいることに気づいた。

ほとんど関《かか》わりがなかった自分たちと違って、ずっと一緒《いっしょ》に治療《ちりょう》会を開催《かいさい》してきたひなは、この場にいる誰《だれ》よりも彼と接してきたのだ。

「リーヌスさん……ううん、ディートリヒさんはあんまり喋《しゃべ》らないけど、いつもひなの話を真面目《まじめ》に聞いてくれて、サミュエルさんからも時々かばってくれてたりして……。嬉《うれ》しくなって、加奈ちゃんのこともたくさん話しちゃったの、ごめんなさい……」

ひなによると、治療会場の下見と称《しょう》してディートリヒに呼び出されたらしい。

既に何度も一緒に治療会を開催していたため、ひなはもちろん、サミュエルや護衛の騎《き》士《し》たちも何の疑いもなく教会に向かった。だが入ってみればそこにディートリヒの姿はなく、気づいたら意識を失ってすべてが終わっていたのだとか。

「今回は……しょうがないわ。私たちも彼の正体を見抜《みぬ》けなかったもの」

ぽんぽんとひなの頭を慰《なぐさ》めるように撫《な》でる。それでもひなは浮《う》かない顔だ。

「しかもディートリヒさん、この間の大火事にも関わってるんでしょ？」

「取り調べの最中だが、同志だと言っている仲間が火をつけたと自白している」

アイザックの言葉に、ますますひなはしょげた。

「ディートリヒさん……王になりたかったんだよね？　でも、ひなが負けるって思ったから、加奈ちゃんを消そうとしたんだよね？　ひなが、最初からもっとちゃんと頑張《がんば》っていたら、こんなことしなくてすんだってことだよね……」

ひなの言葉に、コーデリアは目を見張った。まさか、そんなことを考えていたなんて。

「全部ひなのせい、だよね……」

そう言ったひなの顔は、今にも泣きだしそうだ。

「ひな……」

コーデリアはそっとひなを抱《だ》き寄せた。

「……遅《おそ》かれ早かれ、彼は行動に移していたと思う」

そこへ口を出したのはアイザックだ。

「仮にヒナ殿がちゃんと頑張っていたとしても、コーデリアが大聖女に選ばれたら、その時やっぱり彼はコーデリアを狙《ねら》っていただろう。そしてヒナ殿が大聖女に選ばれ、ディートリヒを王他《ほか》の夫候補者を消そうとするだろう。もしヒナ殿が大聖女になったら、今度は王に選んだら……彼は、メトゥス帝国に戦争を仕《し》掛けていたかもしれない」

「先のことは誰にもわからないし、原因はやっぱり行動を起こしたディートリヒ自身だろ」

補足したのはジャンだ。コーデリアも続く。

「ふたりの言う通りよ。これはあくまでディートリヒの責任で、ひなのせいではないわ」

皆《みんな》の言葉に、ひなもようやく気持ちが落ち着いたらしい。小さくこくりとうなずいた。

「加奈ちゃん……」

それから体を起こしたひなが、真剣《しんけん》な目でコーデリアを見る。

「ひなね……今までゲームの延長っていうか、現実だけど現実じゃないっていうか、ずっと夢を見ている気持ちだったの。だけど……みんな本当に生きているんだよね。ひなのことで喜んだり怒《おこ》ったりするし、殺人とか戦争とか、そういうことも本当に起きちゃう」

コーデリアはそれを静かに聞いていた。

ひなが転生して初めて、自分の人生に向き合おうとしていることに気付いたのだ。

「だからひな……ううん、わたしね。これからはちゃんと、〝エルリーナ〟として生きていこうって思ったの」

コーデリアがハッと息を呑《の》む。ひなは自信のなさそうな声で続けた。

「多分ね……その方が、ママとパパも喜ぶんじゃないかなって思うんだけど、変かな……？」

コーデリアは微笑んだ。そのまま優《やさ》しく彼女の両手を取る。

「いいえ。とっても素敵《すてき》だと思うわ。ひなという名前もよかったけれど、あなたのお母様とお父様がつけてくれた、エルリーナという名前もすっごく素敵よ」

コーデリアが答えると、エルリーナははにかむように微笑んだ。

それは花がほころぶような、瑞々《みずみず》しく可憐《かれん》な笑《え》みだった。


楽団の奏《かな》でる華《はな》やかな音楽に、祝砲《しゅくほう》の轟《とどろ》く音。

まるで人々の活気を表しているかのような建国祭のにぎわいは、王宮にまで届いていた。

かくいう王宮内も、行き交《か》う人々でこれ以上ないくらい賑《にぎ》わっている。

「まもなくパレードが王宮につくそうですよ！」

興奮した顔でささやいたのはリリーだ。

この日だけ行われる記念パレードは建国祭の大きな目玉。正装で着飾《きかざ》った騎士たちの一糸乱れぬ行進が見られるとあって、老若男女《ろうにゃくなんにょ》問わず大人気だった。

「ごめんねリリー。楽しみにしていたのに、私のせいで見られそうにないわね」

たくさんの侍女に取り囲まれて身支度《みじたく》をしながら、コーデリアは申し訳なさそうに言った。リリーが密《ひそ》かにパレードを見たがっているのを知っていたのだ。

「いいえ、私はパレードよりおそばでお嬢様《じょうさま》を見られる方が幸せです！　本当に、今日は一段とお美しくて……！　エルリーナ様も素晴《すば》らしいですが、やはりこの国の大聖女はお嬢様しかおられませんね！」

「ありがとう。リリーにそう言ってもらえると嬉しいわ」

パレードは王都の外門から始まり、最終的には王宮にたどり着く。

その際、国王や王子、そして聖女が王宮の広場に続く正面バルコニーに姿を見せることでクライマックスを迎《むか》える。コーデリアはそのための最後の支度《したく》をしていた。

聖女の祭事用正装はゲームのエンディングで見たことはあるものの、着てみてその重さに驚く。白を基調に作られたベルベットとタフタの衣装《いしょう》はずっしりとした重みがあり、髪《かみ》飾《かざ》りとして大量に結《ゆ》わえられたダイヤモンドは、どこぞのお姫様《ひめさま》も驚きの輝《かがや》きっぷりだ。

(聖女は王妃《おうひ》も務めるから豪華《ごうか》なのでしょうけれど……これは首が痛いし動きづらいわ。ひな……じゃなくて、エルは大丈夫《だいじょうぶ》かしら？)

公爵《こうしゃく》令嬢としてドレスに慣れているコーデリアでも、歩くのに支えが欲しくなるくらいの重量。慣れていないエルリーナはさぞ大変だろう。

「加奈ちゃん！　このドレスすんごい重いね⁉」

控《ひか》え室で遭遇《そうぐう》したエルリーナは、予想通り四苦八苦していた。ドレスの裾《すそ》を複数の侍女《じじょ》に持ち上げてもらい、さらに両手を支えてもらってようやくなんとか歩いている。

「ドレスの裾を蹴《け》って歩くといいわ。ポーンって、思い切り。めったなことじゃめくれないようにできているの」

足さばきのコツを教えると、エルリーナはうなずいて一生懸命実践《いっしょうけんめいじっせん》しようとした。そうしているうちにパレードの騎士団が王宮についたらしく、わああという歓声《かんせい》が上がる。

それが合図だったかのように、バルコニーに国王とアイザックのふたりが颯爽《さっそう》と姿を現した。ふたりの登場に、よりいっそう場の盛り上がりが激しくなる。

「加奈ちゃん……ひな……じゃなくて、わたし、緊張《きんちょう》してきちゃった」

「大丈夫、私もよ」

言いながら、コーデリアはぎゅっと手を握《にぎ》った。

緊張から、手の先がすっかり冷たくなってしまっている。治療《ちりょう》会でたくさんの人々に会ったことはあるが、聖女として公的な場に登場するのは初めてなのだ。

エルリーナが不安そうに呟《つぶや》く。

「加奈ちゃん、あのさ……ちょっとだけ手を握っててくれない？」

「手を？　……いいわ、繋《つな》ぎましょう」

ふたりは侍女に手伝ってもらいながら、重たい衣装をひきずってヨタヨタと近づくと、そっと手を握りあった。

小さな震《ふる》えは、どちらのものかわからない。ふたりとも同じぐらい震えていたのかもしれない。だが互《たが》いに強く手を握っているうちに、不思議と心が落ち着いてくる。

「……加奈ちゃん、どっちが大聖女に決まっても、恨《うら》みっこなしだよ？」

「もちろんよ。エルこそ、また駄々《だだ》をこねて国を滅《ほろ》ぼすなんて言わないでね？」

「その話はやめて！　黒歴史なの！」

コーデリアが言えば、エルリーナが頬《ほお》を膨《ふく》らませる。

それから顔を見合わせて、ふたりは笑った。

「聖女ヒナ様、出番です」

従者の声に、エルリーナが振《ふ》り向いた。彼女の名前は急に変えると皆《みな》が混乱するため、あえてヒナのままにしてある。いわく、芸名のようなものなのだという。

それに対して、エルリーナが相変わらず「加奈ちゃん」と呼ぶのには理由があった。

「だって、わたしだけの特別が欲しいんだもん。他の誰《だれ》も知らない加奈ちゃんを、わたしだけが知っているんだよって思いたいんだ」

そう言ってはにかむエルリーナの笑顔はきゅんとするほど可愛《かわい》くて、コーデリアもついほだされてしまったのだ。

エルリーナが、バルコニーに向かってゆっくりと歩き出す。

助言通りドレスを蹴って歩くことで支えはひとりまで減らせたらしく、その歩みは順調そうだ。バルコニーへの扉《とびら》が開かれ、エルリーナが太陽の下へと進み出る。

その瞬間《しゅんかん》、ワッと大きな歓声が起こった。

「聖女ヒナ様、万歳《ばんざい》！」

「万歳！」

ヒナの名を呼ぶ声が、あちこちから聞こえる。まるで王宮全体が、歓声にすっぽりと包まれてしまったようだ。

予想よりもずっと大きな出迎《でむか》えだったのだろう。ちらりと見えたエルリーナの横顔は、驚きで目が真ん丸に見開かれていた。

エルリーナが照れたように控えめに手を振ると、沸《わ》き立つような歓声が上がる。

「――びっくりしちゃった。わたし、ブーイングくるかもって思ってたんだけど」

出番を終えて戻《もど》ったエルリーナが、頬を染めながらどこか不思議そうな顔で言う。

「皆、エルが頑張《がんば》ってきたのをちゃんと見ているもの。当然だわ」

コーデリアが言えば、エルリーナは小さな子どものように「えへへ」と笑った。嬉《うれ》しさと恥《は》ずかしさがないまぜになった、ほのぼのとした笑みだった。

「聖女コーデリア様、出番です」

従者が、今度はコーデリアの名を呼ぶ。

（なんてちょっと偉《えら》そうに言ったけれど、いざ自分の番となるとすごく緊張するわ……）

コーデリアはついと顔を上げ、前を見据《みす》えて歩き出した。

――やれることはすべてやった。

持てる技《わざ》を使って大々的に名前を広め、聖女という名に恥じない振る舞《ま》いを、昼夜問わず行ってきた自負もある。それでも自然と、体に震えが走った。

そんなコーデリアがバルコニーに姿を見せた瞬間、王宮を、そして王国全体を揺《ゆ》るがすかのような震動《しんどう》が起きた。

「聖女コーデリア様、万歳!!」

襲《おそ》いかかる轟音《ごうおん》に、コーデリアは初め何が起きているのか理解できなかった。

やがて耳が慣れてくると、それらはすべて民《たみ》たちの声だとわかる。

「聖女コーデリア様を大聖女に！」

「大聖女コーデリア様！」

誰が言い出したのか、初めはひとりの小さな声であったはずのその呼び名は、気がつけばひとつの大きなうねりとなっていた。大聖女コーデリア、大聖女コーデリアという声が、次から次へと、王国中を満たすように広がっていく。

その熱い声援《せいえん》はコーデリアの心を揺さぶり、気がつけば涙《なみだ》が頬を伝っていた。

「ごめんなさい。私ったら……」

リリーが励《はげ》ますように微笑《ほほえ》みかけながら、そっとハンカチを差し出す。

コーデリアは涙を拭《ぬぐ》うと、とびきりの聖女スマイルを浮《う》かべて手を振った。途端《とたん》に、ドッと歓声が上がる。

その日、建国祭が行われた王都では、大聖女コールが鳴り止《や》まなかったという。そう、いつまでも、いつまでも――。

「第八代目聖女、コーデリア・アルモニアを、第一代目大聖女と任命する」

厳《おごそ》かな空気に満ちた大聖堂の中央。真っ赤な絨毯《じゅうたん》が敷《し》かれた壇上《だんじょう》で、聖女服に身を包んでひざまずいたコーデリアの頭に、国王がティアラを載《の》せようとしていた。

そのかたわらにはアイザック王太子と近衛騎士《このえきし》ジャン、そして第七代目聖女のひな改めエルリーナ、さらには体からほのかに光を放つフェンリルが、並んで静かに見守っている。

——建国祭で行われた議決は、圧倒的《あっとう》多数により聖女コーデリアの勝利となった。


決定打となったのは、ラキセンの大火での働きぶりだった。

エルリーナももちろん頑張っていたが、鬼気迫《ききせま》る表情で怪我人《けが》の間を駆《か》けずり回るコーデリアの姿は、人々の心に深い感慨《かんがい》を残したのだ。

「——なんだかあっという間のことすぎて、全然実感が湧《わ》きませんわね……」

すべてが終わり、重たい聖女服からいつものドレスに着替《きが》えたコーデリアが、すっかり馴染《なじ》みとなった自室のソファに腰《こし》かけながら言う。

「終わってみれば一瞬のことだったな。君に初めて出会ったのは、ついこの間だという気がするのに」

「殿下《でんか》ぁ、お言葉ですが、それは流石《さすが》に殿下だけだと思いますよ」

アイザックは一体どこまでさかのぼっているのか。

そう言うのをためらったコーデリアの代わりに、すかさずジャンが突《つ》っ込む。リリーもキビキビとした口調で追撃《ついげき》した。

「お嬢様《じょうさま》も、実感が……なんて言っている場合じゃないですよ。これからお引っ越《こ》しに、アイザック殿下の戴冠式《たいかんしき》に、結婚《けっこん》式にとやることが山積みなんですから！」

「そうね、忙《いそが》しくなるわね……。引っ越しといえば、エルは今後どこに住むの？」

同じくいつものワンピースに着替えてくつろいでいたエルリーナが、大聖女争いなどなかったかのようにあっけらかんと答える。

「あのね、わたしが聖女として王宮に来た時、ママとパパも一緒《いっしょ》に連れてきてもらったの。今城下町に住んでいるから、わたしもそこに行こうかなって」

「城下町に？　あなたは聖魔法使《せいまほうつか》いだから、希望すれば王宮にも住めるのよ？」

「王宮も好きなんだけど、これからは苦労かけた分、ママとパパに恩返ししたいの。わたしのこと見捨てないでずっと応援《おうえん》してくれたの、ママとパパだけだったもん。それに、これから治療院でも開いて、お金稼《かせ》ぎでもしようかなーって！」

そう言って大きく伸《の》びをするエルリーナに、コーデリアはためらいながら言った。

「……残念だけど、聖魔法使いはお金を取って治療するのを禁止されているわよ？」

「えっ!?　嘘《うそ》～!?　せっかくがっぽがぽだと思ったのに！」

がっくりとうなだれるエルリーナに、ジャンがためらいがちに聞く。

「それより、いいのか？　その……あんたは大聖女の争いに負けたんだろう？　あいつが憎《にく》くないのか？」

言いながら、ジャンがくいっとコーデリアを顎《あご》で指す。

それに対して、エルリーナはふふんと鼻で笑った。

「わたしをそんなに心が狭《せま》い人だと思わないでくれる？　あと加奈ちゃんとわたしは、特別な繋《つな》がりを持ったBFFなんだから！」

「び……びーえふえふ？」

ジャンが首をかしげるのも無理はない。〝BFF〟は前世の言葉で〝ベストフレンドフォーエバー〟、つまり〝ずっと友達〟という意味だ。

「それにね、ちっとも悔《くや》しくない……ってわけじゃないけど、やっぱり大聖女には加奈ちゃんがいいと思うんだ。誰よりも頑張ってきたし」

「エル……」

コーデリアはじぃんと瞳《ひとみ》を潤《うる》ませた。

（一度は本気で国を滅《ほろ》ぼそうとしていたエルが、こんなに成長するなんて……！）

感動に震《ふる》えるコーデリアの前に、エルリーナがちょこんと立つ。

「だから、そんな加奈ちゃんにわたしからプレゼントがあります」

「プレゼント？」

「うん。加奈ちゃん、ここに立って」

不思議に思いながら言われた通り立つと、エルリーナはコーデリアの手を握《にぎ》った。

「……加奈ちゃん、フェンリル様の声が聞こえないってずっと言ってたよね」

言いながら、エルリーナが目をつぶる。すると繋いでいた手があたたかくなり、何か大きな魔力が、手を伝ってコーデリアの体の中に入ってきた。

「な、なにこれ⁉　フェンリル様が、厨房《ちゅうぼう》で料理人にお菓子《かし》をねだっているわ⁉」

その瞬間《しゅんかん》、脳裏《のうり》にまるで映像を再生するように、フェンリルの姿が映し出されたのだ。

「まさかフェンリル様、いつもこうして料理人を困らせていたんですの⁉」

叫《さけ》ぶと、厨房にいるはずのフェンリルがびくりと震えた。

『うお⁉　突然驚《とつぜんおどろ》くではないか！　ってこの声、まさかコーデリアか？』

「あ、あら？　私の声も聞こえている……？」

今までどんなに呼んでも、声など聞こえなかったのに。

コーデリアが驚《おどろ》いていると、エルリーナがえへへと笑った。

「この間魔法の訓練をしている時に気付いたんだ。なんか変なのあるなって。まさか本当に渡《わた》せるとは思わなかったけど……これで加奈ちゃんはフェンリル様の声が聞こえるはずだよ。わたしは聞こえなくなっちゃったけど」

「エル……ありがとう！　……ところでこれ、渡せるってことは返せたりするのかしら？」

好奇心《こうきしん》のおもむくまま、コーデリアが今度はエルリーナにフェンリルの気配らしきものを流し込む。……すると。

「あっ！　またフェンリル様の姿が見えるようになった！　これってこんな簡単に受け渡

しできるの？　じわる～！」

ケタケタと笑いながら、エルリーナとコーデリアが何度も何度も同じやりとりをする。

『こ、これ！　我《われ》で遊ぶでない！』

フェンリルの不満げな声が聞こえてきたが、ふたりは止まらない。

「これ、もしかしてほかの人にも渡せたりしないのかな⁉」

「いいですわね、やってみましょう！」

「次は私にもやってみてくれ」

「まてまて！　俺も忘れるなよ！」

アイザックとジャンが、意気揚々《いきようよう》と乗り込んでくる。それを見てくすくすと笑うリリーの前で、コーデリアとエルリーナは、いつまでもいつまでも笑っていた。

エピローグ

——すべてが終わった、その日の夜。

ソファでくつろいでいたコーデリアの部屋に、コンコンと誰《だれ》かが訪《おとず》れた。

「こんな時間に、誰でしょうか？」

確認《かくにん》しに行ったリリーが、扉《とびら》を開けてぎょっとする。

「アイザック殿下！　少々お待ちください、お嬢様にお伝えいたします」

（殿下がこんな時間に？）

アイザックは普段《ふだん》からコーデリアの部屋に入り浸《びた》っていることが多いが、さすがに夕食も終え、あとは寝《ね》るだけというこの時間にやってくることはほとんどない。

「どうなさったのですか、殿下」

「夜分遅《おそ》くにすまない。どうしても君と話したいことがあって。少し、庭を散歩しないか？」

（今後の相談かしら？）

疑問に思いつつも、コーデリアは急いでショールを羽織った。後ろから護衛の騎士たちがついてこようとしたが、珍《めずら》しくアイザックが断ったため、完全にふたりきりとなる。

庭に出ると、風がショールを吹《ふ》き抜《ぬ》けてコーデリアの体をひんやりと撫《な》でた。

(意外と寒い。もう少し着込んでくればよかったわね……)

ぶるりと身を震わせたところで、大きな上着がコーデリアを包み込む。

アイザックが自分の上着を脱《ぬ》いで、コーデリアにかけてくれていた。

「冷えるから、これを着るといい」

「ありがとうございます。……ふふ、殿下《でんか》の服を奪《うば》うのはこれで二回目になりますわね」

一度目は大火の夜。

ラキセン王国では近年まれにみる事件だったが、首謀者《しゅぼうしゃ》が既《すで》に逮捕《たいほ》されていることに改めてほっとする。同じことを思い出していたらしいアイザックもゆっくりとうなずいた。

「あの日、死人が出なかったのは君のおかげだ。本当にありがとう」

「私こそ、お役に立てて何よりですわ」

コーデリアが笑えば、アイザックもふっと微笑《ほほえ》む。

麗《うるわ》しい、としか形容のしようがない美しい笑顔《えがお》に、コーデリアはドキッとした。

(さ、最近はバタバタしていたけれど、相変わらず殿下の笑顔は破壊《はかい》力抜群《ばつぐん》ね……!)

動揺《どうよう》を表に出さないよう必死にこらえていると、スッとアイザックが手を差しだす。

少し照れながらその手をとると、彼はゆっくりと歩き始めた。

そのまま庭にあるドーム状のガゼボにたどり着き、ふたりで腰《こし》かける。

りぃん、りぃんと聞こえる鈴虫《すずむし》の澄《す》んだ鳴き声に、空には美しい弧《こ》を描《えが》く三日月。ちりばめられた星々は控《ひか》えめながらも美しい輝《かがや》きを放っていて、秋の夜長に、コーデリアはほうっとため息をついた。

やがて、アイザックが静かに口を開く。

「……コーデリア。私はずっと、時計塔《とう》でのことが気になっていた」

(時計塔？　……って言うと、ふたりで変装して、新聞配布を見守った日のことかしら？)

思い出そうとするコーデリアを、アイザックがじっと見つめる。

「君はあの時、〝本当の愛〟と言っていたね。そして、〝自分はわきまえている〟と。……それはどういうことだ？」

聞かれて、コーデリアは戸惑《とまど》ったように言った。

「どうって……言葉通りですわ。私はお恥《は》ずかしながら、まったく男性に好かれないんです。デートにも、誘《さそ》われたことがなくって……」

説明しているうちに、コーデリアの声がだんだん小さくなる。

「それに……皆様《みなさま》私のことを〝おかん〟と呼びますわ。つまり母親みたいに面倒見《めんどうみ》がいいけれど、女性としての魅力《みりょく》はなくて、恋愛《れんあい》対象には見られないと……」

言い終わる頃《ころ》には、コーデリアは情けなさにうつむいていた。

（ああ、改めて説明すると本当に恥ずかしい……。こんなこと、できれば口には出したくなかったわ。殿下も、がっかりしているかも……）

いたたまれなくて、顔を上げられない。

そんなコーデリアにアイザックが静かに言った。

「……本当に、愚《おろ》かな人たちだ」

「ええ……私、本当に愚かで……」

自嘲《じちょう》するコーデリアを、アイザックがさえぎる。

「違《ちが》う。君ではない。私が言っているのは、君の魅力に気づかない男たちのことだ」

「えっ……？」

思わぬ言葉に、コーデリアが驚いて顔を上げた。

——目の前では月明かりに照らされて、真剣《しんけん》な表情をしたアイザックが、コーデリアをまっすぐ見つめていた。

どこか切なさがにじむ、けれど強いまなざしに、心臓がどきんと跳《は》ねる。

アイザックは立ち上がると、コーデリアの前にひざまずいた。

それからコーデリアの白い手を、アイザックの男らしい手が包み込む。

「……私は君ほど優《やさ》しく、そして、君ほど強い女性を他《ほか》に知らない。身を挺《てい》してでも弱きを守り、いたわり、自分の苦労は決して表に出さない。そんな君の気高い姿に、私は何度救われたことか。気づけば、最初はただただ居心地《いごこち》がよかった君の隣《となり》は、いつしか私にとってなくてはならないものとなっていた」

「殿下……？」

「君に向かって魅力がないなんていう男は、心底馬鹿《ばか》だ。見る目がなさすぎる。節穴だ。目の前にいたら、斬《き》ってやるものを！　……すまない」

過激な言葉に気づいたアイザックが、コホンと咳払《せきばら》いする。

それから、大事な言葉を紡《つむ》ぐようにゆっくりと続けた。

「同時に、強く思うんだ。君の笑顔を守るのは、他の誰でもない、私でありたいと」

美しい青の瞳《ひとみ》が揺《ゆ》らめきながら、乞《こ》うようにコーデリアを見つめていた。

「コーデリア・アルモニア公爵令嬢《こうしやくれいじよう》。改めて、私とともに人生を歩む伴侶《はんりよ》となってほしい。私はひとりの女性としての君を、愛しているんだ。――結婚《けつこん》してくれないか、コーデリア」

真摯《しんし》な言葉に、じわりと胸があたたかくなる。

――前世と現世。二代にわたってコーデリアを縛《しば》っていた呪《のろ》いの言葉が、氷が溶《と》けてなくなるように、胸から消え去っていく。

それを感じながら、コーデリアは微笑んだ。

微笑んだはずなのに、気付けば涙《なみだ》が頰《ほお》を伝っていた。

「もちろん、喜んで。アイザック殿下……いえ、アイザック様。どうか私を妻として、ずっとあなたのおそばにいさせてください。……いやだわ。嬉《うれ》しいのに、涙が」

ぽろぽろとこぼれる涙を、アイザックの長い指がすくう。

それからゆっくりと彼の顔が近づいてきて、月明かりの下、ふたりの影《かげ》が重なった。

甘やかな吐息《といき》が、静かにふたりを包み込む。

——その時、実はすぐそばの茂《しげ》みで、フェンリルが寝そべって夜風に当たっていた。

だがさすがのフェンリルも、ふたりの邪魔《じゃま》をする気にはなれなかったらしい。

しばらく薄目《うすめ》を開けて聞き耳を立てたあと、フェンリルはフンと鼻を鳴らして満足そうに目を閉じたのだった。

あとがき

初めまして、宮之《みやの》みやこと申します。この度《たび》は、『広報部出身の悪役令嬢《れいじょう》ですが、無表情な王子が「君を手放したくない」と言い出しました』を手にとっていただき、誠にありがとうございます。

私のデビュー作となる本作は、初めて「読む人に楽しんで欲しい」と思って書いた小説でした。それが大変光栄なことに、『第7回カクヨムWeb小説コンテスト』の恋愛《れんあい》部門で大賞をいただくことになり……。今でもまだ実感がないのですが、これもすべて応援《おうえん》してくださった皆様《みなさま》のおかげです。本当にありがとうございます。

この物語が生まれたのは、最近よく見かける「婚約破棄《こんやくはき》だ！」と叫《さけ》ぶ王子がいい人だったらいいのになあ、と思ったのがきっかけです。

婚約破棄をしなければいけない、でも本当はしたくない。そんな風に葛藤《かっとう》する王子と、異世界から転生したふたりの聖女。

それから、私の大好きな、守られるだけではなく守る側にも立てる強い女の子。
すべてを組み合わせた結果、この物語ができあがりました。
Ｗｅｂ版から改稿《かいこう》を重ねて変わってしまった部分もありますが、その違《ちが》いも含《ふく》めて楽しんでいただけると嬉《うれ》しいです。

かっこよくてかわいいイラストを描《か》いてくださった黒埼《くろさき》先生、優しく愛のムチで導いてくださった担当様および関係者の皆様方、そしてこの本を手に取ってくれた読者の方々に、心よりお礼を申し上げます。

またどこかで、皆様のお目にかかれることを心より願って。

宮之みやこ

BEANS BUNKO

「広報部出身の悪役令嬢ですが、無表情な王子が
「君を手放したくない」と言い出しました」の感想をお寄せください。
おたよりのあて先
〒102-8177　東京都千代田区富士見2-13-3
株式会社KADOKAWA　角川ビーンズ文庫編集部気付
「宮之みやこ」先生・「黒埼」先生
また、編集部へのご意見ご希望は、同じ住所で「ビーンズ文庫編集部」
までお寄せください。

広報部《こうほうぶ》出身《しゅっしん》の悪役令嬢《あくやくれいじょう》ですが、無表情《むひょうじょう》な王子《おうじ》が
「君《きみ》を手放《てばな》したくない」と言《い》い出《だ》しました

宮之《みやの》みやこ

角川ビーンズ文庫　23490

令和5年1月1日　初版発行

発行者――――山下直久
発　行――――株式会社KADOKAWA
〒102-8177　東京都千代田区富士見2-13-3
電話 0570-002-301（ナビダイヤル）
印刷所――――株式会社暁印刷
製本所――――本間製本株式会社
装幀者――――micro fish

●お問い合わせ
https://www.kadokawa.co.jp/（「お問い合わせ」へお進みください）
※内容によっては、お答えできない場合があります。
※サポートは日本国内のみとさせていただきます。
※Japanese text only

ISBN978-4-04-113298-2C0193 定価はカバーに表示してあります。